भारतीय सन्तों की कहानियाँ

भारतीय सन्तों की कहानियाँ

सम्पादक

डॉ. पद्मेश गुप्त

वाणी प्रकाशन

वाणी प्रकाशन

4695, 21-ए, दरियागंज, नयी दिल्ली 110 002

फ़ोन : +91 11 23273167 फ़ैक्स : +91 11 23275710

शाखाएँ

अशोक राजपथ, पटना 800 004, बिहार

कॉफ़ी हाउस कैम्पस, महात्मा गांधी मार्ग, इलाहाबाद 211 001, उत्तर प्रदेश

महात्मा गांधी अन्तरराष्ट्रीय हिन्दी विश्वविद्यालय, वर्धा 442 001, महाराष्ट्र

सुल्तानिया रोड, मोतिया पार्क, भोपाल 462 001, मध्य प्रदेश

www.vaniprakashan.com
marketing@vaniprakashan.in
sales@vaniprakashan.in

Bharatiya Santon Kee Kahaniyan
Edited by Dr. Padmesh Gupt

ISBN : 978-93-5229-832-7
Story/Religion

प्रथम संस्करण 2021

मूल्य : ₹ 495

आर. टेक ऑफ़सेट प्रिंटर्स, दिल्ली-110032 में मुद्रित

वाणी प्रकाशन का लोगो मक़बूल फ़िदा हुसेन की कूची से

भूमिका

इस संसार में सन्त एवं महात्माओं ने उच्च जाति में न जन्म लेकर निम्न कुल में जन्म लेकर यह उदाहरण प्रस्तुत किया कि जाति या धर्म से बड़ा धर्म मानवता है। सच्ची श्रद्धा और भक्ति से कि गयी मानव सेवा और ईश्वर सेवा ही जीवन की सार्थकता है। ईश्वर किसी जाति विशेष का नहीं, वह तो अछूतों और दलितों के हृदय में भी वास करता है।

समाज सन्त में यह देखता है कि उसमें श्रेष्ठता और संयम है या नहीं। सन्त में दूसरों की भलाई करने की भावना है या नहीं। लोग सन्त में सभी गुण खोजते हैं। सन्तों को परखा जाता है। लोग यह नहीं देखते कि सन्त को गाड़ी चलाना आता है या नहीं, कम्प्यूटर चलाना आता है या नहीं, सन्त को प्रबन्धन चलाना आता है या नहीं। सन्त हैं तो सन्तत्व होना चाहिए।

जो गुण, जो भाव, जो उत्कर्ष, जो ग्रहणशीलता, जो विशिष्टता ईश्वर में पायी जाती है, उन सभी भावों को लोग लोकतन्त्र में खोजते हैं और सन्तों में भी खोजते हैं। लोग जब किसी में इन गुणों को नहीं पाते हैं, तब उसे ढोंगी कहते हैं। ईश्वर ने अपने प्रतिनिधि के रूप में सन्तों को भेजा है। उसके सभी उद्देश्यों, सभी इच्छाओं, सभी लीलाओं, क्रियाओं, सभी व्यवस्थाओं को सन्त जन समाज कल्याण के लिए प्रयुक्त करते हैं।

सन्त स्वयं को केवल समाज के लिए नहीं, बल्कि सम्पूर्ण विश्व के लिए, केवल मानवता के लिए ही नहीं, अपितु सम्पूर्ण प्राणियों के लिए समर्पित कर सबके विकास को गति देते हैं। जैसे लोकतन्त्र प्रतिनिधि तन्त्र है, ठीक वैसे ही सन्तों का समाज भी ईश्वर का प्रतिनिधि तन्त्र है।

संसार में आकार, प्रकार, स्वभाव की अथाह विविधता है। जहाँ 84 लाख योनियों की चर्चा की जाती है। 84 लाख योनियों के सम्पूर्ण निर्माण का जो श्रेय है, सनातन धर्म के अनुसार, सृष्टि जहाँ भी हो, जैसी भी हो, इस सम्पूर्ण सृष्टि का निर्माता ईश्वर ही है।

इतनी बड़ी सृष्टि का सम्पादन कोई मनुष्य नहीं कर सकता। न समुद्र का, न हिमालय का, न आकाश का, न पृथ्वी का, न वायु का, न ग्रह-नक्षत्र का। इसलिए यह माना गया है और इसको बार-बार वेद, पुराण व स्मृतियों में दोहराया गया है कि संसार को ईश्वर ही बनाता है और पालन करता है, वही उसका पोषण करता है। उसको सुन्दर बनाता है, उपयोगी बनाता है, सुदृढ़ बनाता है और जब कभी उसे लगता है तो उस चीज़ को अपने में समाहित कर लेता है, इसी को संहार कहते हैं।

ईश्वर अपनी तरह से सुधार करता है। जैसे राजशाही प्रथा की जो विकृतियाँ थीं, उनमें से बहुत-सी विकृतियों से समाज को छुटकारा मिला। लोकतन्त्र में बहुत-सी अच्छाइयाँ हैं, जनता अपना प्रतिनिधि चुनती है। वैसे ही संसार को बनाकर ईश्वर ने वेदों, शास्त्रों के रूप में नियम-क़ानून भी बनाये कि जीवन में कैसे चलना है, कैसे रहना है, किस तरह से विकास होगा, किस तरह से व्यक्ति सही रहेगा। सम्पूर्ण नियम-क़ानून उसने बनाये और उसी आधार पर संसार को अच्छाई की ओर ले जाने का मार्गदर्शन किया।

सन्त का उद्देश्य क्या हो? संसार में साधु-सन्तों का बड़ा काम है। सन्तों ने मानव समाज को ईश्वरीय ज्ञान से जोड़ा, संस्कारों से जोड़ा, जीवन जीने की कला से जोड़ा। विकास की तमाम क्रियाओं से जोड़ा और सबकुछ इतना अच्छा किया कि पूरा संसार उनकी ओर देखता है। ऐसे बड़े कामों के लिए, लोगों की अपेक्षाओं पर खरा उतरने के लिए सन्त का बड़ा अच्छा और वैसा ही सही स्वरूप होना चाहिए, जैसे ईश्वर के किसी प्रतिनिधि का होना चाहिए।

आज हमें यह जानना होगा कि सन्त का सही स्वरूप क्या होता है। जब वह अपने ज्ञान द्वारा ईश्वर को समझ लेता है, अपनी भक्ति द्वारा ईश्वर को प्राप्त कर लेता है, अपनी शरणागति द्वारा ईश्वर को प्राप्त कर लेता है और उसके गुणों से युक्त हो जाता है, जब उसी तरह से अपने सम्पूर्ण जीवन को संसार का जीवन बना लेता है, जब अपनी सम्पूर्ण इच्छाओं को संसार की इच्छाओं में डालकर विकास के लिए प्रयास करता है, तमाम उपयोगी विविधताओं में गुणों

को डालकर उनके विकास के लिए प्रयास करता है, तब उसको सही सन्त का दर्जा प्राप्त होता है।

तभी वह संसार में सन्त के रूप में सार्थक होता है। उसका सम्बन्ध केवल वस्त्र-आभूषण से नहीं है, किसी एक पन्थ या सम्प्रदाय से नहीं है, बाहरी आडम्बरों से नहीं है। वास्तव में आन्तरिक उत्कर्ष ही सन्तत्व का लक्षण है। यह उत्कर्ष उसकी क्रियाओं में प्रकट होता है, यह सन्त की सबसे बड़ी पहचान है। सन्त का कर्म कभी स्वार्थ के अनुरूप नहीं होता, हमेशा परमार्थ के अनुरूप होता है।

आज लोगों को भी यह देखना होगा कि सन्त का केन्द्रीकरण कहाँ है? कहाँ के लिए वह अपने जीवन को लगा रहा है, किस काम के लिए स्वयं को थका रहा है, किस उद्देश्य के लिए जीवन व्यतीत कर रहा है, उसके जीवन का परम लक्ष्य क्या है। निःसन्देह, सन्त का उद्देश्य सम्पूर्ण संसार के लिए होना चाहिए। सभी लोगों को महा-आनन्द मिल जाये, सभी लोग सुखी हो जायें, यदि कोई ऐसा चाहता है और इसके लिए प्रयास करता है तो वैदिक सनातन धर्म में उसे सन्त कहा गया है। केवल सनातन धर्म में ही नहीं, दूसरी परम्पराओं में भी महान सन्त हुए हैं। मुस्लिमों में भी एक धारा सूफ़ियों की रही, जिन्होंने अपना जीवन समाज के हित में बिताया।

प्रस्तुत पुस्तक 'भारतीय सन्तों की कहानियाँ' में भारतवर्ष के पुरुष सन्तों और नारी सन्तों की भारतीय समाज में प्रमुख भूमिका रही है। आशा है पाठक सन्तों के जीवनचरित सम्बन्धी ये कहानियाँ पढ़कर अपने को गौरवान्वित महसूस करेंगे।

अनुक्रम

पुरुष सन्त

नारी सन्त

पुरुष सन्त

सन्त गरीबदास

सन्त गरीबदासजी के जीवन परिचय का अधिकांश विवरण लेखक भलेराम बेनीवाल (2008) की पुस्तक–'जाट योद्धाओं का इतिहास' से लिया गया है। इतिहासकार भलेराम बेनीवाल के अनुसार गरीबदास महाराज का जन्म बैशाख पूर्णिमा के दिन संवत् 1774 को चौधरी बलराम धनखड़ के यहाँ हुआ था। इनकी माता का नाम रानी था। इनके पिता बलराम धनखड़ अपनी ससुराल छुडानी (रोहतक) में अपना गाँव करौथा छोड़कर आ बसे थे। आपके नानाजी का नाम चौधरी शिवलाल था। वे अथाह सम्पत्ति के मालिक थे। उनके घर कोई लड़का नहीं हुआ था। केवल एक लड़की रानी थी जिसका विवाह करौथा निवासी चौधरी हरदेव सिंह धनखड़ के पुत्र बलराम से कर दिया। श्री बलराम अपने ससुर शिवलाल के कहने पर अपना गाँव करौथा छोड़कर गाँव छुडानी में घर जमाई बन कर रहने लगे। कई वर्ष के बाद रानी से एक रत्न पैदा हुए जिनका नाम गरीबदास रखा गया।

कबीर परमेश्वरजी के मिलने के बाद में, सन्त गरीबदास को बचपन से ही वैराग्य हो गया था। परमेश्वर भक्ति, स्पष्टवादिता तथा निर्भीकता के लिए बाल्यकाल से ही प्रसिद्ध थे। इन्होंने हिन्दुत्व और आध्यात्मिकता का बड़ा प्रचार किया। सन्त गरीबदास का विवाह नादर सिंह दहिया, गाँव बरौना, ज़िला सोनीपत की पुत्री देवी से हुआ था। इससे इनको चार पुत्र जेतराम, तुरतीराम, अंगदेराम और आसाराम तथा दो पुत्रियाँ दिलकौर और ज्ञानकौर पैदा हुईं। इनमें जब जेतरामजी के जगन्नाथ पुत्र हुआ तो वह गृहस्थ छोड़कर नागा साधु हो गया। वह साधु करौथा गाँव में आकर रहने लगा तथा 1780 में महन्तपुर (जलन्धर)

में इनका निधन हो गया, जहाँ पर उनकी छतरी बनी हुई है। इनकी एक छतरी करौथा में भी बनाई गयी है।

सन्त गरीबदास के दूसरे पुत्र तुरतीराम छुडानी की गद्दी पर बैठे जो 40 वर्ष तक आसीन रहे। सन् 1817 में इनका स्वर्गवास हो गया। इनकी दोनों पुत्रियाँ पूरी आयु कुँवारी रहकर ईश्वर भक्ति करती रहीं। एक बार आपको मुग़ल सम्राट मुहम्मद शाह रंगीला (1719-1748) ने आशीर्वाद लेने के लिए दिल्ली बुलाया। आपने बादशाह के सामने तीन बातें रखीं–

1. सम्पूर्ण राज्य में गोवध बन्द करो।
2. दूसरे धर्मियों पर अत्याचार बन्द करो।
3. किसानों के अन्न पर टैक्ष बन्द करो व अकाल ग्रस्तों को लगान में छूट दो।

आपकी तीनों बातें बादशाह ने मान लीं तो आपने आशीर्वाद दिया 'जो कोई माने शब्द हमारा, राज करें काबुल कन्धारा' परन्तु मुल्लाओं ने कहकर 'काफिर का कहा मानना नापाक हो जाता है,' शाह को तीनों बातें मानने से रोक दिया। बन्दी बनाने तक का षड्यन्त्र रचा गया। परन्तु जब महाराज गरीबदास को इसका पता चला तो वह सेवकों सहित दिल्ली छोड़ गये तथा यह अभिशाप दे गये कि 'दिल्ली मण्डल पाप की भूमा, धरती नाल जगाऊँ सूमा' अर्थात दिल्ली पाप की भूमि बन गयी है और यहाँ पर शत्रुओं के घोड़ों के खुरों की धूल उड़कर रहेगी। आपके अभिशाप के अनुसार अगले वर्ष ऐसा ही हुआ। नादिरशाह ने दिल्ली पर धावा बोल कर इसे ख़ूब लूटा तथा क़त्लेआम किया।

सन्त गरीबदासजी कबीर साहेबजी के अनुयायी थे। वे ग्रामीणों को उपदेश करते थे–

गरीब गाड़ी बाहो धर रहो। खेती करो, ख़ुशहाल साई सर पर रखिये तो सही भक्ति हरलाल।

उन्होंने आगे कहा–

दास गरीब कहे दरवेसा रोटी बाँटो सदा हमेशा।

आपकी बानियों का विशाल संग्रह 'गरीब ग्रन्थ' के नाम से प्रसिद्ध है। जिसे रत्न सागर भी कहते हैं। इन्होंने दिल्ली, हरिद्वार, ऋषिकेश, काशी आदि में मठ तथा कुटियाँ बनवाई थीं। इन्हीं के नाम पर हरियाणा, उत्तर प्रदेश, पंजाब, हिमाचल प्रदेश, दिल्ली, राजस्थान और गुजरात में लगभग 110 गरीबदास के नाम से आश्रम हैं। आपने 1788 में शरीर त्याग दिया और स्वर्ग की राह ली।

सन्त गरीबदास की बानी—

अमर करूँ सतलोक पठाऊँ, ताते बन्दी छोड़ कहा।
हम ही सतपुरुष दरवानी, मेट्टू उत्पति आवाजानी।

जो कोई कहा हमारा माने, सार शब्द कुं निश्चय आने।
हम ही शब्द शब्द की खानी, हम अविगत प्रवानी।

हमरे अनहद बाजे बाजे, हमरे किये सभे कुछ साजे।
हम ही लहर तरंग उठावे, हम ही प्रगट हम छिप जावे।

हम ही गुप्त गुह्य गम्भीरा, हम ही अविगत हम ही कबीरा।
हम ही गरजे, हम ही बरसे, हम ही कुलफ जड़े हम निरखे।

हम ही सराफ जोहरी कहिया, हमरे हाथ लेखन सब बहिया।
यह सब खेल हमरे किये, हमसे मिले सो निश्चय जिये।

हम ही अदली जिन्दा जोगी, हम ही अमी महारस भोगी।
हमरा भेद न जाने कोई, हम ही सत्य शब्द निर्मोही।

ऐसा अदली दीप हमारा, कोटि बैकुण्ठ रूप की लारा।
संख पदम एक फुनि पर साजे, जहाँ अदली सत्य कबीर विराजे।

जहाँ कोटिक विष्णु खड़े कर जोरे, कोटिक शम्भु माया मोरे।
जहाँ संखो ब्रह्म वेद उचारी, कोटि कन्हैया रास विचारी।

हम है अमर अचल अनरागी, शब्द महल में तारी लागी।
दास गरीब हुक्म का हेला, हम अविगत अदली का चेला।

सन्त ज्ञानेश्वर

सन्त ज्ञानेश्वरजी महाराष्ट्र के महान सन्त थे। नाम के अनुसार ही वे अत्यन्त ज्ञानी थे। जब उनकी आयु 15 वर्ष की थी, तब उन्होंने 'ज्ञानेश्वरी गीता' लिखी थी।

सन्त ज्ञानेश्वर की गिनती महाराष्ट्र के उन धार्मिक सन्तों में होती है, जिन्होंने समस्त मानव जाति को ईर्ष्या, द्वेष और प्रतिरोध से दूर रहने की शिक्षा दी थी। सन्त ज्ञानेश्वर ने 15 वर्ष की छोटी-सी आयु में ही गीता के मराठी में ज्ञानेश्वरी नामक भाष्य की रचना कर दी थी। इन्होंने पूरे महाराष्ट्र में घूम-घूम कर लोगों को भक्ति का ज्ञान दिया था। उनके बारे में कहा जाता है कि उनका इस धरती पर जन्म लेना किसी चमत्कार से कम नहीं था। उनके पिता उनकी माँ रुक्मिणी को छोड़कर संन्यासी बन गये थे। ऐसे में एक दिन रामानन्द नाम के सन्त उनके आलन्दी गाँव आये और उन्होंने रुक्मिणी को पुत्रवती भव का आशीर्वाद दे दिया। जिसके बाद इनके पिता ने गुरु के कहने पर गृहस्थ जीवन में प्रवेश किया और सन्त ज्ञानेश्वर का जन्म हुआ।

सन्त ज्ञानेश्वरजी के दो भाई और एक बहन थी। उनके पिताजी ने संन्यास ले लिया था; परन्तु उनके गुरु की आज्ञा से उन्होंने पुनः गृहस्थाश्रम स्वीकार किया था। इसलिए उस समय संन्यासी की सन्तान कहकर लोगों ने उनका बहिष्कार कर दिया था। सन्त ज्ञानेश्वरजी के पिताजी अपने बच्चों का उपनयन करना चाहते थे; परन्तु उनका उपनयन संस्कार करने से पुरोहितों ने मना कर दिया तथा उन्हें देहान्त का प्रायश्चित्त करने को कहा। सन्त ज्ञानेश्वर के पिता और माता ने जलसमाधि ले ली थी। अब आलन्दी के पुरोहितों ने उन सभी को पैठण क्षेत्र जाकर शुद्धि पत्र लाने के लिए कहा तथा बोले कि शुद्धि पत्र लाने

पर ही उनका उपनयन संस्कार हो पायेगा। सन्त ज्ञानेश्वर अपने भाई-बहन के साथ शुद्धि पत्र लाने के लिए महाराष्ट्र के पैठण गाँव पहुँचे। वहाँ वे एक ब्राह्मण के घर में निवास कर रहे थे।

सन्त ज्ञानेश्वरजी जिस ब्राह्मण के घर में रहते थे, उस ब्राह्मण के पिता का श्राद्ध था। सन्त ज्ञानेश्वरजी और उनके भाई-बहन के उस ब्राह्मण के घर में रहने के कारण वहाँ के पुरोहितों ने उस ब्राह्मण का बहिष्कार कर दिया था। कोई भी पुरोहित उस ब्राह्मण के घर श्राद्ध करने के लिए नहीं जा रहा था। गाँव के पुरोहित ब्राह्मणों ने भी श्राद्ध के भोजन को ग्रहण करने से मना कर दिया था।

ब्राह्मण चिंन्तित हो गया। क्योंकि पुरोहितों द्वारा श्राद्ध नहीं किया गया, पितरों अर्थात पूर्वजों को गति नहीं मिल पायेगी। पितरों के लिए कुछ करने का केवल यही समय रहता है, परन्तु श्राद्ध नहीं किया तो वे दुखी हो जायेंगे, इसकी चिन्ता उस ब्राह्मण को थी। यह समस्या लेकर वह ब्राह्मण ज्ञानेश्वरजी के पास गये। ब्राह्मण ने उन्हें पूरा वृत्तान्त सुनाया।

ब्राह्मण की समस्या सुनकर ज्ञानेश्वरजी बोले, आप चिन्ता न करें! मैं आपके पितरों को अर्थात पूर्वजों को ही यहाँ भोजन के लिए बुलाता हूँ। पुरोहितों ने श्राद्ध नहीं किया तो भी आपके पितर आकर भोजन करेंगे और यहाँ से तृप्त होकर लौटेंगे। आप केवल श्रद्धापूर्वक उनके लिए भोजन की व्यवस्था करें।

ब्राह्मण ने अत्यन्त श्रद्धापूर्वक अपने पितरों के लिए भोजन की सम्पूर्ण व्यवस्था की। ज्ञानेश्वरजी ने अपने योग सामर्थ्य से उस ब्राह्मण के सभी पितरों को बुलाया। सन्त ज्ञानेश्वरजी के बुलाने पर उस ब्राह्मण के सभी पितर वहाँ पर आ गये और उन्होंने श्राद्ध का भोजन ग्रहण किया।

पितरों के भोजन ग्रहण करने के बाद ज्ञानेश्वरजी ने सभी पितरों की ओर देखकर कहा, 'स्वस्थाने वासः!' उनके इतना कहते ही पितर वहाँ से अदृश्य हो गये अर्थात अपने स्थान पर लौट गये!

यह वार्ता पूरे पैठण में फैल गयी। सभी पुरोहितों को अपने दुर्व्यवहार पर पश्चात्ताप हुआ। उन्होंने सन्त ज्ञानेश्वरजी से क्षमा माँगी। 'आप साक्षात् परमेश्वर का अवतार हैं', यह कहकर उनका सम्मान किया।

सन्त ज्ञानेश्वर का इस धरती पर जन्म लेना किसी चमत्कार से कम नहीं था। कहा जाता है कि उनकी गाता रुक्मिणी को छोड़कर उनके पिता ने संन्यास धारण कर लिया था। एक दिन स्वामी रामानन्द नाम के सन्त रामेश्वरम् की यात्रा पर जाते-जाते आलन्दी गाँव में रुके थे। माता रुक्मिणी ने स्वामी रामानन्द के श्रद्धाभाव से चरण छुए।

स्वामी रामानन्द ने उन्हें पुत्रवतीभव का आशीर्वाद दे डाला। रुक्मिणी ने स्वामी से प्रश्न किया कि, "उनके पति विट्ठलपन्त कुलकर्णी (जो आपे गाँव के ब्राह्मण थे, जो आजकल हैदराबाद के मराठवाड़ा पैठण नगर के पास है।) को भगवदभक्ति और तीर्थयात्रा का शौक़ है। अतः गृहस्थ जीवन छोड़कर वे संन्यासी हो गये हैं।"

ऐसे में शास्त्रों की दृष्टि में वह धर्म की मर्यादा कैसे भंग कर सकती है? स्वामीजी की प्रेरणा ने रुक्मिणी को काशी जाने हेतु प्रेरित किया। स्वामीजी ने विट्ठलपन्त कुलकर्णी को समझा-बुझाकर रुक्मिणी के साथ आलन्दी ग्राम भेज दिया। गृहस्थ जीवन में प्रवेश करने के उपरान्त विट्ठल दम्पती ने एक तेजस्वी पुत्र को जन्म दिया, जो निवृत्तिनाथ के नाम से विख्यात महाराष्ट्र के सन्तों में प्रसिद्ध हुआ।

सन् 1275 में श्रावण बदी अष्टमी को एक प्रज्ञावान पुत्र ज्ञानेश्वर का जन्म हुआ, जिसे प्रारम्भ में ज्ञानोबा या ज्ञानेश्वर कहा जाता था। दो बरस के अन्तराल में क्रमशः सोपानदेव और मुक्ताबाई का जन्म हुआ। ये चारों भाई-बहिन महाराष्ट्र के सन्तों में अग्रगण्य हैं।

बच्चों के जन्म लेने के बाद इनकी तकलीफ़ें तब बढ़ गयीं, जब कुछ कट्टरपन्थी पण्डितों ने संन्यासी होकर भी गृहस्थ जीवन जीने की वजह से विट्ठलपन्त और उनकी पत्नी रुक्मिणी को धर्मभ्रष्ट और कलंकी कहकर समाज और जाति से बहिष्कृत कर दिया। इस संकटकाल में दोनों पति-पत्नी ने अपने बच्चों के साथ अनेक कष्टों और अपमान की पीड़ा का सामना किया। निवृत्ति के उपनयन संस्कार हेतु जब कोई ब्राह्मण साथ नहीं आया, तो वे पूरे परिवार को लेकर त्र्यंबकेश्वर चले आये।

यहाँ पर प्रसिद्ध योगी गहनीनाथ से निवृत्ति ने दीक्षा ली। पण्डितों ने ज्ञानेश्वर का उपनयन संस्कार विट्ठलपन्त और रुक्मिणी को प्रायश्चित स्वरूप देह त्यागने पर स्वीकार किया। आज्ञा मानकर विट्ठलपन्त और रुक्मिणी चारों बच्चों को अनाथ, असहाय छोड़कर प्रयाग में जल समाधिस्थ हो गये।

भिक्षावृत्ति से गुज़ारा करने वाले उन भाई-बहिनों की कुशाग्र बुद्धि, शास्त्र ज्ञान को देखकर पैठण के ब्राह्मण बहुत दुखी होते थे। उन्होंने यह कहा कि, "माता-पिता के अपराधों का दण्ड बच्चों को देना अन्यायपूर्ण है।" अतः 1288 में पैठण के ब्राह्मणों ने चारों भाई-बहिनों की शुद्धि करवाकर समाज में सम्मिलित कर लिया।

1298 में ज्ञानेश्वर ने 'ज्ञानेश्वरी गीता' नामक मराठी भाषा में ग्रन्थ लिखा। आठ हज़ार पृष्ठ के इस ग्रन्थ में गीता का भावार्थ मराठी के ओवी छन्दों में सरल ढंग से लिखा। विसोबा नाम का एक ब्राह्मण, जो हमेशा उन्हें परेशान करने के साथ-साथ लोगों को यह कहकर धमकाता था कि जो इन धर्मभ्रष्ट भाई-बहिनों का साथ देगा, उसे जाति से बहिकृत कर दिया जायेगा।

एक बार मुक्ताबाई की इच्छा गरम पराँठे खाने की हुई। कुम्हारों के पास बर्तन पकाने हेतु लेने जाने पर विसोबा ने कुम्हारों को उन्हें देने से रोक दिया। मुक्ताबाई के इस दुख से दुखी होकर ज्ञानेश्वर ने अपने प्राणायाम के बल पर पीठ को तवे की तरह तपा लिया और उस पर मुक्ताबाई ने पराँठे सेंके।

विसोबा यह सब देखकर अवाक् रह गया। वह प्रायश्चित्त करते हुए उनके चरणों पर गिर पड़ा। शुद्धि संस्कार होने पर जब वे पैठण पहुँचे, तो वहाँ पण्डितों की सभा में जाने पर उनकी बहस शुरू हुई। ज्ञानेश्वर ने बहस में कहा, "परमेश्वर सभी प्राणियों में निवास करते हैं।" तो इस भैंस में भी होंगे, ऐसा कहकर पण्डितों ने ताना मारा।

ज्ञानेश्वर ने कहा : "इसमें झूठ क्या है?" एक पण्डित ने भैंस की पीठ पर कोड़े बरसाते हुए कहा : "तुम्हारी पीठ पर इसके निशान दिखाओ?" अगले ही क्षण ज्ञानेश्वर की पीठ पर वही निशान और घाव के साथ बहता हुआ ख़ून नज़र आने लगा। यहाँ तक कि ज्ञानेश्वर ने भैंस के मुख से वैदिक मन्त्रों का उच्चारण भी करवाया था। अब तो पण्डितों को उनमें ईश्वरीय अंश का बोध होने लगा था।

एक स्त्री के पति को जीवित करने का चमत्कार भी ज्ञानेश्वर ने कर दिखाया था। उनके प्रमुख चमत्कारों में चांगदेव नामक सिद्ध सन्त, जो गोदावरी नदी के किनारे रहते थे—से सम्बन्धित चमत्कार उल्लेखनीय है। एक बार चांगदेव ने ज्ञानेश्वर को छोटा समझकर कोई सम्बोधन न देते हुए कोरा काग़ज़ उनके पास भेजा।

ज्ञानेश्वर ने अपनी अन्तर्दृष्टि से उसके भावों को समझकर उसका उत्तर लिख भेजा। चांगदेव का अभिमान ऐसा टूटा कि वे अपने शिष्यों के साथ ज्ञानेश्वर से मिलने तो आये, किन्तु अपनी सिद्धि का घमण्ड दिखाते हुए शेर पर सवार होकर काले नाग के चाबुक से हाँकते हुए वहाँ पहुँचे।

उस समय ज्ञानेश्वर टूटी दीवार पर अपने भाई-बहिनों के साथ बैठकर धूप का आनन्द ले रहे थे। चांगदेव की अगवानी में वे भाई-बहिनों सहित दीवार

चलाते हुए उनके पास पहुँचे। बस फिर क्या था, उस सोलह वर्ष के ज्ञानेश्वर की शरण में वे आ गये।

15 वर्ष की अवस्था में ज्ञानेश्वर ने 9 हज़ार पृष्ठों की ज्ञानेश्वरी गीता लिखी, जिसमें मराठी के 700 ओवी छन्द, 46 भाषाओं सहित शामिल हैं। जनसाधारण की भाषा में लिखी गयी इस गीता में ज्ञान, कर्म और शक्ति योग का अनूठा समन्वय है।

जनभाषा मराठी में होने के कारण 'ज्ञानेश्वरी गीता' जब जनसामान्य द्वारा अत्यन्त लोकप्रिय हो गयी और घर-घर पढ़ी जाने लगी, तो कट्टरपन्थी ब्राह्मणों ने इसका पुरजोर विरोध किया। ज्ञानेश्वरी गीता व उनके उपदेशों में मानवतावादी मूल्यों की प्रधानता है।

ईश्वर सभी जातियों का है, जो पिछड़े और निम्न जातियों के साथ समस्त प्राणियों में निवास करता है, ऐसा उनका विचार था। अपने भाई-बहिनों के साथ पंढरपुर तथा अन्य तीर्थों की यात्रा करते हुए वे आलन्दी लौट आये, तब उन्होंने अपने गुरु निवृत्तिनाथ का आशीर्वाद लेते हुए 21 वर्ष की आयु में समाधि ले ली।

रामकृष्ण परमहंस

रामकृष्ण परमहंसजी काली माता के असीम भक्त थे। रामकृष्ण परमहंस भक्ति के आदर्श उदाहरण हैं। काली माता ने भी उनपर कितना और कैसे प्रेम किया?, यह भक्तिमय प्रसंग आज हम सुनेंगे।

सम्पूर्ण जगत् जब शान्त सोया हुआ होता है, तब रामकृष्ण परमहंस निर्जन घने वन में वृक्ष के नीचे ध्यानमग्न होकर काली माता की उपासना करते थे। रामकृष्ण के भतीजे हरिदा के मन में प्रश्न उभरता था, "प्रति रात्रि रामकृष्णजी कहाँ जाते हैं? क्या करते हैं?" एक रात्रि हरिदा रामकृष्णजी के पीछे-पीछे गये। रामकृष्णजी घने वन में घुस गये। उनके हाथ में न दीया था, न मोमबत्ती। रामकृष्णजी ने आँवले के पेड़ के नीचे पद्मासन लगाया एवं नेत्र मूँद लिए। इससे पूर्व उन्होंने गले में पहना हुआ जनेऊ भी केसरी वस्त्रों सहित उतार दिया। यह देख हरिदा को आश्चर्य हुआ। सूर्योदय तक रामकृष्णजी अविचल बैठे रहे। कुछ समय उपरान्त उन्होंने यज्ञोपवीत (जनेऊ) धारण किया। सूर्योपासना की। हरिदा यह सब देख रहे थे। रात्रि से अस्वस्थ करनेवाला प्रश्न उसने किया, "आप उपासना के समय जनेऊ सहित सभी वस्त्र क्यों उतारते हैं? यह पागलपन नहीं लगता क्या?" उस पर रामकृष्णजी बोले, "हरिदा, ईश्वर तक पहुँचने के मार्ग में अनेक बाधाएँ आती हैं। मैं जब जगन्माता का ध्यान करता हूँ, तब द्वेष, मत्सर, भय, अहंकार, लोभ, मोह, जाति का अभिमान-जैसी अनेक बातों का त्याग करने का प्रयास करता हूँ। नहीं तो ये सभी बातें मन में कोलाहल मचाती हैं। जनेऊ अर्थात् जाति का अभिमान, ज्ञान का अहंकार, वह भी दूर करना आवश्यक है न! अहंकार की बाधाएँ दूर करते हुए मुझे वहाँ (साध्य तक) पहुँचना है।"

रामकृष्ण परमहंसजी काली माता के मन्दिर के पुजारी थे। वे प्रतिदिन देवी की पूजा करते थे; परन्तु उन्हें कभी देवी के दर्शन नहीं हुए थे। एक बार उन्हें ऐसा लगा कि "यदि देवी यहीं हैं, तो वे मुझे दर्शन क्यों नहीं देतीं?" तब वे देवी के दर्शन हेतु व्याकुल होकर प्रार्थना करने लगे। वे देवी को प्रार्थना करते थे कि "हे देवी, आप वास्तव में यदि यही हैं, तो मैं आपका रूप क्यों नहीं देख सकता?"

एक दिन ऐसा आया कि रामकृष्णजी देवी के सामने उनका स्मरण कर पूजा कर रहे थे। देवी के दर्शन न होने के कारण वे कहने लगे कि "यदि मुझे देवी के दर्शन नहीं होते, तो मेरे जीवन का क्या अर्थ है? मुझे यह जीवन ही नहीं चाहिए।" ऐसा बोलकर उन्होंने देवी के हाथ में स्थित शस्त्र उठा लिया और वे स्वयं पर वार करने ही वाले थे कि इतने में मूर्ति से साक्षात् काली माता प्रकट हुईं! भगवान का स्मरण व्याकुलता से करने पर भगवान स्वयं प्रकट होते हैं, यह हमने भक्त प्रह्लाद और रामकृष्ण परमहंस से सीखा है। आप भी ऐसे प्रयास कर भगवान की अनुभूति कर सकते हैं।

इस प्रसंग के उपरान्त रामकृष्ण परमहंसजी में देवी के प्रति भक्ति और अधिक बढ़ गयी। वे देवी के अनन्य भक्त थे। रामकृष्ण कभी अपनी चिन्ता नहीं करते थे। जैसे छोटा बालक अपनी माता से सब कुछ माँग लेता है, उसी प्रकार रामकृष्णजी माता से सब कुछ माँगते थे। वे प्रत्येक कृत्य देवी की आज्ञा से ही करते थे। देवी काली उनकी माता ही थी। उनके पास माता की छोटी मूर्ति थी जिससे वे सदैव बातें करते थे। वे देवी को भोजन खिलाते और देवी भी उसे ग्रहण कर लेतीं।

जब रामकृष्णजी काली माता के अनुसन्धान में रहते अर्थात उनका अखण्ड स्मरण करते थे, तब वे देहभान भूल इतना आनन्दित होकर नाचते-गाते थे कि कभी-कभी वे अचेत हो जाते। इस प्रकार उनकी उच्च स्तर की भाव की अवस्था रहती थी; परन्तु उनकी जीवनशैली तो लोगों को पागलों के जैसी लगती थी।

एक बार एक व्यक्ति ने उनसे पूछा, "आप ऐसा कहते हैं कि देवी हर एक वस्तु में, मनुष्य में, और प्राणी में है, तो आप इस छोटी-सी मूर्ति को काली माता कैसे कहते हैं?" उस समय रामकृष्णजी ने उससे पूछा, "सूर्य पृथ्वी से कितना बड़ा है?" उस व्यक्ति ने यह उत्तर दिया, "सूर्य पृथ्वी से 9 लाख गुना बड़ा है।" तब रामकृष्णजी ने उसे पूछा, "वह इतना बड़ा होते हुए भी हमें इतना छोटा क्यों दिखाई देता है?" उस व्यक्ति ने उत्तर दिया, "सूर्य भले ही पृथ्वी से 9 लाख गुना बड़ा हो; परन्तु वह हम से बहुत दूर है; इसलिए वह हमें इतना छोटा दिखाई देता है।"

इस पर रामकृष्ण परमहंसजी बोले, ''इसी प्रकार काली माता आपसे बहुत दूर है; इसलिए वे आपको छोटी दिखती हैं। मैं तो देवी की गोद में ही होता हूँ; इसलिए वे मुझे बड़ी लगती हैं। आप उनकी ओर बाह्य दृष्टि से देखते हैं; परन्तु मैं उनकी ओर श्रद्धा के साथ सृष्टि के शक्तिरूप में देखता हूँ।''

एक दिन, रामकृष्ण हुगली नदी के तट पर बैठे थे, जब एक महान और दुर्लभ योगी तोतापुरी उसी रास्ते से निकले। तोतापुरी जैसे योगी हमारे देश में बहुत कम हुए हैं। तोतापुरी ने देखा कि रामकृष्ण में इतनी तीव्रता और सम्भावना है कि परम ज्ञान प्राप्त कर सकते हैं। मगर समस्या यह थी कि वह सिर्फ़ अपनी भक्ति में डूबे हुए थे।

तोतापुरी रामकृष्ण के पास आये और उन्हें समझाने की कोशिश की, "आप क्यों सिर्फ़ अपनी भक्ति में ही इतने लीन हैं? आपके अन्दर इतनी क्षमता है कि चरम को छू सकते हैं।" रामकृष्ण बोले, "मैं सिर्फ़ काली को चाहता हूँ, बस।" वह एक बच्चे की तरह थे जो सिर्फ़ अपनी माँ को चाहता था। इससे बहस करना सम्भव नहीं था। यह बिल्कुल भिन्न अवस्था होती है। रामकृष्ण काली को समर्पित थे और उनकी दिलचस्पी सिर्फ़ काली में थी। जब वह उनके भीतर प्रबल होतीं, तो वह आनन्दविभोर हो जाते और नाचना-गाना शुरू कर देते। जब वह थोड़े मन्द होते और काली से उनका सम्पर्क टूट जाता, तो वह किसी शिशु की तरह रोना शुरू कर देते। वह ऐसे ही थे। इसलिए तोतापुरी जिस परमज्ञान की बात कर रहे थे, उन सब में उनकी कोई दिलचस्पी नहीं थी। तोतापुरी ने कई तरीक़े से उन्हें समझाने की कोशिश की मगर रामकृष्ण समझने के लिए तैयार नहीं थे। साथ ही, वह तोतापुरी के सामने बैठना भी चाहते थे क्योंकि तोतापुरी की मौजूदगी ही कुछ ऐसी थी।

तोतापुरी ने देखा कि रामकृष्ण इसी तरह अपनी भक्ति में लगे हुए हैं। फिर वह बोले, "यह बहुत आसान है। फ़िलहाल आप अपनी भावनाओं को शक्तिशाली बना रहे हैं, अपने शरीर को समर्थ बना रहे हैं, अपने भीतर के रसायन को शक्तिशाली बना रहे हैं। लेकिन आप अपनी जागरूकता को शक्ति नहीं दे रहे। आपके पास ज़रूरी ऊर्जा है मगर आपको सिर्फ़ अपनी जागरूकता को सक्षम बनाना है।"

रामकृष्ण मान गये और बोले, "ठीक है, मैं अपनी जागरूकता को और शक्तिशाली बनाऊँगा और अपनी पूरी जागरूकता में बैठूँगा।"

मगर जिस पल उन्हें काली के दर्शन होते, वह फिर से प्रेम और परमानन्द की बेकाबू अवस्था में पहुँच जाते। वह चाहे कितनी भी बार बैठते, काली को देखते ही उड़ने लगते।

फिर तोतापुरी बोले, "अगली बार जब भी काली दिखें, आपको एक तलवार लेकर उनके टुकड़े करने हैं।" रामकृष्ण ने पूछा, "मुझे तलवार कहाँ से मिलेगी?" तोतापुरी ने जवाब दिया, "वहीं से, जहाँ से आप काली को लाते हैं।"

उसी समय, रामकृष्ण ने अपनी कल्पना में तलवार बनाई और काली के टुकड़े कर दिये, इस तरह वह माँ और माँ से मिलने वाले परमानन्द से मुक्त हो गये।

"अगर आप एक पूरी काली बनाने में समर्थ हैं, तो आप तलवार क्यों नहीं बना सकते? आप ऐसा कर सकते हैं। अगर आप एक देवी बना सकते हैं, तो उसे काटने के लिए एक तलवार क्यों नहीं बना सकते? तैयार हो जाइए।"

रामकृष्ण बैठे। मगर जैसे ही काली आयीं, वह परमानन्द में डूब गये और तलवार, जागरूकता के बारे में सब कुछ भूल गये।

फिर तोतापुरी ने उनसे कहा, "इस बार जैसे ही काली आयेंगी..." उन्होंने शीशे का एक टुकड़ा उठाते हुए कहा, "शीशे के इस टुकड़े से मैं आपको वहाँ पर काटूँगा, जहाँ पर आप फँसे हुए हैं। जब मैं उस जगह को काटूँगा, तब आप तलवार तैयार करके काली को काट दीजिएगा।"

रामकृष्ण फिर से बैठे और ठीक जिस समय रामकृष्ण परमानन्द में डूबने ही वाले थे, जब उन्हें काली के दर्शन हुए, उसी समय तोतापुरी ने शीशे के उस टुकड़े से रामकृष्ण के माथे पर एक गहरा चीरा लगा दिया।

उसी समय, रामकृष्ण ने अपनी कल्पना में तलवार बनाई और काली के टुकड़े कर दिये, इस तरह वह माँ और माँ से मिलने वाले परमानन्द से मुक्त हो गये। अब वह वास्तव में एक परमहंस और पूर्ण ज्ञानी बन गये। उस समय तक वह एक प्रेमी थे, भक्त थे, उस देवी माँ के बालक थे, जिन्हें उन्होंने ख़ुद उत्पन्न किया था।

सन्त तुकाराम

सन्त तुकाराम की भगवान पांडुरंग के प्रति अनन्य भक्ति थी। उनका जन्म महाराष्ट्र के देहू गाँव में हुआ था और वे सदेह वैकुण्ठ गये थे। अर्थात वे देहत्याग किये बिना अपनी स्थूल देह के साथ भगवान श्रीविष्णुजी के वैकुण्ठधाम गये थे।

उनके वैकुण्ठ-गमन की तिथि 'तुकाराम बीज' के नाम से जानी जाती है। आज हम उनके जीवन के कुछ प्रसंग सुनेंगे।

सन्त तुकाराम महाराजजी का परम्परा से सावकारी का व्यवसाय था। एक बार उनके गाँव में सूखा पड़ गया था। तब लोगों की दीन स्थिति देखकर उन्होंने अपने घर का सारा धन गाँव के लोगों में बाँट दिया। क़र्ज़ के बदले में लिए गये लोगों की भूमि के काग़ज़ उनके पास थे। वो उन्होंने इन्द्रायणी नदी में बहा दिये और लोगों को क़र्ज़ से मुक्त किया। लोगों में धन बाँटने के बाद वे विरक्त हो गये। उनकी घर तथा सम्पत्ति में से रुचि पूर्णतः नष्ट हो गयी।

सन्त तुकाराम महाराज के गुरु थे, सद्‌गुरु बाबाजी चैतन्य! एक दिन उन्होंने तुकाराम महाराजजी को स्वप्न में दृष्टान्त देकर गुरुमन्त्र दिया। पांडुरंग के प्रति असीम भक्ति के कारण उनकी वृत्ति विठ्ठल चरणों में स्थिर होने लगी। आगे मोक्ष प्राप्ति की तीव्र उत्कण्ठा के कारण तुकाराम महाराज ने देहू के निकट एक पर्वत पर एकान्त में ईश्वर साक्षात्कार के लिए प्रयास प्रारम्भ किया। वहाँ पन्द्रह दिन एकाग्रता से अखण्ड नामजप करने पर उन्हें दिव्य अनुभव प्राप्त हुआ।

बाद में वह भजन और अभंग रचने लगे। उनका एक बालमित्र उनके बताये प्रवचन, अभंग लिखकर रखता था। तुकाराम महाराजजी अपने अभंगों से समाज को वेदों का अर्थ सामान्य भाषा में सिखाते थे। यह बात बाजू के वाघोली गाँव

में रामेश्वर भट नामक एक व्यक्ति को चुभ रही थी। तुकाराम महाराजजी की बढती प्रसिद्धि से वह क्रोधित था। इसलिए उसने सन्त तुकारामजी के अभंग की गाथा इन्द्रायणी नदी में डुबो दी। इससे तुकाराम महाराजजी को अत्यन्त दुख हुआ। उन्होंने भगवान विट्ठल को अपनी स्थिति बताई। अपने बालमित्र से कहा, "यह तो प्रभु की इच्छा होगी।" ऐसे 12 दिन बीत गये। 13वें दिन गाथा नदी के पानी से ऊपर आकर तैरने लगी। यह देख रामेश्वर शास्त्री को अपने कृत्य का पश्चात्ताप हुआ और वे सन्त तुकाराम महाराजजी के शिष्य बन गये।

तुकाराम ने जब ईश्वर के भजन-कीर्तन के साथ-साथ मराठी मे अभंगों की रचना की, तो उनके अभंगों की पोथी को देखकर सवर्ण ब्राह्मणों ने उनकी यह कहकर निन्दा की कि तुम्हें निम्न जाति का होने के कारण यह सब अधिकार नहीं है। यहाँ तक कि रामेश्वर भट्ट नामक एक ब्राहाण ने उनकी सभी पोथियों को इन्द्रायणी नदी में बहा आने के लिए कहा।

साधु प्रवृत्ति के तुकाराम ने सभी पोथियाँ नदी में प्रवाहित कर दीं। कुछ देर बाद जब उन्हें ऐसा करने पर पश्चाताप हुआ, तो वे वहीं विट्ठल मन्दिर के सामने बैठकर रोने लगे। तेरह दिनों तक भूखे-प्यासे वहीं पड़े रहे। चौदहवें दिन स्वयं विट्ठल भगवान ने प्रकट होकर उनसे कहा—"तुम्हारी पोथियाँ नदी के बाहर पड़ी थीं, सँभालो अपनी पोथियाँ।"

सचमुच ऐसा ही हुआ था। इतना ही नहीं, कुछ दुष्ट, ईर्ष्यालु ब्राह्मणों ने एक दुश्चरित्र महिला को उन्हें बदनाम करने हेतु अकेले पाकर भेजा। तुकाराम के हृदय की पवित्रता देखकर वह स्त्री अपने कर्म पर लज्जित होकर पछतायी। एक बार महाराज शिवाजी तुकाराम के दर्शन करने के लिए उनकी कीर्तन सभा में आये हुए थे।

कुछ मुसलमान सैनिक बादशाह की आज्ञा से शिवाजी को धर-पकड़ने वहाँ पहुँचे। तुकारामजी ने अपनी चमत्कारिक शक्ति से वहाँ बैठे सभी लोगों को शिवाजी का रूप दे दिया। मुसलमान सैनिक अपना सिर पीटते हुए वहाँ से खाली हाथ ही लौट गये। 1630-31 में पड़े भयंकर अकाल व महामारी से गाँव की रक्षा भी की थी।

तुकाराम महाराजजी भगवान पांडुरंग का नामस्मरण कर अखण्ड आनन्द की अवस्था में रहते थे। उन्हें किसी वस्तु की कोई अभिलाषा नहीं थी। केवल लोगों के कल्याण के लिए ही वे जीवित थे। स्वयं भगवान श्रीविष्णु का वाहन उन्हे वैकुण्ठ ले जाने के लिए आया था। जाते समय उन्होंने लोगों को अन्तिम

उपदेश करते हुए कहा, "बन्धुओ, जीवन व्यतीत करते समय अखण्ड भगवान का नामस्मरण करें। अखण्ड नामजप करना यह भगवान तक जाने का केवल एक अत्यन्त सुलभ मार्ग है। यह मैंने स्वयं अनुभव किया है। नामजप करने से भगवान के प्रति श्रद्धा बढ़ती है और मन भी शुद्ध होता है।"

तभी श्रीविष्णुजी का गरुड़ वाहन उन्हें लेने के लिए आता दिखाई दिया। भगवान श्रीविष्णुजी के अत्यन्त सुन्दर रूप का वर्णन करते हुए और उपस्थित लोगों को प्रणाम करते हुए तुकाराम महाराजजी भगवान के वैकुण्ठधाम गये। वह दिन था, फाल्गुन कृष्ण पक्ष द्वितीया! भक्ति सिखाने वाले सन्त तुकाराम महाराजजी के चरणों में हम सभी कोटि कोटि वंदन करते हैं।

भगवान की भक्ति में लीन रहने वाले सन्त तुकाराम का जीवन कठिनाइयों भरा रहा। माना जाता है कि उच्च वर्ग के लोगों ने हमेशा उन्हें नीचा दिखाने की कोशिश की। एक बार एक ब्राह्मण ने उनकी सभी पोथियों को नदी में बहाने के लिए कहा तो उन्होंने बिना सोचे सारी पोथियाँ नदी में डाल दी थीं। बाद में उन्हें अपनी इस करनी पर पश्चात्ताप हुआ तो वह विट्ठल मन्दिर के पास जाकर रोने लगे।

वह लगातार तेरह दिन बिना कुछ खाये-पिये वहीं पड़े रहे। उनके इस तप को देखकर चौदहवें दिन भगवान को ख़ुद प्रकट होना पड़ा। भगवान ने उन्हें आशीर्वाद देते हुए उनकी पोथियाँ उन्हें सौंपीं।

आगे चलकर यही तुकाराम सन्त तुकाराम से प्रसिद्ध हुए और समाज के कल्याण में लग गये।

स्वामी समर्थ

स्वामी समर्थजी का जन्म गोदा तट के निकट जालना ज़िले के ग्राम जांब में हुआ था। अल्पायु में ही उनके पिता गुज़र गये और तब से उनके दिमाग़ में वैराग्य घूमने लगा था। हालाँकि, माँ की ज़िद के कारण उन्हें शादी के लिए तैयार होना पड़ा था। पर, मौक़े पर वह मंडप तक नहीं पहुँचे और वैराग्य ले लिया।

दत्त सम्प्रदाय में श्रीपाद श्रीवल्लभ पहले अवतार हैं और नृसिंह सरस्वती दूसरे अवतार माने जाते हैं। अक्करलकोट के स्वामी समर्थ ही नृसिंह सरस्वती हैं अर्थात दत्तावतार हैं।

स्वामी समर्थ ने अपने भक्तों को सुरक्षा का वचन दिया है। वह कहते थे, 'डरो नहीं, मैं तुम्हारे साथ हूँ।' उनका यह वचन प्रसिद्ध है। आप सभी ने यह सुना ही होगा।

उनके इस वचन की अनुभूति उनके भक्त आज भी करते हैं।

नृसिंह सरस्वती जो भगवान श्री दत्त के दूसरे अवतार हैं, वे श्री शैल्य यात्रा के कारण कर्दली वन में अदृश्य हो गये थे। इसी कर्दली वन में वे तीन सौ वर्ष प्रगाढ़ समाधि अवस्था में थे। उसके पश्चात अपनी शक्ति से वे प्रथम काशी में, फिर कोलकाता में, फिर गंगा नदी का तट, गोदावरी नदी का तट आदि स्थानों पर प्रकट हुए थे।

ई.सं. 1856 में वे अक्करलकोट में खण्डोबा के मन्दिर में प्रकट हुए।

'जो मेरा अनन्यथ भाव से चिन्तन, मनन करेगा, अनन्य भाव से उपासना और सेवा मुझे अर्पण करेगा वह नित्य उपासना करनेवाला मेरा प्रिय भक्त है। उसका मैं सब प्रकार से योगक्षेम चलाऊँगा', ऐसा आश्वासन उन्होंने भक्तों को दिया।

एक बार एक प्रसंग घटित हुआ। उस वक्त अक्करलकोट एक संस्थान था। तात्या भोसले नामक गृहस्थ उस संस्थान के मानकरी थे। वे आध्यात्मिक वृत्ति के थे।

एक पल ऐसी स्थिति आ गयी कि उनका मन संस्थान से, संसार अर्थात व्यवहार से ऊब गया। तब वे स्वामी समर्थ के चरणों में शरण आये और स्वामी के पास रहकर भक्तिभाव से उनकी सेवा करने लगे।

एक दिन स्वामी समर्थजी ने तात्या भोसलेजी से कहा, 'तुम्हारे नाम की चिट्ठी आयी है।' तात्या भोसले का मन व्यवहार में नहीं लगता था और उन्हें केवल स्वामीजी की सेवा ही करनी थी, इसलिए उन्होंने स्वामी समर्थ से प्रार्थना की, 'मुझे आपकी और सेवा करनी है! मुझे आपके पास ही रहना है।'

स्वामीजी ने चिट्ठी लानेवाले दूत की ओर देखा। साथ ही तात्या भोसले ने भी देखा। वह यमदूत था। यमदूत मुझे लेने आया है, यह सोचकर तात्या भोसले डर गये। परन्तु स्वामी समर्थ अपने भक्त की सेवा की तड़प जानते थे। इसलिए उन्होंने यमदूत से कहा, 'यह मेरा भक्त है। इसे स्पर्श मत करना। उस ओर बैठे बैल को ले जाओ!' और देखते ही देखते उस बैल के प्राण चले गये तथा वह भूमि पर गिर गया। यमदूत उसे लेकर चला गया।

स्वामी समर्थ अपने भक्तों के कल्याण हेतु सदैव जाग्रत रहकर भयंकर संकटों से उन्हें मुक्त कराते हैं।

स्वामी समर्थ ने नेत्रहीन कृष्णभक्त सूरदास को श्रीकृष्णजी का दर्शन भी कराया था।

द्वारकापुरी में रहनेवाले महान कृष्णभक्त सूरदास जन्म से अन्धे थे। सगुण साकार श्रीकृष्ण का दर्शन करने की उनकी बड़ी इच्छा थी।

एक बार स्वामी समर्थ सूरदास के आश्रम में अचानक जाकर खड़े हो गये। दरवाज़े से ही उन्होंने सूरदास को आवाज़ दी और कहा, 'तुम जिसके नाम से आवाज़ दे रहे हो, देखो वह मैं तुम्हारे दरवाज़े पर खड़ा हूँ। सूरदास, ज़रा देखो।'

श्रीकृष्णजी आये हैं, ऐसे सोचकर नेत्रहीन सूरदास दौड़कर दरवाज़े पर पहुँचे। वहाँ स्वामी समर्थ ने उनके दोनों नेत्रों को अपने हाथों से स्पर्श किया। तभी सूरदास को दिव्य दृष्टि प्राप्त हुई। उन्हें शंख, चक्र, गदा धारण किये हुए भगवान श्रीकृष्ण का सगुण रूप दिखने लगा। श्रीकृष्ण के इस रूप को देखकर सूरदास गद्‌गद हो गये।

थोड़ी देर के पश्चात चेतना वापस आने पर अर्थात ध्यानावस्था से बाहर आने पर स्वामी समर्थजी ने सूरदास को अपने वास्तविक रूप का दर्शन कराया। सूरदास भावविभोर हो गये। उन्होंने स्वामी समर्थ से कहा, 'आपने मुझे दिव्यदृष्टि दी है। अब इस जन्म-मृत्यु के चक्र से मुझे मुक्त कीजिए!'

सूरदास की प्रार्थना सुनकर स्वामी समर्थ ने उन्हें, 'तुम ब्रह्मज्ञानी बनोगे!' ऐसा आशीर्वाद दिया और वे वहाँ से चले गये।

स्वामी समर्थ के बारे में कहा जाता है कि एक शव यात्रा के दौरान जब एक विधवा रोती-रोती उनके चरणों में गिर गयी थी, तो उन्होंने ध्यानमग्न होने के कारण उसे पुत्रवती भव का आशीर्वाद दे दिया था। इतना सुनकर विधवा और फूट-फूट कर रोने लगी।

रोते हुए वह बोली—मैं विधवा हो गयी हूँ और मेरे पति की अर्थी जा रही है। स्वामी इस पर कुछ नहीं बोले और कुछ देर बाद जैसे ही उसके पति की लाश को आगे लाया गया, उसमें जान आ गयी। यह देख सबकी आँखें खुली की खुली रह गयीं। सभी इसे समर्थ स्वामी का चमत्कार बता रहे थे।

सन्त नरहरि सुनार

नरहरि सुनार महान भक्त था। उसका जन्म भूमि पर वैकुण्ठ माने जानेवाले श्री पंढरपुर धाम में हुआ था। पंढरपुर में भगवान श्रीकृष्ण के साथ-साथ शिवोपासना भी प्राचीन काल से चली आ रही है। नरहरि सुनारजी के पिता महान शिव भक्त थे, प्रतिदिन शिवलिंग को अभिषेक करके बिल्व पत्र अर्पण करने के बाद ही वे काम पर जाते थे। भगवान शिव की कृपा से ही उनके घर नरहरि का जन्म हुआ था।

बालक नरहरि को मल्लिकार्जुन मन्दिर में जाकर भगवान की पूजा करने में एवं स्तोत्र पाठ करने में बहुत आनन्द आता था। उन्हें अनेक शिव स्तोत्र कण्ठस्थ थे और पुराणों की कथाएँ भी नरहरिजी बड़े आनन्द से श्रवण करते थे; परन्तु पुराणों में उन्हें केवल भगवान शिवजी की लीलाएँ ही प्रिय लगती थीं। नरहरिजी केवल भगवान शिवजी को ही मानते, श्रीकृष्ण के दर्शन के लिए कभी न जाते थे।

पंढरपुर में भगवान विट्ठल के लाड़ले सन्त श्री नामदेव का कीर्तन नित्य हुआ करता था। सब गाँववासी वहाँ जाते थे, परन्तु नरहरिजी कभी नहीं जाते थे। कारण केवल इतना ही था कि सन्त नामदेव श्रीकृष्ण के भक्त थे। कुछ समय बीतने पर नरहरि के माता-पिता ने सोचा कि इनका विवाह करा दिया जाये। एक दिन मल्लिकार्जुन भगवान के मन्दिर से निकलते नरहरिजी के माता-पिता को दिखाई दिये। माता-पिता ने उन्हें बुलाया और नरहरि के विवाह की इच्छा बताई। उन्होंने कहा, "मैं आपकी आज्ञा का पालन करूँगा, परन्तु मेरी एक शर्त है। पिताजी आपको ज्ञात है कि हमारा घर एक शिवालय बन गया है। मेरी यही शर्त है कि मेरी पत्नी मेरी शिव भक्ति में बाधक न बने।" पिताजी ने कहा,

"ठीक है। हम ऐसी ही भक्त कन्या तुम्हारे लिए देखेंगे। शिव भक्ति यही हमारा अमूल्य धन है, यह जिस कन्या को मान्य होगा वही कन्या बहू के रूप में हम भी देखना चाहते हैं।"

कुछ ही दिनों में गंगा नाम की एक सरल कन्या से नरहरिजी का विवाह हो गया। विवाह के बाद नरहरिजी को उनके माता-पिता ने परम्परा से चलता आ रहा सोने का व्यवसाय सौंपा। नरहरि और उनकी पत्नी दोनों ही आनन्द से भगवान की सेवा करते थे।

नरहरि निरन्तर 'ॐ नमः शिवाय' का नामजप करते थे। उनकी सेवा पूजा से प्रभावित होकर बहुत से लोग उनकी ओर आकर्षित हो गये थे। पंढरपुर में उनका बहुत नाम हो गया। नरहरिजी लोगों से कहते थे कि 'हम सुनार हैं। शिवनाम का सोना चुराने का हमारा पीढ़ियों से चलता आ रहा धन्धा है। इस नाम के सामने जगत का सब वैभव फीका लगता है।

नरहरि कभी भगवान विट्ठल के मन्दिर नहीं जाते थे। वे सबको कहते थे कि अन्य देवता भ्रम है। यदि राम परमात्मा होते, तो उन्हें शिवजी की शरण में जाने की क्या आवश्यकता पड़ गयी? भक्त पुण्डलिक जिनके कारण भगवान विट्ठल पंढरपुर में विराजमान हैं, वह भी विट्ठल भक्ति के पहले शिव भक्ति ही करते थे। उनके भक्त उन्हें समझाने का प्रयास करते कि भगवान एक ही है, केवल उनके नाम में भेद है; परन्तु नरहरि को यह बात नहीं जँचती थी। भगवान शिवजी और श्रीकृष्ण एक ही हैं, इसका ज्ञान नरहरि को करवाना ही चाहिए। ऐसा एक दिन भगवान शिवजी और भगवान विट्ठलजी अर्थात श्रीकृष्णजी ने सोचा।

नरहरि प्रत्येक काम भगवान शिवजी की साक्षी से करते थे। एक दिन उनकी दुकान पर एक धनवान साहूकार आया। नरहरि ने उनका स्वागत किया और कहा, "सेठजी कैसे आना हुआ?" साहूकार ने कहा, "हमको पुत्र रत्न हुआ है।" नरहरि बोले, "भगवान शिवजी की कृपा है।" उस पर साहूकार बोले, "नहीं नहीं! भगवान विट्ठल अर्थात श्रीकृष्णजी की कृपा है। हमने भगवान पांडुरंग से कहा था कि यदि हमारे घर पुत्र ने जन्म लिया, तो हम आपके लिए सोने का कमरपट्टा बनवाएँगे। अब पुत्र का जन्म हुआ है, तो भगवान के लिए सोने का कमरपट्टा बनाने की मेरी इच्छा है।"

नरहरिजी ने कहा, "अच्छा है, पंढरपुर में अन्य बहुत से सुनार हैं। आपको कोई भी कमरपट्टा बनाकर दे देगा।" साहूकार ने पूछा, "आप क्यों नहीं बनवा सकते? आप तो सबको आभूषण बना कर देते हैं।" नरहरिजी ने बताया,

''हमसे नहीं हो पायेगा। हम तो भगवान शिवजी के भक्त हैं। हम सबको शिवजी ही मानते हैं।'' उस पर साहूकार बोले, ''तो फिर भगवान विट्ठल को भी शिवरूप मानो। हरि-हर तो एक ही है।'' नरहरिजी बोले, ''ऐसा आपको लगता होगा, परन्तु मुझे ऐसा नहीं लगता।'' साहूकार ने उन्हें, बहुत समझाया परन्तु नरहरिजी नहीं माने। अन्त में साहूकार ने कहा, ''पंढरपुर में आप बहुत कुशल कारीगर के रूप में प्रसिद्ध हैं। आपके हाथ से यह आभूषण बने यही मेरी इच्छा थी, इसलिए मैंने आपसे बनवाने को कहा था।'' नरहरिजी ने उन्हें बताया कि वे शिव मन्दिर को छोड़कर अन्यत्र किसी भी मन्दिर में प्रवेश नहीं करते। इसलिए वे विट्ठल की मूर्ति की कमर का नाप नहीं ले सकेंगे।

साहूकार को उसी समय एक युक्ति सूझी और उन्होंने कहा, ''ठीक है, मैं भगवान विट्ठल की कमर का नाप लेकर आता हूँ। आप उसी नाप से कमर का आभूषण बनवा देना।'' नरहरि ने उनकी बात और इच्छा का मान रखते हुए आभूषण बनवाने का काम ले लिया। साहूकार ने आगे कहा, ''दो दिन बाद एकादशी है, उस दिन सुबह तक आभूषण तैयार रखना। मैं तुरन्त भगवान की कमर का नाप लाकर देता हूँ।'' भगवान की कमर का नाप मिल गया और नरहरि सुनार ने आभूषण बनाने का काम आरम्भ कर दिया। नरहरिजी ने अत्यन्त सुन्दर रत्नजरित कमरपट्टा बनवा कर तैयार किया।

एकादशी के दिन साहूकार के घर महापूजा की तैयारी आरम्भ हो गयी। पीताम्बर पहनकर चाँदी की थाली में पूजा की सामग्री और आभूषण लेकर साहूकार सबके साथ श्री विट्ठल मन्दिर गये। महापूजा सम्पन्न होने के बाद साहूकार ने कमर का आभूषण भगवान को पहनाने के लिए लिया तो आश्चर्य! वह नाप से चार उँगली अधिक था। साहूकार को थोड़ा क्रोध आया। उन्हें लगा कि नरहरि सुनार ने जानबूझकर ऐसा कार्य किया है; फिर उन्होंने विचार किया कि नरहरि भले ही शिवभक्त है, परन्तु वह कपटी अथवा दुष्ट नहीं है। साहूकार ने अपने एक सेवक को नरहरि सुनार के पास कमरपट्टा लेकर भेजा।

नरहरि ने साहूकार के सेवक से पूछा, ''क्या कहते हो? उन्हें आभूषण पसन्द तो आया न?'' सेवक ने कहा, ''उत्तम है; परन्तु चार उँगली बड़ा हो गया है। सब परेशान हो रहे हैं। चार उँगली कम कर दीजिए।'' नरहरिजी को आश्चर्य लगा, उन्होंने चार उँगली कम कर दिया। सेवक ने कमरपट्टा ले जाकर साहूकार को दिया।

साहूकार पुनः वह कमरपट्टा भगवान पांडुरंग की कमर पर बाँधने लगे, तो क्या आश्चर्य! अब कमरपट्टा चार उँगली कम हो गया।

अब तो साहूकार स्वयं चलकर नरहरि सुनार की दुकान पर गये। पीताम्बर पहने साहूकार को आते देखकर नरहरि ने कहा, "सेठजी ऐसे पूजा के बीच में ही पीताम्बर पहने कैसे आ गये?" साहूकार बोले, "क्याा बताऊँ? अब यह कमरपट्टा चार उँगली कम पड़ रहा है।" नरहरि ने बताया, "भगवान शिवजी को साक्षी मानकर कहता हूँ कि मैंने आभूषण दिये गये नाप के अनुसार ही बनाया है।" साहूकार बोले, "मैं भी भगवान पांडुरंग को साक्षी मानकर कहता हूँ कि पहले आभूषण चार उँगली अधिक और अब चार उँगली कम हो गया है। देखिए, मुझे लगता है, आपकी छवि ख़राब न हो इसलिए आप स्वयं मन्दिर में आकर कमरपट्टा ठीक कर दीजिए।"

यह सुनकर नरहरिजी बोले, "देखिए सेठजी, मैं अपने निश्चयानुसार दूसरे देव का दर्शन नहीं करूँगा। हाँ, आप मेरी आँखों पर पट्टी बाँध कर मुझे मन्दिर में ले चलिए, मैं कमरपट्टा ठीक कर दूँगा।" दोनों भगवान के मन्दिर में पहुँचे और नरहरि सुनार ने नाप लेने हेतु अपने हाथ भगवान की कमर पर लगाये। मूर्ति को हाथ लगाते ही उन्हें एक विलक्षण अनुभव हुआ। विट्ठलजी के कमर पर हाथ रखते ही उन्हें लगा कि 'यह तो व्याघ्रचर्म है, जो भगवान शिवजी धारण करते है।' काँपते हाथों से उन्होंने भगवान के अन्य अंगों का स्पर्श किया। आश्चर्य! उन्हें भगवान के एक हाथ में कमंडल एवं दूसरे हाथ में त्रिशूल का स्पर्श हुआ। उन्हें अपना हाथ मूर्ति के गले पर ले जाने पर सर्प का स्पर्श हुआ।

नरहरि ने कहा, "यह तो विट्ठल की मूर्ति नहीं है, यह तो साक्षात् शिवशंकर लग रहे हैं। अरेरे! मैंने व्यर्थ ही अपनी आँखों पर पट्टी बाँध रखी है? मेरे प्राण प्रिय भगवान ही मेरे सामने हैं। उन्होंने शीघ्र आँखों पर बाँधी हुई पट्टी हटाई और देखा तो सामने भगवान विट्ठलजी के दर्शन हो गये। उन्हें कुछ नहीं समझ आ रहा था। उन्होंने फिर आँखों पर पट्टी बाँध दी और कमरपट्टा बाँधने लगे, परन्तु पुनः उनको व्याघ्रचर्म, कमंडल, त्रिशूल और सर्प का स्पर्श हुआ। आँखों की पट्टी खोलते हैं तो पुनः पांडुरंग विट्ठल के दर्शन और पट्टी बाँधें तो शिवजी का स्पर्श! देखते-देखते एकाएक उन्हें साक्षात्कार हो गया कि हरि-हर तो एक ही हैं। जैसे सोने के विविध अलंकार बनाते हैं, उनके विविध नाम हैं; परन्तु सोना तो एक ही होता है, उसी प्रकार भगवान भी एक ही होते हैं।

उसी समय नरहरि सुनार ने भगवान विट्ठल के चरण पकड़ लिए। उनका समस्त अहंकार चूर-चूर हो गया। उन्हें भगवान शिवजी में श्री विट्ठल और श्री विट्ठल में भगवान शिवजी के दर्शन होने लगे। नरहरि सुनार ने भगवान से क्षमायाचना करते हुए कहा, "हे भगवान, मेरे चित्त का अन्धकार आपकी कृपा से सदा के लिए दूर हो गया है।" आगे चलकर नरहरि सुनार सन्त बन गये।

सन्त शिरोमणि नरसी मेहता

नरसी मेहता एक उच्च कोटि के सन्त थे। वह कृष्णभक्त थे और सदैव भगवान श्रीकृष्णजी की पूजा एवं नामजप में मग्न रहते थे। वह भिक्षा माँगकर अपने परिवार का भरण-पोषण करते थे। नरसीजी के पिताजी की मृत्यु हो गयी थी तथा उनका वार्षिक श्राद्ध करना था। नरसीजी के बड़े भाई नरसीजी के घर आये और बोले, "कल पिताजी का वार्षिक श्राद्ध करना है। तुम अपनी पत्नी को लेकर सवेरे ही मेरे घर आ जाना। काम-काज में हाथ बँटाओगे तो तुम्हारी भाभी को आराम मिलेगा।"

नरसीजी ने अपने भाई से नम्रता से कहा, "भैया, मैं पूजा पाठ करने के बाद ही आ सकूँगा।"

नरसीजी की यह बात सुनकर उनके भाई गुस्सा हो गये और बोले, "ज़िन्दगी भर यही सब करते रहना। जिसकी गृहस्थी भिक्षा से चलती है, उसकी सहायता की मुझे आवश्यकता नहीं है। तुम पिताजी का श्राद्ध अपने घर पर अपने हिसाब से कर लेना।"

नरसीजी ने कहा, "नाराज़ न हो भैया, मेरे पास जो कुछ भी है, मैं उसी से श्राद्ध कर लूँगा।"

गाँववालों को जब पता चला कि नरसीजी अपने पिताजी का श्राद्ध अलग से करनेवाले हैं, तो उन्होंने नरसीजी को नीचा दिखाने की बात सोची। गाँव के पुरोहित ने नरसीजी के घर पर श्राद्ध के लिए सात सौ ब्राह्मणों को आमन्त्रित कर दिया। पुरोहित ने सोचा कि नरसी का परिवार तो भिक्षा माँगकर भोजन करता है,

वह तो सात सौ ब्राह्मणों को भोजन नहीं करा पायेगा। बुलाए हुए ब्राह्मण अप्रसन्न होकर चले जायेंगे और उसे जाति से बाहर निकाल दिया जायेगा।

गाँव की मण्डली के इस षड्यन्त्र का पता नरसीजी की पत्नी मानिकबाईजी को लग गया। वह चिन्तित हो उठी।

अब दूसरे दिन नरसीजी स्नान के बाद श्राद्ध के लिए घी लेने बाज़ार गये। नरसीजी के पास पैसे नहीं थे, इसलिए वह घी उधार में ख़रीदना चाहते थे, परन्तु किसी ने उनको घी नहीं दिया। अन्त में एक दुकानदार मान गया। उसके बदले दुकानदार ने शर्त रखी कि नरसीजी को भजन सुनाना पड़ेगा।

यह तो नरसीजी की पसन्द का काम था और उसके बदले घी मिलेगा, ये तो सोने पे सुहागा हो गया। नरसीजी ने भजन गाना आरम्भ कर दिया। भगवान का भजन गाने में वे इतने तल्लीन हो गये कि उन्हें ध्यान ही नहीं रहा कि घर पर श्राद्ध है।

अब नरसी मेहताजी भजन गाते रहे और आपको पता है, उनके घर पर क्या हुआ? भगवान श्रीकृष्णजी नरसीजी का रूप लेकर श्राद्ध करने के लिए नरसीजी के घर पर पहुँच गये।

प्रभु की लीला ऐसी थी कि वह भक्त के सम्मान की रक्षा के लिए उसके रूप में प्रकट हो गये।

नरसीजी के रूप में भगवान श्रीकृष्णजी ने सात सौ ब्राह्मणों को भोजन कराया। साथ ही उन ब्राह्मणों को दक्षिणा में एक-एक सोने की मुद्रा भी दी। सात सौ ब्राह्मण सन्तुष्ट होकर चले गये।

अब पुरोहित सोचने लगा कि यह नरसी अवश्य कोई जादू-टोना जानता है।

इधर नरसीजी बेसुध होकर भजन गा रहे थे, जब दिन ढल गया, तब उन्हें सुध आयी वह दौड़े-दौड़े घी लेकर घर पहुँचे। उन्होंने देखा कि मानिकबाईजी भोजन कर रही है।

नरसीजी को इस बात पर बहुत ग़ुस्सा आया कि अभी तो श्राद्ध आरम्भ भी नहीं हुआ है और पत्नी भोजन करने बैठ गयी।

वह बोले, "मुझे आने में थोड़ी देर हो गयी। क्या करता, कोई उधार का घी नहीं दे रहा था, परन्तु तुम श्राद्ध करने से पहले ही भोजन क्यों कर रही हो?"

मानिकबाईजी ने कहा, "आप कैसी बात कर रहे हो? स्वयं खड़े होकर आपने ही तो सारा श्राद्ध कार्य किया है। ब्राह्मणों को भोजन करवाया, दक्षिणा दी। सभी चले गये अब आप भी भोजन कर लो।"

ऐसी बात सुनते ही नरसीजी समझ गये कि उनके आराध्य भगवान श्रीकृष्णजी ने ही उनका मान रखा है। वह बोले, "हे परमप्रेमी करुणामय भगवन, गरीब भक्त की लाज आपने ही बचा ली।" इतना कहकर उनकी आँखों से अश्रु की धाराएँ बहने लगीं और वह गाने लगे—

कृष्णजी, कृष्णजी, कृष्णजी कहें तो उठो रे प्राणी।
कृष्णजी के नाम बिना जो बोलो तो मिथ्या रे वाणी॥

गुरुनानकजी

आज से लगभग पाँच सौ वर्ष पहले, संवत् 1526 की कार्तिकी पूर्णिमा के शुभ दिन पंजाब में लाहौर नगर के पास तलवंडी नामक स्थान पर एक खत्री परिवार में एक बालक का जन्म हुआ। इसका नाम नानक रखा गया। इसके पिता का नाम कल्याणचन्द था, परन्तु लोग इन्हें कालू नाम से ही पुकारते थे।

जब नानक सात वर्ष के हुए तो इन्हें पढ़ने के लिए पाठशाला भेजा गया। पण्डितजी ने इनकी पाटी पर गिनती लिखकर दी। नानक ने कहा—पण्डित जी! यह विद्या तो संसार के झगड़े में डालने वाली है, आप तो मुझे वह विद्या पढ़ाएँ, जिसे जानकर सच्चा सुख मिलता है। मुझे तो प्रभु नाम का उपदेश दें। यह सुनकर पण्डितजी हैरान रह गये, फिर भी नानकजी ने दो वर्ष तक पढ़ाई की। नानक प्रायः दूसरे बच्चों की तरह खेल-कूद में समय नहीं बिताते थे। परन्तु जब भी उन्हें देखो, आसन लगाकर भगवान के भजन में मस्त होते। वे दूसरे बच्चों को भगवान के भजन का उपदेश देते।

एक बार इनके पिता ने इन्हें बीस रुपये दिये और कहा कि लाहौर जाकर कोई सच्चा व्यापार करो, जिससे कुछ लाभ हो। इनके साथ अपने विश्वासी कर्मचारी बाला को भी भेजा। नानक बाला को साथ लेकर लाहौर की ओर चल पड़े। जब वे जूहड़काणे के निकट जंगल में पहुँचे तो देखा कुछ साधु तपस्या कर रहे हैं। नानक ने पास जाकर उनके चरण छुए। पता लगा कि वे सात दिन से भूखे हैं। नानक ने बाला से कहा—इससे बढ़कर और सच्चा व्यापार क्या होगा! आओ, इन साधुओं को भोजन कराएँ। ऐसा कहकर नानक उनके निकट जा बैठे और बीस रुपये भेंट कर दिये। उनमें बड़े महात्मा ने कहा—बेटा, रुपये हमारे

किस काम के? तुम्हें ये रुपये व्यापार के लिए तुम्हारे पिता ने दिये हैं, तुम्हें उनकी आज्ञा के अनुसार ही काम करना चाहिए।

नानक ने कहा—महाराज! पिताजी ने मुझे सच्चा व्यापार करने के लिए भेजा है, इसीलिए मैं यह खरा व्यापार कर रहा हूँ। मैं और सब व्यापार झूठे समझता हूँ।

अब महात्माजी ने उन्हें आशीर्वाद दिया और बोले—तू सच्चा प्रभु-भक्त है, इन रुपयों से खाने का सामान ले आ। नानक ने बाला को साथ लेकर पास के गाँव से आटा, दाल, चावल, घी, शक्कर आदि सब वस्तुएँ लाकर महात्माजी को भेंट कर दीं। फिर महात्माओं के चरण छूकर वे घर को वापस लौट पड़े। घर पहुँचने पर जब उनके पिता को यह मालूम हुआ, तो उन्होंने नानक को बहुत पीटा। नानक की बहिन नानकी ने बीच में पड़कर बड़ी मुश्किल से उन्हें छुड़ाया।

गाँव के हाकिम राव बुलार नानक के गुणों को जानते थे। उन्होंने कालू को बुलाकर बीस रुपये दे दिये और कहा कि इस बालक को कभी कुछ मत कहना। यह एक महान पुरुष है। गाँव के हाकिम के समझाने से कालू ने नानक को उसके बहनोई के पास सुलतानपुर भिजवा दिया। ये बड़े सज्जन पुरुष थे, ये नानकजी को सदा भगवान के भजन में आनन्द लूटते देखते। यहीं नानकजी का विवाह हुआ और दो पुत्र भी हुए। यहाँ पर नानकजी ने मोदीखाने का काम किया। कई वर्ष काम करने के बाद इनका मन संसार से उठ गया। वे घर से चले गये। परन्तु तीसरे दिन ही वे बहनोई के घर लौट आये। साधुओं के वेश में इन्होंने लोगों को अपनी मोदीखाने की दुकान लूटने की आज्ञा दे दी और आप गाँव के बाहर जाकर प्रभु-भजन करने लगे। लोगों ने दुकान को जी भरकर लूटा।

उधर समाचार गाँव के नवाब दौलत खाँ को मिला तो वे आग-बबूला हो उठे। उन्होंने नानक के बहनोई को बुलवाया और कहा कि सरकारी मोदीखाना को लुटाने का सारा दोष तुम और नानक दोनों पर है, मैं अभी हिसाब करता हूँ। जब हिसाब हुआ तो उल्टा नानकजी का सात सौ आठ रुपया नवाब की ओर निकला। सब हैरान रह गये। नानक के कहने पर यह रुपया गरीबों में बाँटा गया। अब तो नानक के दर्शनों को बहुत लोग आने लगे। प्रभु भजन में बाधा देखकर नानक वहाँ से एमनाबाद में आकर लालू नामक बढ़ई के घर ठहरे।

एक दिन वहाँ के रईस भागू ने नानकजी को भोजन के लिए निमन्त्रण दिया। इसी बीच लालू बढ़ई भी भोजन ले आया। नानकजी रईस का भोजन अस्वीकार कर लालू का भोजन करने लगे। अब भागू को बड़ा क्रोध आया।

वह स्वयं उनकी सेवा में पहुँच इसका कारण पूछने लगा कि स्वादिष्ट और बढ़िया भोजन छोड़कर आपने नीच लालू का रूखा भोजन क्यों पसन्द किया? नानकजी ने कहा कि तुम भी अपना भोजन ले आओ। जब भोजन आ गया तो नानकजी ने एक हाथ में लालू की सूखी रोटी और दूसरे में भागू की बढ़िया रोटी लेकर ज़ोर से दबाई। लोगों की हैरानी का कोई पार न रहा, जब लालू की रोटी से दूध की बूँदें और भागू की रोटी से ख़ून की बूँदें टपकीं।

लोगों के पूछने पर उन्होंने बताया कि यह सूखी रोटी तो सच्चे ख़ून-पसीने की कमाई की है और यह स्वादिष्ट भोजन गरीबों का ख़ून चूस-चूसकर बनाया गया है। इसलिए सदा मेहनत और धर्म से ही धन कमाना चाहिए, वही फलता और फूलता है। भागू ने उनके चरण पकड़ लिए और शिष्य बन गया।

अब नानकदेवजी मक्का-मदीना आदि सब स्थानों की यात्रा करने लगे। इनके हिन्दू और मुसलमान दोनों ही शिष्य बने। सत्तर वर्ष की आयु में उन्होंने शरीर छोड़ा। जीवन-भर वे धर्म और सच्चाई की राह बताते रहे और अमर हो गये।

गुरुनानकजी सिक्ख पन्थ के संस्थापक हैं। वे गाँव-गाँव जाकर लोगों से मिलते थे। उनके कष्टों को दूर करते थे।

एक बार श्री गुरुनानकजी लोगों के कष्टों को दूर करते हुए एक गाँव के बाहर पहुँचे और वहाँ उन्हें एक झोंपड़ी दिखाई दी। गाँव से इतनी दूर बाहर बनी उस झोंपड़ी को देखकर उन्हें आश्चर्य हुआ। वह उस झोंपड़ी में पहुँचे। उस झोंपड़ी में एक आदमी रहता था, जिसे कुष्ठरोग था।

कुष्ठ रोग त्वचा से सम्बन्धित रोग है तथा संक्रामक भी है। उस रोग के कारण गाँव का कोई भी व्यक्ति उसके पास नहीं जाता था। कभी किसी को दया आ जाती तो उसे खाने के लिए कुछ दे देते थे। गुरुनानकजी उस कोढ़ी के पास गये और उससे कहा, "भाई, यदि तुझे कोई समस्या ना हो तो हम आज रात तेरी झोंपड़ी में रहना चाहते हैं।"

नानकजी की यह बात सुनकर कोढ़ी हैरान हो गया। वह सोचने लगा, 'ये क्या कह रहे हैं? गाँव के लोग जो मुझे जानते हैं, वे भी मेरे पास नहीं आते। परन्तु ये तो मुझे जानते भी नहीं तो मेरे घर में रहने के लिए कैसे आ सकते हैं?' यह सब कोढ़ी मन-ही-मन सोच रहा था। वह अपने रोग से इतना दुखी था कि चाह कर भी कुछ ना बोल सका। केवल नानकजी को देखता ही रह गया। नानकजी के झोंपड़ी में प्रवेश करते ही उस कोढ़ी के शरीर में धीरे-धीरे

परिवर्तन होने लगा। यह उस रोगी के ध्यान में आ रहा था; परन्तु वह कुछ नहीं बोल पाया।

गुरुनानकजी ने कोढ़ी की ओर हँसकर देखा। गुरुनानकजी के साथ उनका एक शिष्य भी था। उसका नाम मरदाना था। गुरुदेव ने उससे रबाब बजाने को कहा और ऐसा कह कर वह उस झोंपड़ी में बैठकर कीर्तन करने लगे। रबाब एक प्रकार.का वाद्य होता है। कोढ़ी बड़े ध्यान से कीर्तन सुन रहा था। कीर्तन से पहले कोढ़ी के हाथ ठीक से हिलते भी नहीं थे, परन्तु कीर्तन समाप्त होने पर वे सहजता से जुड़ गये। उसने नानकजी के चरणों में अपना माथा टेका।

गुरुजी ने उसे अपने दोनों हाथों से पकड़कर उठाया और पूछा, "और भाई ठीक हो? यहाँ गाँव के बाहर झोंपड़ी क्यों बनाई है?" कोढ़ी की आँखें भर आयीं। उसने कहा, "मैं बहुत दुर्भाग्यशाली हूँ। मुझे कुष्ठ रोग हो गया है। मुझसे कोई बात नहीं करता। मेरे घरवालों ने भी मुझे घर से निकाल दिया है। मैं नीच हूँ, इसलिए कोई भी मेरे पास नहीं आता।" उसकी बात सुनकर गुरुजी ने कहा, "तुम अपने आपको क्यों कोस रहे हो? नीच तो वे लोग हैं जिन्होंने तुम जैसे रोगी पर दया नहीं की और तुम्हें अकेला छोड़ दिया।"

गुरुजी ने अत्यन्त प्रेम से उसे अपने निकट बुलाया और कहा दिखाओ तुम्हें कहाँ पर कोढ़ हुआ है? गुरुजी की यह बात सुनकर कोढ़ी गुरुजी के निकट आया। वह गुरुजी के निकट पहुँचा ही था तो पता है क्या हुआ? उस पर प्रभु की और गुरुजी की ऐसी कृपा हुई कि देखते ही देखते उसका कोढ़ समाप्त हो गया। गुरुजी ने उससे कहा, "दिखा, कहाँ है तेरा कोढ़?" कोढ़ी को विश्वास ही नहीं हो रहा था कि उसका कोढ़ अचानक समाप्त कैसे हो गया? गुरुनानकजी ने केवल अपने संकल्प से कोढ़ी का रोग ठीक कर दिया था।

यह सब गुरुनानकजी की कृपा से हुआ है, यह जानकर वह गुरुजी के चरणों में गिर गया। गुरुजी ने उसे उठाया और गले से लगा लिया।

उन्होंने कहा, "तुम्हारा यह रोग केवल प्रभु की कृपा से नष्ट हुआ है। अब तुम्हारा एक ही काम है कि सदैव प्रभु का स्मरण करो। तुम रोगी थे तब सभी ने तुम्हें दूर कर दिया था, परन्तु तुम दूसरों के साथ ऐसा नहीं करना। जिस प्रकार भगवान ने तुम्हारी सहायता की है, उसी प्रकार तुम अन्य रोगियों की सहायता करना। यही तुम्हारे जीवन का मुख्य कार्य होगा।"

गुरुनानकजी की बात सुनकर वह आनन्दित हो गया और उसने नानकजी के चरण पकड़कर उनकी कृतज्ञता व्यक्त की।

सन्त पुरन्दरदास

कृष्णदेवराय जयनगर के राजा थे। उनके राजगुरु थे व्यासराय। उसी काल में राजा कृष्णदेवराय के राज्य में सन्त पुरन्दरदास नामक सन्त भी रहते थे।

सन्त पुरन्दरदासजी का जीवन सादगी भरा था। वे ईश्वंर के भक्तं होने के कारण लोभ से भी मुक्त थे। राजा ने अपने गुरु व्यासराय के मुख से सन्त पुरन्दरदासजी की प्रशंसा अनेक बार सुनी थी। तब राजा के मन में सन्त पुरन्दरदासजी की परीक्षा लेने का विचार आया। उसने सोचा राजगुरु इतनी प्रशंसा करते है तो उनकी परीक्षा लेने के बाद ही उनकी सच्चाई ध्यान में आयेगी।

राजा कृष्णदेवराय ने सेवकों द्वारा सन्त पुरन्दरदासजी को बुलवाया और उनको चावल की भिक्षा दी। सन्त पुरन्दरदासजी प्रसन्न होकर बोले, ''महाराज! मुझे इसी तरह कृतार्थ किया करें।'' घर लौटने के बाद पुरन्दरदासजी ने प्रतिदिन की तरह लायी हुई भिक्षा की झोली अनकी पत्नी सरस्वती देवी के हाथ में दे दी। सरस्वती देवी जब वह चावल बीनने बैठीं, तो उन्हें चावल में छोटे-छोटे हीरे दिखाई दिये। उन्होंने उसी क्षण अपने पति से पूछा, ''आप कहाँ से भिक्षा लाये हैं?'' पुरन्दरदासजी ने कहा, ''राजमहल से!'' तो पत्नी ने वह हीरे घर के पास घूरे में फेंक दिये।

अगले दिन फिर से सन्त पुरन्दरदासजी भिक्षा लेने राजमहल पहुँचे। तो राजा को उनके मुख पर हीरों का प्रकाश दिखाई दिया। राजा ने फिर से उनकी झोली में चावल के साथ हीरे डाल दिये। ऐसा क्रम एक सप्ताह तक चलता रहा।

सप्ताह के अन्त में राजा ने गुरु व्यासराय से कहा, "गुरुदेव! आप तो कहते थे कि पुरन्दर जैसा निर्लोभी दूसरा कोई नहीं, मगर मुझे तो वे लोभी जान पड़े।

यदि विश्वास न हो, तो उनके घर चलिए और सच्चाई को अपनी आँखों से देख लीजिए।"

वे दोनों सन्त पुरन्दरदासजी की कुटिया पर पहुँचे। उन्होंने देखा कि लिपे-पुते आँगन में तुलसी के पौधे के पास सरस्वती देवी चावल बीन रही हैं। राजा के मुख पर हँसी आयी। उसने मन में ही सोचा कि वह उचित समय पर वहाँ पहुँचे हैं। अब पुरन्दरदासजी का सच्चा रूप सभी को पता चलेगा। राजा कृष्णदेवराय आगे आये और उन्होंने सरस्वती देवी से कहा, "बहन! भिक्षा में मिले चावल बीन रही हो।" सरस्वती देवी ने कहा, "हाँ भाई! क्या करूँ, कोई गृहस्थ भिक्षा में ये कंकड़ डाल देता है, इसलिए बीनना पड़ता है। प्रतिदिन यह कंकड़ निकालने में मेरा बहुत समय व्यर्थ हो जाता है। देखकर तो ऐसे लगता है कि कोई जानबूझकर चावल में कंकड़ डाल देता है। मेरे पति कहते हैं कि भिक्षा देने वाले का मन न दुखे, इसलिए जो देते हैं वह भिक्षा ख़ुशी से ले लेता हूँ। वैसे इन कंकड़ों को चुनने में बड़ा समय लगता है।"

राजा ने कहा, "ओ बहन! तुम बड़ी भोली हो। ये कंकड़ नहीं। ये तो मूल्यवान हीरे दिखाई दे रहे हैं।" इस पर सरस्वती देवी ने राजा की ओर देखा और स्पष्टता से कहा, "आपके लिए ये हीरे होंगे, हमारे लिए तो कंकड़ ही हैं। हमने जब तक धन के आधार पर जीवन व्यतीत किया था, तब तक हमारी दृष्टि में ये हीरे थे। पर जब से भगवान विट्ठल का आधार लिया है और धन का आधार छोड़ दिया है, तब से ये हीरे हमारे लिए कंकड़ ही हैं।" कहकर वह बीने हुए हीरों को बाहर फेंक आयी।

यह देख गुरुदेव व्यासरायजी के मुख पर मृदु मुस्कान फैल गयी और राजा कृष्णदेवराय लज्जित होकर सरस्वती देवी के चरणों पर झुक गये।

गौतम बुद्ध

बहुत प्राचीन समय की बात है। भारत में कपिलवस्तु नाम की एक बड़ी सुन्दर नगरी थी। उस समय राजा शुद्धोदन वहाँ राज्य करते थे। ये बड़े धार्मिक और न्याय-प्रिय राजा थे। उनके एक पुत्र हुआ, जिसका नाम सिद्धार्थ रखा गया।

जब सिद्धार्थ बड़े हुए, तो एक बार वे मन्त्री-पुत्र देवदत्त के साथ धनुष-बाण लिए घूम रहे थे। सन्ध्या समय था। सूर्य अस्त हो रहा था। आकाश में लाली छा गयी थी। बड़ा मनोहर दृश्य था। पक्षी आकाश में उड़े जा रहे थे। सहसा सिद्धार्थ की दृष्टि दो राजहंसों पर पड़ी और देवदत्त से बोले—देखो भाई, ये कैसे सुन्दर पक्षी हैं। देखते ही देखते देवदत्त ने कान तक खींचकर बाण चलाया और उनमें से एक पक्षी को घायल कर दिया। पक्षी भूमि पर गिरकर छटपटाने लगा। सिद्धार्थ ने आगे बढ़कर उसे अपनी गोद में ले लिया और पुचकारने लगा। देवदत्त ने अपना शिकार हाथ से जाते देख सिद्धार्थ से कहा कि इस पर मेरा अधिकार है, इसे मैंने मारा है। सिद्धार्थ ने राजहंस के सिर पर हाथ फेरते हुए कहा कि बेशक तुमने इसे मारा है, परन्तु मैंने इसे बचाया है। इसलिए यह पक्षी मेरा है।

राजकुमार सिद्धार्थ ने पक्षी की मरहम-पट्टी की और उसे चारा दिया। समय पाकर पक्षी स्वस्थ होने लगा। फिर एक बार देवदत्त ने सिद्धार्थ से कहा कि मेरा पक्षी मुझे दे दो, परन्तु सिद्धार्थ नहीं माना। लाचार हो देवदत्त ने महाराज के पास जाकर न्याय की पुकार की। महाराज ने दोनों को दरबार में बुलाया।

राजकुमार सिद्धार्थ राजहंस को गोद में लिए हुए राज-दरबार में पहुँचे। पक्षी डर के मारे कुमार के शरीर से चिपट रहा था। महाराज ने देवदत्त से पूछा कि

अब तुम अपनी बात कहो। इस पर देवदत्त ने कहा—महाराज! इस पक्षी को मैंने अपने बाण से मारा है, इसलिए इस पर मेरा अधिकार है। आप चाहें तो, कुमार सिद्धार्थ से ही पूछ लें।

महाराज की आज्ञा पाकर राजकुमार सिद्धार्थ ने खड़े होकर माथा झुकाकर नम्रता से कहा—हे राजन्, यह तो ठीक है कि यह पक्षी देवदत्त के बाण से घायल हुआ है, पर मैंने इसे बचाया है। मारने वाले की अपेक्षा बचाने वाले का अधिक अधिकार होता है। इसलिए यह पक्षी मेरा है।

अब राजा बड़ी सोच में पड़े। देवदत्त का अधिकार जताना भी ठीक था और सिद्धार्थ का भी। राजा कोई निर्णय न कर सके। अन्त में एक वृद्ध मन्त्री ने उठकर कहा कि हे महाराज! इस पक्षी को सभा के बीच में छोड़ दिया जाये। दोनों कुमार बारी-बारी से इसे अपने पास बुलाएँ। पक्षी जिसके पास चला जाये, उसी को दे दिया जाये। यह विचार सबको पसन्द आया।

अब पक्षी को सभा के ठीक बीच में छोड़ दिया गया। एक कोने पर सिद्धार्थ खड़े हुए और दूसरे कोने पर देवदत्त। पहले देवदत्त की बारी थी, उसने पक्षी को बड़े प्रेम से बुलाया, परन्तु वह डर के मारे उससे और दूर हट गया। ज्यों-ज्यों वह बुलाये, पक्षी डर से सिकुड़ता जाये। अन्त में देवदत्त हताश हो गया, अब कुमार सिद्धार्थ की बारी थी। ज्यों ही उन्होंने प्यार भरी आँखों से पक्षी की ओर देखकर हाथ फैलाया और उसे बुलाया, त्यों ही वह धीरे-धीरे चलता हुआ अपने बचाने वाले की गोद में आकर बैठ गया। हंस सिद्धार्थ को दे दिया गया।

राजकुमार सिद्धार्थ उस पक्षी की दिन-रात सेवा करने लगे। कुछ दिनों बाद राजहंस पूर्ण स्वस्थ होकर उड़ गया।

आगे चलकर यही राजकुमार सिद्धार्थ राजपाट छोड़कर गौतम बुद्ध के नाम से प्रसिद्ध हुए, जिन्होंने अहिंसा का पाठ सारे संसार को पढ़ाया। आज भी चीन, जापान आदि कई देश बौद्ध मत को मानते हैं। हमारी सरकार ने भी कुछ साल पहले बड़े समारोह से गया के पवित्र तीर्थ में उनकी जयन्ती मनाई।

भगवान महावीर

आज से लगभग ढाई हज़ार वर्ष पहले इस भारत भूमि पर सिद्धार्थ नाम के एक बड़े धर्मात्मा राजा राज्य करते थे। ये इक्ष्वाकु कुल के थे। ये और इनकी महारानी का नाम त्रिशला था। इनकी प्रजा बड़ी सुखी थी। राज्य धन-धान्य से भरपूर था।

एक बार महारानी को बड़ा सुन्दर स्वप्न आया, जिसका अर्थ यह था कि उन्हें एक शूरवीर और महान धार्मिक पुत्र प्राप्त होगा। भगवान की लीला, उसी दिन से राज्य में दिन दूनी, रात चौगुनी उन्नति होने लगी। राजा और रानी सारा-सारा दिन सत्संग और दीन-दुखियों की सेवा में लगे रहते।

चैत्र शुक्ल त्रयोदशी को सोमवार के दिन प्रातःकाल के समय इनके घर पुत्र हुआ। शिशु का रंग कुन्दन की तरह चमक रहा था। सभी अंग बड़े सुन्दर थे। अब तो राजा-रानी फूले न समाते थे। एक बार संजय और विजय नामक साधु शिशु को देखने आये। उसे देखते ही उनकी सब शंकाएँ और अज्ञान मिट गया, उनका मन जल की तरह निर्मल हो गया। राजकुमार के दो नाम रखे गये—वीर और वर्धमान।

एक बार राजकुमार अपने मित्रों के साथ पेड़ पर उछलकूद कर रहे थे कि एक भयानक काला नाग पेड़ पर जा चढ़ा। राजकुमार के सब साथी डरकर भाग खड़े हुए, परन्तु राजकुमार बिल्कुल न डरे और उसके फन पर पैर रखकर नीचे उतरकर उसको ख़ूब ज़ोर-ज़ोर से हिलाने-डुलाने लगे और बहुत देर तक खेलते रहे। इसके बाद कुमार को सोने के घड़े में जल लेकर नहलाया गया और इनका नाम महावीर रख दिया गया।

जब ये पाँच वर्ष के हुए, तो कुल की रीति के अनुसार इन्हें गुरुकुल में पढ़ने के लिए भेजा गया। ये बहुत थोड़े समय में ही सब-कुछ सीख गये। आठ वर्ष की आयु से ही इनके मन में यह विचार आया कि सच्चा सुख केवल त्याग से ही मिल सकता है। इस संसार के सभी सुखों का अन्त दुःख में होता है। उन्होंने कठोर व्रतों का पालन शुरू कर दिया और गृहस्थ के कामों को भी करते रहे। जब तक ये महापुरुष घर में रहे, इन्होंने सारे कर्तव्य भली-भाँति पालन किये और उनसे कभी भी मुख नहीं मोड़ा। परन्तु वे सदा ही विचारते रहे कि किस प्रकार जन्म-मरण के चक्र से छूटा जा सकता है और परम आनन्द मिल सकता है। इन्होंने सदा माता-पिता और गुरु की हर आज्ञा को माना और तन, मन, धन से उनकी सेवा करते रहे। वे विवाह न कर कठोर ब्रह्मचर्य-व्रत का पालन करते रहे।

भगवान महावीर संस्कृत और दूसरी भाषाओं के महान विद्वान थे। एक दिन आप प्रभु के ध्यान में बैठे थे कि पूर्वजन्मों का चित्र आँखों के सामने खिंच गया और विचारने लगे कि अनेक जन्म बीत गये और इस जन्म के भी तीस वर्ष बीत गये हैं, परन्तु अभी मोह मेरे मन से दूर नहीं हुआ। आप फूट-फूटकर रोए। आपने एकाएक घर छोड़ने का निश्चय कर लिया और माता-पिता को समझा-बुझाकर उनकी आज्ञा प्राप्त कर घर को सदा के लिए त्याग दिया। आपने वन में पहुँचते ही कपड़े और गहने उतारकर फेंक दिये और अपने बालों को उखाड़ दिया। अब आपने कठोर तपस्या शुरू कर दी। एक बार पूरे छह मास तक समाधि में बैठे रहे। न कुछ खाया और न पिया। इसके बाद कुलपुर गये। वहाँ के राजा ने उनका बहुत आदर किया और प्रेम से भोजन कराया।

सन्त कबीरदास

कबीरदास भक्ति आन्दोलन के एक उच्च कोटि के कवि, समाजसुधारक एवं प्रवर्तक माने जाते हैं। इनका जन्म सं. 1455 में हुआ था—

चौदह सौ पचपन साल गये चंद्रवार एक ठाठ ठए।
जेठ सुदी बरसायत को पूरनमासी प्रगट भए॥

नीरू एवं नीमा नामक जुलाहों ने इनका पालन-पोषण किया था। स्वामी रामानन्द इनके गुरु थे। कबीर ने कहा है—'काशी में हम प्रगट भये, रामानन्द चेताये।' कबीर की स्त्री का नाम लोई था। कमाल और कमाली, इनकी सन्तानें थीं। कबीर ने जुलाहे का व्यवसाय अपनाया था।

'बीजक' कबीर की प्रामाणिक रचना मानी जाती है। इसमें कबीर की वाणी का, उनके शिष्यों द्वारा किया गया संकलन है। 'बीजक' के तीन भाग—साखी, सबद और रमैनी हैं। इसमें साखी महत्त्वपूर्ण मानी जाती है।

महात्मा कबीर के समय में सारा समाज अस्त-व्यस्त था। उनका युग सामाजिक और राजनीतिक दृष्टि से संक्रान्ति काल था, समाज टूटा था। हिन्दू और मुसलमान दोनों धर्मान्धता में जकड़े एक-दूसरे के प्रति विद्वेष की भावना से ग्रसित थे। इसके कारण दोनों ही सम्प्रदायों में संघर्ष की स्थिति उत्पन्न हो गयी थी। कबीर इस धर्मान्धता से क्षुब्ध थे। कबीर ने सामाजिक, धार्मिक क्षेत्र में व्याप्त कुरीतियों और आडम्बरों को भली-भाँति समझा तथा एक नैतिक समाज के गठन का आह्वान किया। कबीर ऐसे समाज की स्थापना करना चाहते थे, जिसमें न जाति की बाध्यता हो और न ही धर्मान्धता की जकड़न हो। कबीर का समाजसुधारक रूप सामाजिक, धार्मिक, आर्थिक एवं नैतिक क्षेत्रों में देखा

जा सकता है। कबीर वर्ण, जाति और धर्म को नहीं मानते थे। कबीर को योगी, साधु-संन्यासियों, मुनियों एवं पण्डितों का आडम्बर कभी स्वीकार नहीं हुआ। इसीलिए वेशधारी-मिथ्याडम्बरी लोगों का विरोध कर इनके व्रत-उपवास और पूजा-पाठ पर व्यंग किया है। ब्राह्मण उच्च कुल में जन्म लेने मात्र से अपने को उच्च मानता था, चाहे उसकी दिनचर्या वैश्य की या शूद्र की ही क्यों न हो, इसी वर्ण-व्यवस्था को कबीर ने बदलने का प्रयास किया।

पण्डित भूले पढ़ि गुनि वेदा। आप अपनपौ जान न भेदा॥
अति गुन गरब करें अधिकाई। अधिकै गरदि न होइ भुलाई॥

हिन्दू समाज की ही यह दशा न थी, हिन्दुओं की भाँति इस्लाम के ठेकेदारों ने भी अपने समाज में मिथ्या आचार-विचारों एवं आडम्बरों को प्रश्रय दे रखा था। मुल्ला की झूठी इबारत और नमाज पढ़ने के उपरान्त गो-हत्या करना कबीर से सहा न गया—

दिन भर रोजा रहत है, रात हनत है गाय।

कहकर रोजा का मज़ाक़ उड़ाया।

मुसलमान के पीर औलिया मुर्गा-मुर्गी खायी।

वास्तव में कबीर की प्रेरणा किसी व्यक्ति को सुधारने के लिए नहीं है, बल्कि दिशाविहीन समाज को दिशा देने के लिए है। वे मदान्ध लोगों को समझाते हैं—

दुर्बल को न सताइये, जाकी मोटी हाय।
मरी खाल की साँस से, लोह भसम है जाय॥

कबीर ने किसी मतवाद का प्रवर्तन नहीं किया। मानव जीवन के लिए उन्होंने जो कल्याणकारी मार्ग समझा, अपने ज्ञान और अनुभवों के आधार पर जिसे उपयुक्त पाया उसका प्रवर्तन किया। कबीर मात्र एक कवि ही नहीं थे, बल्कि एक युग-पुरुष की श्रेणी में भी आते हैं। भक्तिकाल में ही नहीं, सम्पूर्ण हिन्दी साहित्य में कबीर जैसी प्रतिभा और साहस वाला कोई कवि दूसरा पैदा नहीं हुआ। उन्होंने भक्तिकाल का एकान्तिक आनन्द जितना अपनाया है, उससे भी अधिक सामाजिक परिष्कार का दायित्व निर्वाह किया है। कबीर ने एक भावुक रचनाकार की तरह परमात्मा, आत्मा, माया जगत के विषय में चिन्तन किया है। उनके इस चिन्तन को दार्शनिक रहस्यवाद की कोटि में रखा जा सकता है। कबीर कोरे दार्शनिक नहीं हैं। वे मूलतः भक्त हैं। इसीलिए तर्कपूर्ण चिन्तन-मनन के प्रति उनका रुझान कम ही रहता है। कबीर सारी चिन्ता को छोड़कर केवल

हरिनाम की चिन्ता करते हैं। राम के बिना जो कुछ भी उन्हें दिखाई देता है, वह सब काल का पाश है। कबीर व्यक्तिगत साधना के साधक एवं प्रचारक थे, परन्तु उनका अपना व्यक्तित्व भी तो समाज सुधार की लहर की उपज था। अतः कबीर एक उच्चकोटि के समाज-सुधारक एवं कवि थे।

एक बार की बात है। कबीरदासजी कुटिया के पास एक वेश्या ने अपना अड्डा (कोठा) बना लिया। कबीरदासजी तो रोज़ाना भजन-कीर्तन करते और भगवान का नाम लेते। वहीं दूसरी ओर सामने वेश्या के कोठे में नाच-गाना होता। कबीरदासजी को यह बिल्कुल भी अच्छा नहीं लगता। वहा बड़े अजीब-अजीब से लोग आया करते। जो गन्दी-गन्दी बातें और हरकतें करते। नाच-गाने की आवाज़ों से कबीरदासजी प्रभु का ध्यान लगाने में बाधा महसूस करने लगे। एक दिन कबीरदासजी वेश्या की कुटिया के सामने गये और उसे बाहर बुलाया।

कबीरदासजी बोले, 'आप यहाँ जो कर रही हैं, वह बिल्कुल भी अच्छा नहीं है। और इससे मेरा प्रभु में ध्यान बार-बार भटक रहा है। आप यहाँ से चली क्यों नहीं जातीं?' कबीरदासजी की यह बात सुनकर वेश्या भड़क जाती है। वह उच्च स्वरों में बोलती है, 'ए फकीर! तू मुझे यहाँ से भगाना चाहता है। अरे समस्या तुझे है तो तू यहाँ से चला जा।' फिर कबीरदासजी चुपचाप अपनी कुटिया में आ जाते हैं और भजन-कीर्तन करने लगते हैं। ध्यान ना बँट जाये इसलिए वे ज़ोर-ज़ोर से उच्च स्वरों में भजन गाते हैं।

इससे उस वेश्या के यहाँ आने वाले लोग कबीरदासजी के भजनों से प्रभावित होते। वे भी कबीर के भजन सुनने के लिए उनके पास बैठ जाते। वेश्या सोचती है यह क्या हो रहा है? सभी लोग वहाँ जा रहे हैं। ऐसे तो मेरा धन्धा चौपट हो जायेगा। वेश्या अपने लोगों के साथ मिलकर कबीरदासजी की कुटिया में आग लगा देती है। जलती हुई कुटिया को देख कबीरदासजी बड़े करुण स्वर में कहते हैं, 'हे ईश्वर! तो आप भी यही चाहते हैं कि मैं यहाँ से चला जाऊँ। ठीक है! मैं आपकी आज्ञा स्वीकार करता हूँ।' इसी दौरान एक चमत्कार होता है। एक ज़ोरदार हवा का झोंका आता है जो उस आग को बुझा देता है। वही एक चिंगारी उस वेश्या की कुटिया में लग जाती है।

अब वेश्या की कुटिया जलने लगती है। इसे देख वह वेश्या मदद के लिए पुकारती है। लेकिन तब तक उसकी कुटिया पूरी जल जाती है। वह कबीरदासजी के चरणों में गिरकर क्षमा याचना करती है। वह वेश्या पछतावे की आग में रोने लगती है। उसके बाद वह यहाँ दोबारा कभी नहीं आती।

इसलिए कबीरदासजी कहते है जो ईश्वर को हर रोज़ याद करता है। ईश्वर भी मुसीबत के समय उसकी पुकार ज़रूर सुनता है।

सुबह उठते ही कबीरदासजी अपने घर में भजन-कीर्तन करते। उनके घर पर भक्तों का जमावड़ा हो जाता था। वहीं पर भजन-कीर्तन, नाच-गाना होता था। यही नहीं कबीरदासजी आये हुए सभी को खाना खिला कर भेजते थे। रोज़ दो-तीन सौ भक्त उनके यहाँ आते थे और सभी को खाना खिलाए बग़ैर नहीं जाने देते। इससे उनकी पत्नी (लोई) और बेटा (कमाल दास) परेशान हो गये थे। घर में राशन पानी ख़त्म हो रहा था। घर क़र्ज़े पर चल रहा था।

गोस्वामी तुलसीदास

राजापुर उत्तर प्रदेश के चित्रकूट ज़िला के अन्तर्गत स्थित एक गाँव है। वहाँ अष्टछाप के कवि नन्ददासजी का जन्म जनपद–कासगंज के सोरों शूकरक्षेत्र अन्तर्वेदी रामपुर (वर्तमान–श्यामपुर) गाँव निवासी भारद्वाज गोत्रीय सनाढ्य ब्राह्मण पं. सच्चिदानन्द शुक्ल के पुत्र पं. जीवाराम शुक्ल की पत्नी चम्पा के गर्भ से संवत् 1572 विक्रमी में हुआ था। पं. सच्चिदानन्द के दो पुत्र थे, पं. आत्माराम शुक्ल और पं. जीवाराम शुक्ल। पं. आत्माराम शुक्ल एवं हुलसी के पुत्र का नाम महाकवि गोस्वामी तुलसीदास था, जिन्होंने श्रीरामचरितमानस महाग्रन्थ की रचना की थी। नन्ददासजी के छोटे भाई का नाम चन्दहास था। नन्ददास जी, तुलसीदासजी के सगे चचेरे भाई थे। नन्ददासजी के पुत्र का नाम कृष्णदास था। नन्ददास ने कई रचनाएँ–रसमंजरी, अनेकार्थमंजरी, भागवत दशम स्कन्ध, श्याम सगाई, गोवर्धन लीला, सुदामा चरित, विरहमंजरी, रूप मंजरी, रुक्मिणी मंगल, रासपंचाध्यायी, भँवर गीत, सिद्धान्त पंचाध्यायी, नन्ददास पदावली हैं। उनकी धर्मपत्नी का नाम हुलसी था। संवत् 1511 के श्रावण मास के शुक्लपक्ष की सप्तमी तिथि के दिन अभुक्त मूल नक्षत्र में इन्हीं दम्पति के यहाँ तुलसीदास का जन्म हुआ। प्रचलित जनश्रुति के अनुसार शिशु बारह महीने तक माँ के गर्भ में रहने के कारण अत्यधिक हृष्टपुष्ट था और उसके मुख में दाँत दिखाई दे रहे थे। जन्म लेने के साथ ही उसने राम नाम का उच्चारण किया जिससे उसका नाम रामबोला पड़ गया। उनके जन्म के दूसरे ही दिन माँ का निधन हो गया। पिता ने किसी और अनिष्ट से बचने के लिए बालक को चुनियाँ नाम की एक दासी को सौंप दिया और स्वयं विरक्त हो गये। जब रामबोला साढ़े पाँच वर्ष का हुआ

तो चुनियाँ भी नहीं रही। वह गली-गली भटकता हुआ अनाथों की तरह जीवन जीने को विवश हो गया।

भगवान शंकरजी की प्रेरणा से रामशैल पर रहनेवाले श्री अनन्तानन्दजी के प्रिय शिष्य श्रीनरहर्यानन्दजी (नरहरि बाबा) ने इस रामबोला के नाम से बहुचर्चित हो चुके इस बालक को ढूँढ़ निकाला और विधिवत उसका नाम तुलसीराम रखा। तदुपरान्त वे उसे अयोध्या (उत्तर प्रदेश) ले गये और वहाँ संवत् 1561 माघ शुक्ला पंचमी (शुक्रवार) को उसका यज्ञोपवीत-संस्कार सम्पन्न कराया। संस्कार के समय भी बिना सिखाये ही बालक रामबोला ने गायत्री-मन्त्र का स्पष्ट उच्चारण किया, जिसे देखकर सब लोग चकित हो गये। इसके बाद नरहरि बाबा ने वैष्णवों के पाँच संस्कार करके बालक को राम-मन्त्र की दीक्षा दी और अयोध्या में ही रहकर उसे विद्याध्ययन कराया। बालक रामबोला की बुद्धि बड़ी प्रखर थी। वह एक ही बार में गुरु-मुख से जो सुन लेता, उसे वह कण्ठस्थ हो जाता। वहाँ से कुछ काल के बाद गुरु-शिष्य दोनों शूकरक्षेत्र (सोरों) पहुँचे। वहाँ नरहरि बाबा ने बालक को रामकथा सुनायी किन्तु वह उसे भली-भाँति समझ न आयी।

ज्येष्ठ शुक्ल त्रयोदशी, गुरुवार, संवत् 1583 को 29 वर्ष की आयु में राजापुर से थोड़ी ही दूर यमुना के उस पार स्थित एक गाँव की अति सुन्दरी भारद्वाज गोत्र की कन्या रत्नावली के साथ उनका विवाह हुआ। चूँकि गौना नहीं हुआ था अतः कुछ समय के लिए वे काशी चले गये और वहाँ शेषसनातनजी के पास रहकर वेद-वेदांग के अध्ययन में जुट गये। वहाँ रहते हुए अचानक एक दिन उन्हें अपनी पत्नी की याद आयी और वे व्याकुल होने लगे। जब नहीं रहा गया तो गुरुजी से आज्ञा लेकर वे अपनी जन्मभूमि राजापुर लौट आये।

तुलसीदास अपनी पत्नी रत्नावली से बहुत प्रेम करते थे। एक बार रत्नावली अपने मायके गयीं। तुलसीदास से रहा नहीं गया। उस रात भारी बारिश थी। रत्नावली का घर नदी के उस पार के गाँव में था। तुलसीदास, पत्नी से मिलने के लिए बारिश में निकल पड़े। नदी के पास कोई नाव नहीं थी, तब उनको वहाँ किनारे पर एक बहती लाश दिखाई दी। तुलसीदास ने उस लाश पर बैठकर जैसे-तैसे नदी पार की। पत्नी के घर पर पहुँचकर दरवाज़ा खटखटाया, लेकिन दरवाज़ा नहीं खुला।

पत्नी दूसरी मंज़िल पर सोती थी, इसलिए घर के पीछे जाकर ऊपर चढ़ने का रास्ता देखने लगे। घर के पीछे उनको एक मोटी रस्सी दिखाई दी, वो उस रस्सी से चढ़कर ऊपर आ गये और सीधा पत्नी के कमरे में पहुँचे।

पत्नी हड़बड़ा गयी और बोली इतनी रात बारिश में और वो भी ऊपर—आप कैसे आये! तुलसीदास बोले—रस्सी पकड़कर। पत्नी ने देखा रस्सी नहीं, साँप था। पति की इस अथाह आसक्ति को देखकर पत्नी बोली—हे नाथ! मेरी देह से जितना प्रेम करते हो, इतना प्रेम यदि राम से करते, तो आपका जीवन धन्य हो जाता। पत्नी की ये बात तुलसीदास के हृदय में उतर गयी।

रत्नावली इतनी रात गये अपने पति को अकेले आया देख कर आश्चर्यचकित हो गयी। उसने लोक-लाज के भय से जब उन्हें चुपचाप वापस जाने को कहा तो वे उससे उसी समय घर चलने का आग्रह करने लगे। उनकी इस अप्रत्याशित ज़िद से खीझकर रत्नावली ने स्वरचित एक दोहे के माध्यम से जो शिक्षा उन्हें दी उसने ही तुलसीराम को तुलसीदास बना दिया। रत्नावली ने जो दोहा कहा था वह इस प्रकार है—

अस्थि चर्म मय देह यह, ता सों ऐसी प्रीति!
नेकु जो होती राम से, तो काहे भव-भीत?

यह दोहा सुनते ही उन्होंने उसी समय पत्नी को वहीं उसके पिता के घर छोड़ दिया और वापस अपने गाँव राजापुर लौट गये। राजापुर में अपने घर जाकर जब उन्हें यह पता चला कि उनकी अनुपस्थिति में उनके पिता भी नहीं रहे और पूरा घर नष्ट हो चुका है तो उन्हें और भी अधिक कष्ट हुआ। उन्होंने विधि-विधान पूर्वक अपने पिताजी का श्राद्ध किया और गाँव में ही रहकर लोगों को भगवान राम की कथा सुनाने लगे।

भगवान श्रीराम जी से भेंट

कुछ समय राजापुर रहने के बाद वे पुनः काशी चले गये और वहाँ की जनता को रामकथा सुनाने लगे। कथा के दौरान उन्हें एक दिन मनुष्य के वेश में एक प्रेत मिला, जिसने उन्हें हनुमानजी का पता बतलाया। हनुमानजी से मिलकर तुलसीदास ने उनसे श्रीरघुनाथजी का दर्शन कराने की प्रार्थना की। हनुमानजी ने कहा, 'तुम्हें चित्रकूट में रघुनाथजी के दर्शन होंगे।' इस पर तुलसीदासजी चित्रकूट की ओर चल पड़े।

चित्रकूट पहुँचकर उन्होंने रामघाट पर अपना आसन जमाया। एक दिन वे प्रदक्षिणा करने निकले ही थे कि यकायक मार्ग में उन्हें श्रीराम के दर्शन हुए। उन्होंने देखा कि दो बड़े ही सुन्दर राजकुमार घोड़ों पर सवार होकर धनुष-बाण

लिए जा रहे हैं। तुलसीदास उन्हें देखकर आकर्षित तो हुए, परन्तु उन्हें पहचान न सके। तभी पीछे से हनुमानजी ने आकर जब उन्हें सारा भेद बताया तो वे पश्चात्ताप करने लगे। इस पर हनुमानजी ने उन्हें सान्त्वना दी और कहा प्रातःकाल फिर दर्शन होंगे।

संवत् 1607 की मौनी अमावस्या को बुधवार के दिन उनके सामने भगवान श्रीराम जी पुनः प्रकट हुए। उन्होंने बालक रूप में आकर तुलसीदास से कहा, 'बाबा! हमें चन्दन चाहिए क्या आप हमें चन्दन दे सकते हैं?' हनुमानजी ने सोचा, कहीं वे इस बार भी धोखा न खा जायें, इसलिए उन्होंने तोते का रूप धारण करके यह दोहा कहा–

चित्रकूट के घाट पर, भइ सन्तन की भीर।
तुलसीदास चन्दन घिसें, तिलक देत रघुबीर॥

तुलसीदास भगवान श्रीराम जी की उस अद्‌भुत छवि को निहार कर अपने शरीर की सुध-बुध ही भूल गये। अन्ततोगत्वा भगवान ने स्वयं अपने हाथ से चन्दन लेकर अपने तथा तुलसीदासजी के मस्तक पर लगाया और अन्तर्धान हो गये।

इसके बाद भगवान की आज्ञा से तुलसीदासजी काशी चले आये। वहाँ उन्होंने भगवान विश्वनाथ और माता अन्नपूर्णा को श्रीरामचरितमानस सुनाया। रात को पुस्तक विश्वनाथ मन्दिर में रख दी गयी। प्रातःकाल जब मन्दिर के पट खोले गये तो पुस्तक पर लिखा हुआ पाया गया–सत्यं शिवं सुन्दरम् जिसके नीचे भगवान शंकर की सही (पुष्टि) थी। उस समय वहाँ उपस्थित लोगों ने 'सत्यं शिवं सुन्दरम्' की आवाज़ भी कानों से सुनी।

इधर काशी के पण्डितों को जब यह बात पता चली तो उनके मन में ईर्ष्या उत्पन्न हुई। वे दल बनाकर तुलसीदासजी की निन्दा और उस पुस्तक को नष्ट करने का प्रयत्न करने लगे। उन्होंने पुस्तक चुराने के लिए दो चोर भी भेजे। चोरों ने जाकर देखा कि तुलसीदासजी की कुटी के आसपास दो युवक धनुष-बाण लिए पहरा दे रहे हैं। दोनों युवक बड़े ही सुन्दर क्रमशः श्याम और गौर वर्ण के थे। उनके दर्शन करते ही चोरों की बुद्धि शुद्ध हो गयी। उन्होंने उसी समय से चोरी करना छोड़ दिया और भगवान के भजन में लग गये। तुलसीदासजी ने अपने लिए भगवान को कष्ट हुआ जान कुटी का सारा सामान लुटा दिया और पुस्तक अपने मित्र टोडरमल (अकबर के नौरत्नों में एक) के यहाँ रखवा दी। इसके बाद उन्होंने अपनी विलक्षण स्मरण शक्ति से एक दूसरी प्रति लिखी।

उसी के आधार पर दूसरी प्रतिलिपियाँ तैयार की गयीं और पुस्तक का प्रचार दिनों-दिन बढ़ने लगा।

इधर काशी के पण्डितों ने और कोई उपाय न देख श्री मधुसूदन सरस्वती नाम के महापण्डित को उस पुस्तक को देखकर अपनी सम्मति देने की प्रार्थना की। मधुसूदन सरस्वतीजी ने उसे देखकर बड़ी प्रसन्नता प्रकट की और उस पर अपनी ओर से यह टिप्पणी लिख दी—

आनन्दकानने ह्यास्मिंजंगमस्तुलसीतरुः।
कवितामंजरी भाति रामभ्रमरभूषिता॥

इसका हिन्दी में अर्थ इस प्रकार है—'काशी के आनन्द-वन में तुलसीदास साक्षात् तुलसी का पौधा है। उसकी काव्य-मंजरी बड़ी ही मनोहर है, जिस पर श्रीराम रूपी भँवरा सदा मँडराता रहता है।'

पण्डितों को उनकी इस टिप्पणी पर भी सन्तोष नहीं हुआ। तब पुस्तक की परीक्षा का एक अन्य उपाय सोचा गया। काशी के विश्वनाथ मन्दिर में भगवान विश्वनाथ के सामने सबसे ऊपर वेद, उनके नीचे शास्त्र, शास्त्रों के नीचे पुराण और सबके नीचे रामचरितमानस रख दिया गया। प्रातःकाल जब मन्दिर खोला गया तो लोगों ने देखा कि श्रीरामचरितमानस वेदों के ऊपर रखा हुआ है। अब तो सभी पण्डित बड़े लज्जित हुए। उन्होंने तुलसीदासजी से क्षमा माँगी और भक्ति-भाव से उनका चरणोदक लिया।

तुलसीदासजी के इष्टदेव भगवान जगन्नाथ हैं। एक बार की बात है जब तुलसीदासजी अपने इष्टदेव का दर्शन करने श्रीजगन्नाथपुरी गये थे। जगन्नाथ मन्दिर में भक्तों की भीड़ बहुत थी यह देखकर तुलसीदासजी प्रसन्न मन से मन्दिर में गये। तुलसीदासजी ने जैसे ही भगवान जगन्नाथजी के दर्शन किये वे निराश हो गये। और उन्होंने विचार किया कि यह हस्तपादविहीन देव कदापि हमारा इष्ट नहीं हो सकता है। और वे मन्दिर से तुरन्त बाहर निकल गये और मन्दिर से थोड़ी ही दूर एक वृक्ष के नीचे जाकर बैठ गये। तुलसीदासजी अपने मन में विचार करने लगे कि मेरा इतनी दूर आना व्यर्थ हुआ। वे सोचते हैं कि क्या गोलाकार नेत्रों वाला तथा हस्तपादविहीन देव मेरा राम हो सकता है? कदापि नहीं। रात्रि हो गयी थी, वे उसी वृक्ष के नीचे थके-माँदे, भूखे-प्यासे बैठे रहे, भूख से उनका अंग टूट रहा था। अचानक ही एक आहट हुई। तो उनका ध्यान उधर गया और उसे सुनने लगे।

तभी उन्होंने देखा एक बालक हाथों में थाली लिए पुकार रहा था–'अरे बाबा! तुलसीदास कौन है?'

तभी तुलसीदासजी उठते हुए बोले, 'हाँ भाई! मैं ही हूँ तुलसीदास बताइए क्या काम है।'

बालक ने कहा, 'अरे! आप यहाँ हैं। मैं बहुत देर से आपको ही खोज रहा हूँ। लीजिए, जगन्नाथजी ने आपके लिए प्रसाद भेजा है।'

जगन्नाथजी के यह तुलसीदासजी को साक्षात् दर्शन थे।

आदिगुरु शंकराचार्य

शंकराचार्य हिमालय की ओर यात्रा कर रहे थे। तब उनके साथ उनके सभी शिष्य थे। सामने अलकनन्दा नदी का विस्तीर्ण पात्र था। किसी एक शिष्य ने शंकराचार्यजी की स्तुति करना प्रारम्भ किया। उसने कहा, "आचार्य, आप कितने ज्ञानी हैं! यह अलकनन्दा सामने से बह रही है ना! कितना पवित्र प्रवाह है ये! इससे भी कितने गुना अधिक ज्ञान आपका है! महासागर समान!"

उस समय शंकराचार्यजी ने हाथ का दण्ड पानी में डुबाया, बाहर निकाला एवं शिष्य को दिखाया। "देख, कितना पानी आया? एक बूँद आयी उस पर।" शंकराचार्य हँसकर बोले, "पागल, मुझे कितना ज्ञान है बताऊँ? अलकनन्दा के पात्र में जितना जल है ना, उसका केवल एक बिन्दु दण्ड पर आया। पूरे ज्ञान में से मेरा ज्ञान केवल उतना ही है।" जब आदि शंकराचार्य ऐसा कहते हैं, तो आप-हम क्या हैं?

शंकराचार्य ने केवल मात्र 2 वर्ष की उम्र में ही वेद और उपनिषद् का ज्ञान प्राप्त कर लिया था और 7 वर्ष की उम्र में ही संन्यासी बनने का निश्चय कर लिया था। उनकी इस महानता का श्रेय उनकी माता को जाता है। कई वर्षों बाद जन्में शंकराचार्य को उनकी माँ ने न केवल शिक्षा दी बल्कि जगद्गुरु बनने का मार्ग भी प्रशस्त किया। शंकराचार्य अपनी माता से बहुत प्रेम करते थे उनके इस प्रेम को देखकर एक नदी ने भी अपना रुख मोड़ लिया था। इतना ही नही शंकराचार्य ने एक संन्यासी होते हुए भी अपनी माता का अन्तिम संस्कार करके अपने मातृ ऋण को चुकाया। शंकराचार्य के बारे में ऐसी ही कई बातें प्रचलित हैं।

आदिगुरु शंकराचार्य का जन्म केरल में हुआ था। उनके पिता का नाम शिवगुरु नामपुद्रि और माता का नाम विशिष्टा देवी था। जिन्हें भगवान शिव की कृपा से एक पुत्र रत्न की प्राप्ति हुई जिसका नाम शंकराचार्य रखा गया। इस बारे में शास्त्रों में एक कथा भी प्रचलित है। नामपुद्रि और विशिष्टा ने पुत्र प्राप्ति के लिए भगवान शिव की कठोर आराधना की जिससे प्रसन्न होकर भगवान शिव ने उन्हें पुत्र प्राप्ति का वरदान दिया लेकिन इसके साथ एक शर्त और भी रखी कि अगर यह पुत्र सर्वज्ञ होगा तो इसकी आयु पूर्ण नहीं होगी और अगर पूर्ण आयु पुत्र की इच्छा है तो वह सर्वज्ञ नहीं होगा।

जिसके बाद दोनों दम्पति ने सर्वज्ञ पुत्र की इच्छा व्यक्त की। इसके बाद भगवान शिव ने स्वयं ही उनके यहाँ पुत्र बनकर जन्म लेने का वरदान दिया। इस प्रकार वैशाख मास के कृष्ण पक्ष की पंचमी तिथि को जिस पुत्र ने नामपुद्रि और विशिष्टा के यहाँ जन्म लिया उसका नाम शंकर रखा गया।

आदि शंकराचार्य के पिता का निधन उनके बचपन में ही हो गया था। उनकी माता ने उनको शिक्षा प्राप्ति के लिए गुरुकुल भेजा। गुरुकुल में गुरुजन ने जब उनके ज्ञान के बारे में जाना तो वह भी इस पर विश्वास नहीं कर पाये क्योंकि शंकराचार्य को पहले से ही सभी धर्मग्रन्थ, वेद, पुराण उपनिषद् का ज्ञान था।

आदिगुरु अपनी माता से अत्यधिक प्रेम करते थे। शंकराचार्यजी की माता को स्नान करने के लिए पूर्णा नदी तक जाना पड़ता था जो उनके गाँव से काफ़ी दूर थी। लेकिन अपनी माँ के प्रति प्रेम, सम्मान और सेवा को देखकर नदी ने अपना सारा वेग उनके गाँव कालड़ी की ओर मोड़ दिया।

एक बार की बात है शंकराचार्य ने अपनी माँ से संन्यासी जीवन अपनाने को कहा। इस बात पर उनकी माँ उनसे सहमत नहीं हुई। इस पर शंकराचार्यजी ने नारद मुनि के संन्यासी जीवन की कथा सुनाई कि किस तरह नारदजी संन्यासी जीवन जीना चाहते थे लेकिन उनकी माँ ने इस बात से इनकार कर दिया। एक दिन सर्पदंश के कारण उनकी माता की मृत्यु हो गयी जिसके बाद वह संन्यासी बन गये। जिसे सुनकर विशिष्टा देवी को काफ़ी दुख हुआ लेकिन उन्होंने अपनी माता से कहा कि उन पर उनकी माँ का साया सदैव रहेगा।

उन्होंने अपनी माँ को इस बात का भी आश्वासन दिया कि वह उनके जीवन के अन्तिम समय में उन्हीं के साथ रहेंगे और उनकी सभी अन्तिम क्रियाएँ भी स्वयं ही करेंगे इसके अलावा एक और कथा प्रचलित है।

एक बार आदि शंकराचार्य नदी में स्नान करने गये। वहाँ उनका पैर एक मगरमच्छ ने पकड़ लिया। जिस पर उन्होंने अपनी माँ से कहा कि जब तक आप मुझे संन्यासी जीवन में प्रवेश करने की आज्ञा नहीं देंगी तब तक यह मगरमच्छ मेरा पैर नहीं छोड़ेगा।

शंकराचार्य ने अपनी माता को वचन दिया था कि वह अन्तिम समय में उनके साथ ही रहेंगे। जब शंकराचार्य को उनकी माँ के अन्तिम समय का आभास हुआ तब वह अपने गाँव पहुँच गये। जिस समय वह गाँव पहुँचे तब उनकी माता का अन्तिम समय चल रहा था। शंकराचार्य को देखकर उनकी माँ ने अन्तिम साँस ली। इसके बाद जब उनकी माता का दाह-संस्कार का समय आया तो सबने शंकराचार्य का यह कहकर विरोध किया कि वह तो एक संन्यासी हैं। वह किसी की भी अन्तिम क्रिया को नहीं कर सकते। जिस पर शंकराचार्य ने कहा कि जिस समय उन्होंने अपनी माँ को वचन दिया था उस समय वह संन्यासी नहीं थे। सभी के विरोध करने पर भी शंकराचार्य ने अपनी माता का अन्तिम संस्कार किया। लेकिन किसी ने उनका साथ नहीं दिया। शंकराचार्य ने अपने घर के सामने ही अपनी माँ की चिता सजाई और अन्तिम क्रिया की। जिसके बाद से ही केरल के कालड़ी में घर के सामने चिता जलाने की परम्परा शुरू हो गयी।

महर्षि दयानन्द

लगभग सवा सौ वर्ष हुए, गुजरात प्रान्त के मोरबी राज्य के टंकारा नामक ग्राम में एक बालक का जन्म हुआ। इसका नाम मूलशंकर रखा गया। इसके पिता अम्बाशंकरजी एक बड़े भूमिहार थे। वे शिवजी के बड़े भक्त थे। जब मूलशंकर बड़ा हुआ, तो उन्होंने अपने कुल की रीति के अनुसार उसे शिवरात्रि का व्रत रखने को कहा। पिता ने पुत्र को समझाया कि सच्चे हृदय से शिवजी की पूजा करने से वे प्रसन्न हो जाते हैं और अपने भक्त को निहाल कर देते हैं। मूलशंकर ने निश्चय किया कि मैं बिना अन्न-जल ग्रहण किये सारी रात जागकर शिवजी की पूजा करूँगा और उन्हें प्राप्त करूँगा।

शिवरात्रि के दिन सायंकाल ग्राम के शिव मन्दिर में एक-एक करके भक्तों की टोलियाँ पहुँच गयीं। मूलशंकर और इनके पिता भी मन्दिर में आ गये। आज दिन-भर मूलशंकर ने कुछ भी खाया-पिया नहीं था।

मन्दिर में आरती के बाद शिवजी का पूजन शुरू हुआ। जब आधी रात बीत गयी तो एक-एक करके सब लोग सो गये। मूलशंकर के पिता भी सो गये। केवल मूलशंकर बार-बार आँखों पर जल के छींटे देकर शिवजी का पूजन करते रहे। उन्होंने देखा कि चूहे शिवलिंग पर चढ़कर मिठाई खाने लगे। यह देखकर उन्हें हृदय में शंका हुई कि सारे संसार को चलाने वाले शिवजी अगर अपने ऊपर से एक चूहे को नहीं हटा सकते, तो वे मेरी क्या रक्षा करेंगे?

उन्होंने अपने पिता को जगाया और उन्हें अपनी शंका बताई। उन्होंने उत्तर दिया—बेटा, सच्चे शिव तो कैलाश पर्वत पर रहते हैं, कलियुग में उनके दर्शन नहीं होते, इसलिए मन्दिर में मूर्ति बनाकर उनकी पूजा की जाती है।

इस उत्तर से मूलशंकर को सन्तोष नहीं हुआ और मूर्ति पूजा से उनका विश्वास उठ गया। साथ ही साथ यह प्रण भी कर लिया कि मैं सच्चे शिव को ढूँढ़कर उनकी ही पूजा करूँगा। अब मूलशंकर को भूख सताने लगी। वे पिता की आज्ञा लेकर घर लौट आये, माता से लेकर कुछ खा लिया और सो गये।

कुछ दिनों बाद आपकी छोटी बहिन का देहान्त हुआ। सारा परिवार रोता रहा, पर मूलशंकर की आँखों में कोई आँसू नहीं था। वह कोने में खड़ा सोच रहा था कि मृत्यु क्या है, इससे कैसे बचा जाये। फिर कुछ दिन बीतने पर इनके चाचा की मृत्यु हुई। ये भगवान के बड़े भक्त थे और मूलशंकर को बहुत प्यार करते थे। अब तो मूलशंकर फूट-फूटकर रोए और उन्होंने दूसरा प्रण किया कि मैं मौत को अवश्य जीतूँगा। 'होनहार बिरवान के होत चीकने पात'—होनहार बालक सदा हर बात को विचारा करते हैं और जब एक बार कोई निश्चय कर लेते हैं तो सारी आयु-भर उसे पाने के लिए जुट जाते हैं। कठोर से कठोर विपत्ति भी उन्हें अपने मार्ग से नहीं हटा सकती। फिर अन्त में अपने लक्ष्य को पाकर वे अमर हो जाते हैं।

अब मूलशंकर उदास रहने लगे। उन्होंने अपने मित्रों से किसी योगी का पता पूछा जो सच्चे शिव को प्राप्त करने और मृत्यु को जीतने का उपाय बता सके। उधर माता-पिता को चिन्ता हुई और उन्होंने उसका विवाह करने की ठान ली। जब मूलशंकर को पता लगा तो इन्होंने साफ़-साफ़ कह दिया कि मैं विवाह नहीं करूँगा, योगाभ्यास से मृत्यु को जीतूँगा और सच्चे शिव को पाऊँगा। कुछ समय तो माता-पिता रुक गये पर फिर उन्होंने उनके विवाह की बात पक्की कर ही दी। अपनी धुन के पक्के मूलशंकर ने जब और कोई चारा न देखा तो अपने घर को सदा के लिए छोड़ दिया। इस समय इनकी आयु बाईस वर्ष की थी।

आपने घर छोड़ने के बाद संन्यास ले लिया। नाम हुआ दयानन्द। वर्षों जंगलों की खाक छानी। बड़े-बड़े महात्माओं की सेवा कर बहुत कुछ सीखा, पर ज्ञान की प्यास नहीं बुझी। अन्त में दण्डी स्वामी विरजानन्द के पास जाकर डेढ़ वर्ष तक ज्ञान प्राप्त करते रहे। ये महात्मा सूरदास थे और मथुरा नगरी में रहते थे। जब तक ऋषि दयानन्द मथुरा में रहे, दिन-भर में यमुना जल के चालीसों घड़े लाकर अपने गुरुदेव को स्नान कराते, उनकी सेवा करते।

इन दिनों दयानन्दजी का शरीर देखते ही बनता था, लम्बा क़द, बाहुएँ बड़ी-बड़ी, माथा चौड़ा और मोटी-मोटी आँखें। शरीर का गठन बहुत सुन्दर था। इस समय आपकी आयु सैंतीस वर्ष की थी। इन दिनों मथुरा में स्थान-स्थान पर

उनके ब्रह्मचर्य व्रत और त्याग की प्रशंसा होती थी। पर महात्मा दयानन्द सदा नीची दृष्टि रखकर चलते थे। यदि कोई छोटी-सी बालिका भी सामने आ जाती तो माता कहकर सिर झुका देते थे।

एक बार ऋषि दयानन्द अपने गुरु की कुटिया में झाड़ू लगा रहे थे। सब गन्दगी एक कोने में बटोर रहे थे कि गुरुदेव भी उधर ही आ गये और उनका पाँव उसमें जा लगा। इस पर उन्होंने दयानन्द को बहुत पीटा। महर्षि दयानन्दजी उठकर गुरुजी के हाथ-पाँव दबाने लगे और कहा कि गुरुदेव मेरा शरीर तो पत्थर जैसा है और आपका शरीर कोमल है। आपको मुझे मारते समय कष्ट होता होगा, इसलिए मुझे मत मारा करें। कहते हैं, उस चोट का निशान सारी आयुभर आपकी दायीं बाहु पर बना रहा। जब भी उसे देखते, गुरु के उपकारों को याद करने लग जाते।

पढ़ाई समाप्त होने पर गुरु की आज्ञा से महर्षि दयानन्द देश में बढ़ती हुई अविद्या को मिटाने में जुट गये। इन दिनों लोगों ने आपको 48-48 घण्टे लगातार समाधि में बैठे देखा। आपका चेहरा तेजोमय चक्र से घिरा रहता था। आपने छोटी आयु में विवाह, अनमेल विवाह, मूर्ति-पूजा आदि कई समाज की बुराइयों का कठोरता से खण्डन किया। एक ईश्वर की पूजा, ब्रह्मचर्य व्रत और वेदों के पठन-पाठन का बहुत प्रचार किया।

सन्त एकनाथ

सन्त एकनाथ महाराष्ट्र के प्रसिद्ध सन्तों में से एक माने जाते हैं। महाराष्ट्र में इनके भक्तों की संख्या बहुत अधिक है। भक्तों में नामदेव के बाद एकनाथ का ही नाम लिया जाता है। ब्राह्मण जाति के होने के बावजूद इन्होंने जाति प्रथा के ख़िलाफ़ अपनी आवाज़ तेज़ की। समाज के लिए उनकी सक्रियता ने उन्हें उस वक्त के संन्यासियों का आदर्श बना दिया था। दूर-दूर से उनसे लोग मिलने आया करते थे। उनसे जुड़े एक चमत्कार की बात करें तो...

एक बार एकनाथजी को मानने वाले एक संन्यासी को रास्ते में एक मरा हुआ गधा मिलता है, जिसे देखकर वह उसे दण्डवत् प्रणाम करते हैं और कहते हैं 'तू परमात्मा है'। उनके इतना कहने से वह गधा जीवित हो जाता है।

इस घटना की ख़बर जब लोगों में फैलती है, तो वह उस सन्त को चमत्कारी समझकर परेशान करने लगते हैं। ऐसे में संन्यासी सन्त एकनाथजी के पास पहुँचता है और सारी बात बताता है। इस पर सन्त एकनाथ उत्तर देते हुए कहते हैं, जब आप परमात्मा में लीन हो जाते हैं तब ऐसा ही कुछ होता है। माना जाता है कि इस चमत्कार के पीछे सन्त एकनाथ ही थे।

ईश्वर के परमभक्त एकनाथजी के जीवन से अनेक चमत्कारिक घटनाएँ जुड़ी हैं। कहा जाता है कि वे जिस रास्ते से होकर गोदावरी स्नान को जाते थे, उसी रास्ते एक दुष्ट मौलवी उन्हें नहाकर लौटते समय उन पर कुल्ला करके अपवित्र कर देता था। एकनाथ कुछ न कहते, चुपचाप पुनः स्नान कर लौट जाते।

एक दिन तो उस दुष्ट ने उन पर 108 बार कुल्ले किये। आख़िर जब उसका मुँह थक गया, तो वह एकनाथजी के पैरों पर गिरकर बोला—

"मैं आपका अपराधी हूँ।" एकनाथ बोले—"तुम्हारी वजह से मैंने एक ही दिन में 108 बार गोदावरी स्नान का पुण्य कमाया।"

कुछ दुष्ट ब्राह्मणों ने उनकी सज्जनता की परीक्षा लेने के लिए एक बार एक व्यक्ति को उन्हें क्रोधित करने हेतु घर भेजा। एकनाथजी भगवद् भक्ति में रमे हुए थे। वह व्यक्ति उनकी पीठ पर चढ़ बैठा। एकनाथ हँसकर बोले—"तुम्हारी इतनी आत्मीयता देखकर मैं बहुत प्रसन्न हुआ।" अब उस व्यक्ति ने उन्हें क्रोध दिलाने के लिए गिरिजाबाई की पीठ की सवारी भी कर डाली।

वे गिरिजाबाई से बोले—"इस बालक को ठीक से पकड़े रहना, अन्यथा गिरकर उसे चोट लग जायेगी।" गिरिजाबाई बोली—"मुझे ऐसे बच्चों को सँभालने का अच्छा अभ्यास है।" सन्तों को भला क्रोध कैसे आता। एक बार हरिद्वार से रामेश्वरम् में गंगाजल चढ़ाने हेतु वे तीर्थयात्रा से लौट रहे थे। रास्ते में एक मरणासन्न प्यासे गधे को देखकर घड़े का सारा जल उसे पिला दिया। उनके साथियों ने इसका काफ़ी विरोध किया। बाद में सभी को उसी गधे में रामेश्वरम् भगवान के दर्शनों का सौभाग्य प्राप्त हुआ। अछूतों के प्रति उनके मन में ऐसा प्रेमभाव था कि उनके पिता के वार्षिक श्राद्ध पर घर में बन रहे पकवानों की गन्ध पाकर कुछ अछूतों द्वारा भोजन की इच्छा प्रकट करते ही उन्हें सन्तुष्ट होने तक अपने घर बिठाकर भोजन कराया।

ब्राह्मणों ने उनके इस कार्य की काफ़ी निन्दा की। ब्राह्मणों ने भोजन करने से इनकार कर दिया। एकनाथजी ने भक्तिभाव से पितरों का आवाहन किया। पितृगण सशरीर वहाँ उपस्थित हुए। यह देखकर ब्राह्मणों की आँखें फटी की फटी रह गयी थीं। एक वेश्या के निमन्त्रण पर उसके घर जाकर एकनाथजी ने उसके हृदय में ईश्वर-भक्ति की ऐसी लगन लगायी कि उसने अपने जीवन को धन्य कर लिया।

हमारे हिन्दू धर्म में श्राद्ध विधि का बड़ा महत्त्व बताया गया है। एक बार सन्त एकनाथ महाराज श्राद्ध कर्म कर रहे थे। पूर्वजों के लिए उनके घर में स्वादिष्ट भोजन तैयार हो रहा था। उसी समय कुछ भिखारी उनके दरवाज़े से गुज़र रहे थे। एकनाथ महाराजजी के घर से स्वादिष्ट खाद्य पदार्थों की सुगन्ध सभी ओर फैल रही थी। भिखारियों को भी वह सुगन्ध आयी।

तब उनमें से एक भिखारी ने कहा, "यह भोजन पहले पुरोहितों को खिलाया जाता है। हमें तो बचा हुआ जूठा अन्न मिलेगा।"

सन्त एकनाथजी ने इन भिखारियों को बात करते हुए सुना। उन्होंने अपनी पत्नी गिरिजाबाई से कहा, "बहुत से लोग ब्राह्मणों को भोजन कराते हैं और वह उचित भी है। परन्तु इन भिखारियों में भी, ब्रह्मपरमात्मा है। अभी उन्हें खिलाओ। परन्तु पुरोहितों के लिए भी बाद में भोजन पका पाओगी न? उनको आने के लिए अभी समय है।"

गिरिजाबाई के हाँ कहने पर एकनाथ महाराज ने गिरीजाबाई से कहा, "तो उन्हें खिलाओ।" एकनाथ महाराजजी ने भिखारियों के बीच सर्वोच्च आत्मा देखी और उन्हें भोजन कराया। इसके बाद, गिरिजाबाई ने स्नान किया और पुनः भोजन बनाना आरम्भ किया।

दूसरी ओर यह बात पूरे गाँव में फैल गयी कि "एकनाथजी ने ब्राह्मणों के लिए तैयार भोजन भिखारियों को खिला दिया है। अब गिरिजाबाई पुनः खाना बना रही हैं।"

पुरोहितों ने श्राद्ध के लिए तैयार भोजन उनसे पहले भिखारियों को खिलाना अपना अपमान माना। उन्होंने तुरन्त गाँववालों की एक बैठक बुलायी। पूरा गाँव एक ओर था और दूसरी ओर एकनाथ महाराज। बैठक में निर्णय लिया गया कि पुरोहितों का अपमान करने के कारण कोई भी श्राद्धकर्म तथा भोजन के लिए एकनाथजी के घर नहीं जायेगा।

एकनाथ महाराज के घर में जाने से रोकने के लिए दो युवक लाठी लेकर उनके घर के दरवाज़े के पास खड़े रहे।

वहाँ गिरिजाबाई ने भोजन बनाया था। एकनाथजी ने देखा कि द्वार पर खड़े यह लोग किसी को आने नहीं देंगे। तो उन्होंने अपनी इच्छा शक्ति और योग शक्ति का उपयोग किया। जो पुरोहित श्राद्ध के लिए नहीं आ रहे थे उनके पिता, दादा, परदादा आदि को उन्होंने आवाहन किया और सभी प्रगट हो गये। एकनाथ महाराज ने उनसे कहा, "बैठ जाइए भूदेव! आप इस गाँव के ब्राह्मण हैं। आज हमारे घर भोजन कीजिए।"

गाँव के पुरोहितों के पूर्वज भोजन करने बैठ गये। हाथ धोना, आचमन आदि के समय गाये जाने वाले श्लोकों की आवाज़ से एकनाथजी का आँगन गूँज उठा। बाहर द्वार पर जो दो युवक लाठी लेकर खड़े थे, उन्होंने यह आवाज़ सुनी। उन्होंने सोचा, "हमने किसी भी ब्राह्मण को प्रवेश नहीं करने दिया, तो यह आवाज़ कहाँ से आ रही है?" उन्होंने अन्दर देखा और वे आश्चर्यचकित हो गये। अन्दर तो ब्राह्मणों का भोजन चल रहा था।

तब उन्होंने घर के अन्दर देखा, तो उन्हें ध्यान में आया कि अरे! यह तो मेरे दादा हैं! यही मेरा परदादा हैं! यह उसका चाचा है! यही उसके परदादा हैं! उनकी आँखें खुली की खुली रह गयीं।

दौड़कर उन्होंने गाँव के सभी पुरोहितों को यह वार्ता सुनाई। उन्होंने कहा, "आपके पिता, दादा, परदादा, चाचा आदि सभी पितृलोक से एकनाथ के घर आये हैं। वे अब एकनाथ के आँगन में भोजन कर रहे हैं।"

गाँव के सभी लोग एकनाथ महाराज के घर आये। पुरोहित तो इस अद्भुत दृश्य को देखते ही रह गये! उन्हें अपनी गलती का भान हुआ। अन्त में उन्होंने एकनाथजी से हाथ जोड़कर क्षमा माँगते हुए कहा, "महाराज! हमने आपको नहीं पहचाना। हमें क्षमा कर दीजिए।"

सन्त पूसलार

पूसलार एक सन्त थे जो दक्षिण भारत के एक शहर में रहते थे। उस इलाके का राजा एक विशाल शिव मन्दिर बनवा रहा था। बहुत सालों के बाद मन्दिर का निर्माण कार्य पूरा होने वाला था। वह मन्दिर जो राजा के जीवन का सपना था, उसके उद्‌घाटन समारोह से एक रात पहले राजा के सपने में शिव आये और कहा, "मैं तुम्हारे मन्दिर के उद्‌घाटन में नहीं आ पाऊँगा। क्योंकि पूसलार ने इसी शहर में दूसरा मन्दिर बनवाया है। मुझे वहाँ जाना है। उसके मन्दिर का भी उद्‌घाटन कल ही है।"

राजा एक भय के साथ जागा क्योंकि इतने सालों तक यह मन्दिर बनाने के लिए मेहनत करने के बाद, इतना पैसा और श्रम लगने के बाद, शिव कह रहे हैं कि उन्हें इसी शहर में पूसलार के बनवाए हुए किसी दूसरे मन्दिर में जाना है। कौन है यह पूसलार और यह कौन-सा मन्दिर है, जिसके बारे में मैं नहीं जानता? वह पूसलार की तलाश में लग गया।

बहुत दिनों की तलाश के बाद, उन्हें एक छोटी-सी झोंपड़ी में पूसलार मिले, जो पेशे से मोची थे। उन दिनों मोची के पेशे को हिकारत की नज़र से देखा जाता था। राजा ने जाकर उनसे पूछा, "तुम्हारा मन्दिर कहाँ है? शिव का कहना है कि वह तुम्हारे मन्दिर में जायेंगे, मेरे मन्दिर में नहीं। कहाँ है मन्दिर?" पूसलार बोले, "मैंने उसे अपने मन में बनाया है।"

उन्होंने एक-एक ईंट, एक-एक पत्थर करके धीरे-धीरे कई सालों तक अपने मन में वह मन्दिर बनाया था और ऐसा मन्दिर पत्थरों और ईंटों से बने मन्दिर से कहीं अधिक असली होता है।

सदाशिव ब्रह्मेन्द्र

दक्षिण भारत में सदाशिव ब्रह्मेन्द्र नाम के एक योगी थे। वह निर्काया थे, यानी उन्हें शरीर की कोई सुध नहीं थी। जिस व्यक्ति को शरीर की सुध नहीं होती, उसे कपड़े पहनने का ध्यान भी नहीं आता। इसलिए वह नग्न ही घूमते थे। उन्हें किसी तरह की सीमा और सम्पत्ति का भी होश नहीं था। एक दिन वह कावेरी नदी के तट पर स्थित राजा के उद्यान में पहुँच गये। राजा अपनी रानियों के साथ आराम कर रहा था। तभी उसने सदाशिव ब्रह्मेन्द्र को उद्यान में स्त्रियों के सामने नग्न चलते देखा। सदाशिव ब्रह्मेन्द्र के लिए पुरुष या स्त्री का कोई भेद नहीं था। राजा क्रोधित हो गया। "कौन है यह मूर्ख जो मेरी रानियों के सामने नग्न हो कर आ गया है।" उसने अपने सैनिकों को बुलाकर आदेश दिया, "पता लगाओ कि यह मूर्ख कौन है?" सिपाही उसके पीछे दौड़े और योगी को पुकारा। उन्होंने पीछे मुड़ कर नहीं देखा और बस चलते रहे। सिपाहियों ने क्रोधित होकर अपनी तलवार निकाल ली और उन पर वार किया। उनका दाहिना हाथ कट गया। लेकिन उनकी चाल नहीं थमी। वह चलते रहे। यह देखकर सैनिक डर गये। उन्हें लगा कि यह कोई साधारण मनुष्य नहीं है। अपना हाथ कटने के बाद भी वह चल रहा है! राजा और सिपाही उनके पीछे दौड़े, उनके पैरों पर गिर पड़े और उन्हें वापस उद्यान में ले कर आये। उन्होंने अपना बाक़ी जीवन उसी उद्यान में बिताया और वहीं पर शरीर त्यागा।

सन्त नामदेव

नामदेवजी का जन्म एक दर्ज़ी परिवार में हुआ था। उनके पिता दामाशेटी और माता गोणाई देवी धार्मिक संस्कारों से सम्पन्न परिवारवाले व्यक्ति थे। ऐसे ही परिवार में सन् 1270 की कार्तिक सुदी शुक्ल प्रतिपदा के दिन नामदेव का जन्म हुआ था। उनके पिता दामाशेटी विट्ठल के परमभक्त थे।

विट्ठल मन्दिर में वे बालक नामदेव को भी साथ ले जाया करते थे। एक बार दामाशेटी किसी काम से दूसरे गाँव जाते समय बालक नामदेव को मन्दिर में जाकर नैवेद्य चढ़ाने का भार सौंप गये। बालक नामदेव नैवेद्य लेकर भगवान के सामने घण्टों बैठे रहे।

काफ़ी समय निकल जाने पर नामदेव भगवान को नैवेद्य ग्रहण करते न देखकर रोते हुए बोले—"आप तो मेरे पिता के हाथ का नैवेद्य स्वीकार कर लेते हो, मेरे हाथ का क्यों नहीं? आप जब तक नैवेद्य ग्रहण नहीं करोगे, तब तक मैं न ही खाऊँगा, न पीऊँगा।" वे एक पैर पर आँखें मूँदे खड़े रहे। उनकी अविचल भक्ति देखकर भगवान मूर्ति से बाहर आये और उन्होंने बड़े ही प्रेमपूर्वक नैवेद्य ग्रहण किया।

बालक नामदेव ख़ुशी-ख़ुशी नैवेद्य की खाली थाली लिए हुए घर पहुँचे। घर जाकर उन्होंने पूरी घटना विस्तारपूर्वक अपनी माता को बतायी। माता को बड़ा आश्चर्य हुआ, विश्वास नहीं। रात को जब दामाजी घर लौटे, तो गोणाई ने सारी घटना अपने पति को सुनायी। उन्हें भी आश्चर्य हुआ, विश्वास नहीं।

दूसरे दिन इस बात की सचाई का पता लगाने के लिए वे बालक नामदेव के साथ विट्ठाल मन्दिर पहुँचे। नैवेद्य भगवान के सामने रखकर बालक नामदेव

ने उसे खाने हेतु गुहार लगायी। उनके पिता ने खिड़की से छिपकर देखा कि विट्ठल तो सचमुच ही नैवेद्य खा रहे हैं। उसी समय उन्हें ज्ञात हो गया कि यह तो विट्ठल का परमभक्त है।

एक ऐसी ही घटना हुई कि उनकी रसोई में एक कुत्ता घुस आया और रोटियाँ मुँह में दबाकर भागने लगा। बालक नामदेव उसके पीछे-पीछे घी का बर्तन लेकर दौड़े और कुत्ते को पकड़कर उसे घी से चुपड़ी रोटी खिलायी। कहा जाता है कि कुत्ते के रूप में साक्षात् विट्ठल भगवान थे।

नामदेव का विवाह 11 वर्ष की अवस्था में राजाई नामक कन्या से हुआ था, जिनसे उनको चार बेटे—नारायण, विठोबा, महादेव, गोविन्द तथा बेटी निंबाई हुई। उनके घर जनाबाई नाम की एक नौकरानी काम करती थी। बाद में वह भी एक महान सन्त बनी। गृहस्थ बनने के बाद भी उनका ध्यान भजन-कीर्तन में आठों पहर रमा रहता।

एक बार नामदेवजी के साले साहब उनके घर आये हुए थे। नामदेवजी की पत्नी राजाई ने अपने भाई के लिए भोजन जुटाने के लिए उनसे यह भी कहा कि, "घर में अन्न का दाना तक नहीं है। भाई को नहीं खिलाऊँगी, तो मायके में बदनामी होगी।" नामदेव बोले—"आज एकादशी है। कल भोजन करायेंगे।" ऐसा कहकर मन्दिर चले गये।

उनके जाते ही इधर बोरियों में अनाज घर पहुँचा था। उनकी पत्नी राजाई ने सोचा यह तो नामदेवजी ने भेजा होगा। उसने भाई को ख़ुशी-ख़ुशी भोजन कराया। घर आकर नामदेवजी स्वयं चकित थे। उन्हें मालूम हो गया कि यह तो भगवान विट्ठल की कृपा थी।

कहा जाता है कि रुक्मिणी नामक एक महिला ने राजाई की दुर्दशा देखकर पारस पत्थर उसे देते हुए कहा कि, "उसके घर में इसकी वजह से कोई कमी नहीं रहेगी। इसे लोहे से छुआते ही वह सोने में बदल जायेगा।" उसने घर लाकर ऐसा ही किया। उससे कुछ अनाज घर ले आयी। नामदेवजी ने उस पत्थर के बारे में जैसे ही जाना, उसे चन्द्रभागा नदी में फेंक दिया।

भोले-भगत नामदेव ने रुक्मिणी और उसके पति भागवत द्वारा उस पारस को माँगे जाने पर छलाँग लगाकर बहुत से पत्थर हाथों में रखे और कहने लगे—"यह लो! तुम्हारे पारस पत्थर।" लोगों ने सोचा नामदेव मज़ाक़ कर रहे हैं। सबने लोहे से उन पत्थरों का स्पर्श किया, तो वे सभी पारस थे। नामदेव ने उन्हें पुनः नदी में फेंक दिया।

इस तरह उनके जीवन से कई ऐसे चमत्कार जुड़े हुए हैं। नामदेव आठों पहर भक्ति में रमण करते हुए एक बार सन्त ज्ञानेश्वरजी के घर उगलन्दी पहुँचे। उनके मन में जो अहंकार भाव था, उसके कारण उन्होंने ज्ञानेश्वरजी के चरण स्पर्श नहीं किये।

ज्ञानेश्वरजी यह सब समझकर मन-ही-मन मुस्करा दिये, किन्तु बहिन मुक्ताबाई और भाई निवृत्तिनाथ ने इस घमण्ड को उनसे दूर करने के लिए सन्त गोरा कुम्हार को अपने साथ ले लिया। गोरा कुम्हार ने उन्हें कच्चा मटका कहकर उनकी सहनशक्ति व अहंकार की परीक्षा ली, जिसमें वे असफल रहे। भूल समझ में आते ही नामदेव ज्ञानेश्वरजी के चरणों पर नतमस्तक हो गये।

एक बार सन्त विसोबा को अपना गुरु बनाने के ख़याल से वे शिव मन्दिर पहुँचे। वहाँ विसोबा को भगवान शंकर की पिण्डी पर पैर रखकर सोता हुआ देखकर उन्हें काफ़ी भला-बुरा कहा। सन्त विसोबा ने अपने पैर पिण्डी से हटाकर रखने को कहा। ऐसा करते ही उन्हें पैर रखे हर स्थान पर पिण्डी ही पिण्डी दिखाई देने लगी।

परमेश्वर का सभी स्थानों में दर्शन कराने पर उन्होंने विसोबा को अपना गुरु बना लिया। एक बार ब्राह्मणों ने उन्हें दर्ज़ी कहकर मन्दिर में पूजा करने से वंचित कर दिया और उन्हें मन्दिर के पिछवाड़े भगा दिया। बस, फिर क्या था, मन्दिर तो घूमकर नामदेवजी के सामने आ गया।

एक दिन उनके पिता बाहर गाँव की यात्रा पर गये थे, तब उनकी माता ने नामदेव को दूध दिया और कहा क़ि वे इसे भगवान विठोबा को भोग में चढ़ा दें। तब नामदेव सीधे मन्दिर में गये और मूर्ति के आगे दूध रखकर कहा, 'लो इसे पी लो।' उस मन्दिर में उपस्थित लोगों ने उनसे कहा, यह मूर्ति है, दूध कैसे पिएगी?

परन्तु पाँच वर्ष के बालक नामदेव नहीं जानते थे कि विट्ठल की मूर्ति दूध नहीं पीती, मूर्ति को तो बस भावनात्मक भोग लगवाया जाता है। तब उनकी बाल लीला समझ कर मन्दिर में उपस्थित सब अपने-अपने घर चले गये। जब मन्दिर में कोई नहीं था तब नामदेव निरन्तर रोए जा रहे थे और कह रहे थे, 'विठोबा यह दूध पी लो नहीं तो मैं यहीं, इसी मन्दिर में रो-रोकर प्राण दे दूँगा।'

तब बालक का भोला भाव देखकर विठोबा पिघल गये। तब वे जीवित व्यक्ति के रूप में प्रकट हुए और स्वयं दूध पीकर नामदेव को भी पिलाया। तब से बालक नामदेव को विट्ठल नाम की धुन लग गयी और वे दिन-रात विट्ठल नाम की रट लगाये रहते थे।

उनके गुरु महाराष्ट्र के प्रसिद्ध सन्त ज्ञानेश्वर थे। उन्होंने ब्रह्मविद्या को लोक सुलभ बनाकर उसका महाराष्ट्र में प्रचार किया तो सन्त नामदेवजी ने महाराष्ट्र से लेकर पंजाब तक उत्तर भारत में 'हरिनाम' की वर्षा की।

भक्त नामदेवजी का महाराष्ट्र में वही स्थान है, जो भक्त कबीरजी अथवा सूरदास का उत्तरी भारत में है। उनका सारा जीवन मधुर भक्ति-भाव से ओतप्रोत था। विट्ठल-भक्ति भक्त नामदेवजी को विरासत में मिली।

उनका सम्पूर्ण जीवन मानव कल्याण के लिए समर्पित रहा। मूर्तिपूजा, कर्मकांड, जातपात के विषय में उनके स्पष्ट विचारों के कारण हिन्दी के विद्वानों ने उन्हें कबीरजी का आध्यात्मिक अग्रज माना है। सन्त नामदेवजी ने पंजाबी में पद्य रचना भी की। भक्त नामदेवजी की वाणी में सरलता है। वह हृदय को बाँधे रखती है। उनके प्रभु भक्ति भरे भावों एवं विचारों का प्रभाव पंजाब के लोगों पर आज भी है।

वास्तव में श्री गुरु साहिब में नामदेवजी की वाणी अमृत का वह निरन्तर बहता हुआ झरना है, जिसमें सम्पूर्ण मानवता को पवित्रता प्रदान करने का सामर्थ्य है। 'मुखबानी' नामक ग्रन्थ में उनकी कई रचनाएँ संग्रहित हैं। उनके जीवन के एक रोचक प्रसंग के अनुसार एक बार जब वे भोजन कर रहे थे, तब एक श्वान आकर रोटी उठाकर ले भागा। तो नामदेवजी उसके पीछे घी का कटोरा लेकर भागने लगे और कहने लगे 'हे भगवान, रूखी मत खाओ साथ में घी लो।' विश्व भर में उनकी पहचान 'सन्त शिरोमणि' के रूप में जानी जाती है।

सन्त रैदास

सन्त रैदास का जन्म एक चर्मकार परिवार में 1456 को वाराणसी में हुआ था। उनके पिता रघुजी और माता विनया अत्यन्त ही दयालु एवं धार्मिक विचारों वाले थे। सन्त रैदास (रविदास) का जन्म ऐसे ही परिवार में हुआ था। बाल्यावस्था से ही रैदास का मन ईश्वर-भक्ति की ओर उन्मुख हो चला था।

विवाह करने की इच्छा न होते हुए भी माता-पिता का आदेश मानते हुए उन्होंने लोणा नाम की कन्या से विवाह किया, किन्तु अधिक दिनों तक वे गृहस्थी के बन्धन में बँधकर नहीं रह सके। रैदास का जीवन निम्न कुल में जन्म लेने के कारण अत्यन्त संघर्षों में बीता। फिर भी उन्होंने अपनी सत्यनिष्ठा, ईश्वर-भक्ति को कभी नहीं छोड़ा।

जूतियाँ-चप्पलें बनाते-बनाते ईश्वर-साधना करना ही उनके जीवन का ध्येय था। जब कोई सन्त-महात्मा उनके द्वार पर आते, वे बिना दाम लिए उनके लिए जूतियाँ तथा चप्पलें बना दिया करते थे। कहा जाता है कि उन्होंने अपनी कुटिया के पास भगवान की एक मूर्ति रखकर उस पर छप्पर डलवाया था।

इससे प्रसन्न होकर भगवान ने साधु का रूप धारण करके उनकी दरिद्रता को दूर करने हेतु पारस पत्थर प्रदान किया। रैदासजी ने उस पत्थर को घर के छप्पर पर रख दिया, ताकि उनके मन में धन के प्रति मोह न जागे। चप्पल-जूते सीते हुए भगवान की भक्ति करते हुए रैदास को देखकर एक ब्राह्मण ने उनकी ईश्वर भक्ति पर ताना मारा कि—

"मेरी तरह गंगा जाकर स्नान-ध्यान करके साधना करोगे, तो ही ईश्वर मिलेगा।" रैदास ने कहा—"मुझे गंगा तक जाने की कोई आवश्यकता नहीं है।

मन चंगा तो कठौती में गंगा।" ब्राह्मण उपहास कर ही रहा था कि चमड़ा धोने वाली कठौती से गंगाजी का हाथ सोने और मोतियों से जड़े कंगन के साथ प्रकट हुआ।

रैदासजी ने वह कंगन ब्राह्मण के माँगने पर दान में दे दिया। कंगन पाकर ब्राह्मण ने यह झूठा प्रचार किया कि गंगा मैया ने उनकी भक्ति से प्रकट होकर यह कंगन उन्हें दिया है। यह कंगन रानी तक जा पहुँचा, तो उसने वैसे ही दूसरे कंगन की माँग ब्राह्मण से कर डाली। ब्राह्मण रोता-गिड़गिड़ाता हुआ रैदास के पास जा पहुँचा।

रैदासजी ने गंगाजी से प्रार्थना कर दूसरा कंगन ब्राह्मण के लिए माँगा। उसे लेकर ब्राह्मण रानी के पास गया, उन्हें कंगन देकर किसी तरह अपनी आफत में फँसी जान बचायी। एक बार की बात है। सन्त रैदास ने कीर्तन-भजन के पश्चात प्रसाद अपने हाथों से वितरित किया। वहाँ खड़े सेठजी ने रैदास के हाथों प्रसाद तो ले लिया, पर उसे घृणावश बाहर फेंक दिया।

सौभाग्य से वह एक कुष्ठ रोगी पर जा गिरा। प्रसाद के चमत्कार का परिणाम यह हुआ कि कुष्ठ रोगी पूरी तरह स्वस्थ हो गया और सेठजी बीमार हो गये। सन्त की शरण में जाने पर उनकी आत्महीनता और बीमारी ठीक हो सकी। कहा जाता है कि 120 वर्ष तक का जीवन जीकर रैदासजी ने अपने अन्तिम समय में शरीर का चर्म उतारकर अपना यज्ञोपवीत दिखाया, ताकि लोगों के मन से जातीय भेदभाव दूर हो सके।

रैदासजी सच्चे ईश्वर भक्त थे। भक्ति के बिना वे अन्न-जल तक ग्रहण नहीं करते थे। उनके चमत्कारिक जीवन से हम सभी मनुष्यों को यह प्रेरणा मिलती है कि ईश्वर सच्चे हृदय में ही बसता है। रैदासजी के प्रमुख शिष्यों में कबीर, धन्ना, पीपा तथा मीराबाई भी शामिल थीं। आज भी भारत के कोने-कोने में उनके अनुयायी लाखों की संख्या में मिलते हैं। रैदासजी रविदासजी के नाम से भी जाने जाते हैं।

स्वामी विवेकानन्द

कलकत्ता के एक कुलीन बंगाली कायस्थ परिवार में जन्मे विवेकानन्द आध्यात्मिकता की ओर झुके हुए थे। उनके बचपन का घर का नाम वीरेश्वर रखा गया, किन्तु उनका औपचारिक नाम नरेन्द्रनाथ दत्त था। पिता विश्वनाथ दत्त कलकत्ता हाईकोर्ट के एक प्रसिद्ध वकील थे। दुर्गाचरण दत्ता (नरेन्द्र के दादा) संस्कृत और फ़ारसी के विद्वान थे उन्होंने अपने परिवार को 25 की उम्र में छोड़ दिया और एक साधु बन गये। उनकी माता भुवनेश्वरी देवी धार्मिक विचारों की महिला थीं। उनका अधिकांश समय भगवान शिव की पूजा-अर्चना में व्यतीत होता था। नरेन्द्र के पिता और उनकी माँ के धार्मिक, प्रगतिशील व तर्कसंगत रवैया ने उनकी सोच और व्यक्तित्व को आकार देने में मदद की।

बचपन से ही नरेन्द्र अत्यन्त कुशाग्र बुद्धि के तो थे ही नटखट भी थे। अपने साथी बच्चों के साथ वे ख़ूब शरारत करते और मौक़ा मिलने पर अपने अध्यापकों के साथ भी शरारत करने से नहीं चूकते थे। उनके घर में नियमपूर्वक रोज़ पूजा-पाठ होता था धार्मिक प्रवृत्ति की होने के कारण माता भुवनेश्वरी देवी को पुराण, रामायण, महाभारत आदि की कथा सुनने का बहुत शौक़ था। कथावाचक बराबर इनके घर आते रहते थे। नियमित रूप से भजन-कीर्तन भी होता रहता था। परिवार के धार्मिक एवं आध्यात्मिक वातावरण के प्रभाव से बालक नरेन्द्र के मन में बचपन से ही धर्म एवं अध्यात्म के संस्कार गहरे होते गये। माता-पिता के संस्कारों और धार्मिक वातावरण के कारण बालक के मन में बचपन से ही ईश्वर को जानने और उसे प्राप्त करने की लालसा दिखाई देने लगी थी। ईश्वर के बारे में जानने की उत्सुकता में कभी-कभी वे ऐसे प्रश्न पूछ बैठते

थे कि इनके माता-पिता और कथावाचक पण्डित तक चक्कर में पड़ जाते थे।

वे अपने गुरु रामकृष्ण देव से काफ़ी प्रभावित थे जिनसे उन्होंने सीखा कि सारे जीवों में स्वयं परमात्मा का ही अस्तित्व हैं; इसलिए मानव जाति अथवा जो मनुष्य दूसरे ज़रूरतमन्दों की मदद करता है या सेवा द्वारा परमात्मा की भी सेवा की जा सकती है। रामकृष्ण की मृत्यु के बाद विवेकानन्द ने बड़े पैमाने पर भारतीय उपमहाद्वीप का दौरा किया और ब्रिटिश भारत में मौजूदा स्थितियों का प्रत्यक्ष ज्ञान हासिल किया। बाद में विश्व धर्म संसद 1893 में भारत का प्रतिनिधित्व करने, संयुक्त राज्य अमेरिका के लिए प्रस्थान किया। विवेकानन्द ने संयुक्त राज्य अमेरिका, इंग्लैंड और यूरोप में हिन्दू दर्शन के सिद्धान्तों का प्रसार किया और कई सार्वजनिक और निजी व्याख्यानों का आयोजन किया। भारत में विवेकानन्द को एक देशभक्त संन्यासी के रूप में माना जाता है और उनके जन्मदिन को राष्ट्रीय युवा दिवस के रूप में मनाया जाता है।

एक समय की बात है स्वामी विवेकानन्द अपने आश्रम में वेदों का पाठ कर रहे थे, तभी उनके पास चार ब्राह्मण आये वह बड़े व्याकुल थे। ऐसा प्रतीत हो रहा था कि वह किसी प्रश्न का हल ढूँढ़ने के लिए परिश्रम कर रहे हैं।

चारों ब्राह्मण ने स्वामीजी को प्रणाम किया और कहा—स्वामी जी! हम बड़ी दुविधा में हैं, आपसे अपनी समस्या का हल जानना चाहते हैं। हमारी जिज्ञासाओं को शान्त करें।

स्वामीजी ने आश्वासन दिया और जानना चाहा।

कैसी जिज्ञासा? कैसा प्रश्न है आपका?

ब्राह्मण बोले, महात्मा हम चारों ने वेद-वेदान्तों की शिक्षा ग्रहण की है। हम सभी समाज में अलग-अलग दिशाओं में घूम कर समाज को अपने ज्ञान से सुखी, सम्पन्न और समृद्ध देखना चाहते हैं।

इसके लिए हमारा मार्गदर्शन करें!

स्वामीजी के मुख पर हल्की-सी मुस्कान आयी और उन्होंने ब्राह्मण देवताओं को कहा—

हे ब्राह्मण! आप सभी यह सब लक्ष्य प्राप्त कर सकते हैं, इसके लिए आपको मिलकर समाज में शिक्षा का प्रचार-प्रसार करना होगा।

ब्राह्मण देवता शिक्षा से हमारा लक्ष्य कैसे प्राप्त हो सकता है?

स्वामीजी जिस प्रकार बगीचे में पौधे को लगाकर बाग को सुन्दर बनाया जाता है, ठीक उसी प्रकार शिक्षा के द्वारा समाज का उत्थान सम्भव है।

शिक्षा व्यक्ति में समझ पैदा करती है, उन्हें जीवन के लिए समृद्ध बनाती है। साधनों से सम्पन्न होने में शिक्षा मदद करती है, सभी अभाव को दूर करने का मार्ग शिक्षा दिखाती है। यह सभी प्राप्त होने पर व्यक्ति स्वयं समृद्ध हो जाता है।

ब्राह्मण देवता को अब स्वामी विवेकानन्दजी का विचार बड़े ही अच्छे ढंग से समझ आ चुका था।

अब उन्होंने मिलकर प्रण लिया वह अपने शिक्षा का प्रचार-प्रसार समाज में करेंगे यही उनकी समाज सेवा होगी।

स्वामी विवेकानन्द ने अल्प आयु में संन्यास धारण कर लिया था। उन्होंने गृहस्थी छोड़कर नर सेवा से नारायण सेवा का संकल्प लिया था। समाज कल्याण और उनके उत्थान के लिए सदैव प्रयत्नशील रहते थे। वेद-वेदान्त, धर्म आदि के महत्त्व को जनसामान्य तक पहुँचाने के लिए वह संघर्षरत थे।

एक समय की बात है स्वामीजी को अपने आश्रम लौटना था। वह ताँगे से उतरकर वृक्ष की छाँव में बैठ गये। वृक्ष के नीचे बैठे-बैठे काफ़ी समय हो गया। कुछ समय बाद वहाँ से सभी लोग चले गये, फिर भी स्वामीजी वहाँ यथास्थिति बैठे रहे।

एक सज्जन स्वामीजी को काफ़ी देर से देख रहा था। उसके मन में जिज्ञासा हुई, चलकर हाल पूछा जाये। स्वामीजी के पास पहुँच कर शिष्टाचार से प्रणाम कर, उनका हालचाल जाना। स्वामीजी ने बात बात में सज्जन व्यक्ति को बताया उनके पास आगे की यात्रा करने की राशि नहीं है, इसलिए वह यहाँ विश्राम करने को रुक गये।

सज्जन व्यक्ति के पूछने पर स्वामीजी ने बताया उन्होंने कल से कुछ खाया पिया भी नहीं है। वह व्यक्ति स्वामीजी को अपने घर ले गया, घर में उनका खूब आदर-सत्कार हुआ।

सज्जन व्यक्ति के पूछने पर कि उनके थैले में क्या है?

स्वामीजी ने बताया एक गीता की पुस्तक और एक बाइबल है।

व्यक्ति को आश्चर्य हुआ। दो धर्म की पुस्तकें उनके थैले में एक साथ कैसे?

स्वामीजी ने बताया अपने धर्म में सम्प्रदाय-पन्थ आदि का कोई दुराग्रह नहीं है। हमें किसी भी माध्यम से ईश्वर की प्राप्ति हो, वह मार्ग कोई भी हो सकता है।

व्यक्ति ने प्रश्न किया संन्यास जीवन में किसकी आवश्यकता अधिक होती है। इस पर स्वामीजी ने कहा संन्यास जीवन में स्वयं की होती है, उसके अतिरिक्त किसी और की नहीं।

जो सदाचरण करता है, उससे बढ़कर कोई और संन्यासी नहीं हो सकता।

विवेकानन्द के जीवन में एक बहुत अद्भुत घटना घटी। एक दिन, उनकी माँ बहुत बीमार थीं और मृत्युशैया पर थीं। अचानक विवेकानन्द के दिमाग़ में आया कि उनके पास बिल्कुल भी पैसा नहीं है और वह अपनी माँ के लिए दवा या खाना नहीं ला सकते। यह सोचकर उन्हें बहुत ग़ुस्सा आया कि वह अपनी बीमार माँ का ध्यान नहीं रख सकते। जब विवेकानन्द जैसे इन्सान को ग़ुस्सा आता है, तो वह ग़ुस्सा वाकई भयानक होता है। वह रामकृष्ण के पास गये। वह कहीं और नहीं जा सकते थे, ग़ुस्से में भी वह यहीं जाते थे।

उन्होंने रामकृष्ण से कहा, "इन सारी फ़ालतू चीज़ों, इस आध्यात्मिकता से मुझे क्या लाभ है। अगर मेरे पास कोई नौकरी होती और मैं अपनी उम्र के लोगों वाले काम करता तो आज मैं अपनी माँ का ख़याल रख सकता था। मैं उसे भोजन दे सकता था, उसके लिए दवा ला सकता था, उसे आराम पहुँचा सकता था। इस आध्यात्मिकता से मुझे क्या फ़ायदा हुआ?"

रामकृष्ण काली के उपासक थे। उनके घर में काली का मन्दिर था। वह बोले, "क्या तुम्हारी माँ को दवा और भोजन की ज़रूरत है? जो भी तुम्हें चाहिए, वह तुम माँ से क्यों नहीं माँगते?" विवेकानन्द को यह सुझाव पसन्द आया और वह मन्दिर में गये।

एक घण्टे बाद जब वह बाहर आये तो रामकृष्ण ने पूछा, "क्या तुमने माँ से अपनी माँ के लिए भोजन, पैसा और बाक़ी चीज़ें माँगीं?"

विवेकानन्द ने जवाब दिया, "नहीं, मैं भूल गया।"

रामकृष्ण बोले, "फिर से अन्दर जाओ और माँगो।"

विवेकानन्द फिर से मन्दिर में गये और चार घण्टे बाद वापस लौटे। रामकृष्ण ने उनसे पूछा, "क्या तुमने माँ से माँगा?"

विवेकानन्द बोले, "नहीं, मैं भूल गया।"

रामकृष्ण फिर से बोले, "फिर अन्दर जाओ और इस बार माँगना मत भूलना।" विवेकानन्द अन्दर गये और लगभग आठ घण्टे बाद बाहर आये। रामकृष्ण ने फिर से उनसे पूछा, "क्या तुमने माँ से वे चीज़ें माँगीं?"

विवेकानन्द बोले, “नहीं, अब मैं नहीं माँगूँगा। मुझे माँगने की ज़रूरत नहीं है।”

रामकृष्ण ने जवाब दिया, “यह अच्छी बात है। अगर आज तुमने मन्दिर में कुछ माँग लिया होता, तो यह तुम्हारे और मेरे रिश्ते का आख़िरी दिन होता। मैं तुम्हारा चेहरा फिर कभी नहीं देखता क्योंकि कुछ माँगने वाला मूर्ख यह नहीं जानता कि जीवन क्या है। माँगने वाला मूर्ख जीवन के मूल सिद्धान्तों को नहीं समझता।”

प्रार्थना एक तरह का गुण है। अगर आप प्रार्थनापूर्ण बन जाते हैं, अगर आप आराधनामय हो जाते हैं, तो यह होने का एक शानदार तरीक़ा है। लेकिन यदि आप इस उम्मीद से प्रार्थना कर रहे हैं कि इसके बदले आपको कुछ मिलेगा, तो यह आपके लिए कारगर नहीं होगा।

विवेकानन्द जब सिर्फ़ 19 साल के थे, तो वह बहुत तर्कसम्मत और बुद्धिमान थे। साथ ही, वह जोश से भरे हुए थे। वह हर चीज़ का जवाब चाहते थे। उन्होंने आकर रामकृष्ण से कहा, “आप हर समय बस भगवान, भगवान करते रहते हैं। इसका क्या प्रमाण है कि भगवान हैं? मुझे सुबूत दीजिए।” रामकृष्ण बहुत साधारण इन्सान थे। वह पढ़े-लिखे नहीं थे। वह विद्वान नहीं, आध्यात्मिक पुरुष थे। तो उन्होंने कहा, “मैं ही प्रमाण हूँ।”

रामकृष्ण बोले, “मैं इस बात का प्रमाण हूँ, कि ईश्वर है।”

विवेकानन्द को समझ नहीं आया कि वह क्या करें क्योंकि यह तो बस पागलपन था। वह किसी बौद्धिक जवाब की उम्मीद कर रहे थे कि “बीज का अंकुरण और पृथ्वी का घूमना ईश्वर के होने का प्रमाण है।” मगर रामकृष्ण बोले, “मैं इसका प्रमाण हूँ कि ईश्वर का अस्तित्व है।” रामकृष्ण के कहने का मतलब यह था कि “मैं जैसा हूँ, यह प्रमाण है।” विवेकानन्द को समझ नहीं आया कि वह क्या कहें और वह चले गये।

तीन दिन बाद, उन्होंने वापस आकर पूछा, “ठीक है, क्या आप मुझे ईश्वर के दर्शन करा सकते हैं?” रामकृष्ण ने पूछा, “तुम्हारे पास उन्हें देखने की हिम्मत है?” उस साहसी लड़के ने कहा, ‘हाँ’ क्योंकि यह बात उसे परेशान कर रही थी। रामकृष्ण ने विवेकानन्द की छाती पर अपने पैर रख दिये और विवेकानन्द समाधि की अवस्था में चले गये, जहाँ वह मन की सीमाओं से परे चले गये। वह लगभग 12 घण्टे बाद समाधि से बाहर आये और जब आये, तो वह पूरी तरह बदल चुके थे। उसके बाद उन्होंने अपने जीवन में कभी कोई प्रश्न नहीं पूछा।

जब तक आप भक्त नहीं हैं, जीवन को आपके लिए उन्मुक्त नहीं होना चाहिए क्योंकि यदि वह उन्मुक्त होता है, तो आप ख़ुद को और बाक़ी हर किसी को नुक़सान ही पहुँचायेंगे। भारत में कभी किसी ऐसे इन्सान को ज्ञान नहीं सौंपा जाता था, जिसमें भक्ति की कमी हो।

विवेकानन्द के जीवन में एक ख़ूबसूरत घटना हुई। रामकृष्ण परमहंस का देहान्त हो चुका था, विवेकानन्द ने देश भर में घूम-घूम कर युवकों का एक समूह इकट्ठा किया। वह देश को बनाने और देश की सूरत को बदलने की कोशिश कर रहे थे। तभी किसी ने उन्हें बताया कि अमेरिका के शिकागो में धर्म संसद आयोजित हो रही है। लोगों ने विवेकानन्द को वहाँ जाने की सलाह दी क्योंकि यहाँ कोई उनकी बात नहीं सुन रहा था। कोई भी नहीं! एक युवक जगह-जगह जाकर बड़ी-बड़ी बातें कर रहा था, जो धर्मग्रन्थों में लिखी हुई नहीं हैं। कौन उसे सुनना चाहता? उन्होंने कहा, "तुम वहाँ जाकर उन्हें झकझोरो। अगर तुम वहाँ उन्हें झकझोरोगे, तो यहाँ हर किसी का ध्यान तुम्हारी ओर जायेगा।"

पश्चिम के लिए निकलने से पहले वह रामकृष्ण की पत्नी शारदा का आशीर्वाद लेने गये। वह पहली बार रामकृष्ण का सन्देश लेकर अमेरिका जा रहे थे।

जब विवेकानन्द पहुँचे, उस समय शारदा खाना बना रही थीं। वह कोई धुन गुनगुना रही थीं। भारतीय महिलाओं में यह बहुत आम बात है, ख़ासतौर पर खाना बनाते समय वे गुनगुनाती हैं। अब ऐसा नहीं होता क्योंकि बहुत से लोग अब आई-पैड बजाते हैं मगर पहले के समय में ख़ूब प्यार से खाना बनाना और उसे परोसना सबसे महत्त्वपूर्ण कामों में माना जाता था। किसी को अच्छी तरह खाते देखकर उन्हें गहरी सन्तुष्टि होती थी। खाना बनाना बहुत ही आनन्ददायक प्रक्रिया थी। 20-30 मिनट का भोजन बनाने में, वे कम-से-कम तीन से चार घण्टे लगाती थीं और हमेशा खाना बनाते समय गाती रहती थीं। कम-से-कम मेरी माँ हर समय गाती थीं।

जब विवेकानन्द ने आकर कहा, "मैं अपने गुरु का सन्देश पूरी दुनिया तक पहुँचाने के लिए अमेरिका जाना चाहता हूँ," तो शारदा ने जवाब नहीं दिया। फिर वह अचानक बोलीं, "नरेन, वह चाकू मुझे देना।" विवेकानन्द ने उन्हें चाकू पकड़ाया और एक ख़ास तरीक़े से उसे दिया। फिर माँ शारदा बोलीं, "तुम जा सकते हो, मैं तुम्हें आशीर्वाद देती हूँ।" विवेकानन्द ने पूछा, "आपने मुझे इतनी देर बाद आशीर्वाद क्यों दिया और सबसे पहले तो आपने मुझसे चाकू क्यों माँगा?

आप तो सब्ज़ियाँ काट चुकी थीं?" वह बोलीं, "मैं सिर्फ़ यह देखना चाहती थी कि अपने गुरु के जाने के बाद तुम्हारे अन्दर क्या बदलाव आया है? जिस तरह से तुमने मुझे चाकू पकड़ाया, उससे मुझे पता चल गया कि तुम वहाँ जाने के लिए बिल्कुल सही इन्सान हो, तुम अपने गुरु का सन्देश लेकर जाने के लिए बिल्कुल उपयुक्त हो।"

आपने देखा होगा कि ज़्यादातर गुरु अपने आप प्रसिद्ध नहीं होते। उन्हें एक अच्छे शिष्य की ज़रूरत होती है जो उनका सन्देश फैला सके क्योंकि हो सकता है कि गुरु ख़ुद दुनिया के तौर-तरीक़ों से बहुत परिचित नहीं हो। आज, हर कोई रामकृष्ण परमहंस के बारे में बात करता है। रामकृष्ण की चेतनता बहुत ठोस थी। वह एक अद्‌भुत चीज़ थी। मगर उसके साथ ही, सांसारिक स्तर पर वह पूरी तरह अनजान थे। अगर विवेकानन्द उनसे न मिलते, तो वह अपने आप में, एक भूला-बिसरा फूल बनकर रह जाते। फूल तो बहुत सारे खिलते हैं, मगर कितने फूलों को पहचान मिल पाती है?

स्वामी विवेकानन्द ने एक बार कहा, "फुटबॉल खेलना आपको प्रार्थना से कहीं ज़्यादा ईश्वर के क़रीब ले जा सकता है।" यह सच है क्योंकि आप पूरी तरह डूबे बिना फुटबॉल नहीं खेल सकते। इसमें कोई व्यक्तिगत मकसद नहीं होता, बस पूर्ण भागीदारी होती है। आप क्या कर सकते हैं और क्या नहीं कर सकते, यह सब पहले से तय होता है और आप कई सालों से इसके लिए तैयार होते हैं। अब यह सिर्फ़ भागीदारी का सवाल रह जाता है, इसमें कोई मकसद नहीं होता।

प्रार्थना में ऐसा होता है कि कुछ समय बाद आप बहुत सारी दूसरी चीज़ें करते हुए प्रार्थना करने लगते हैं, आप अपनी मर्ज़ी की चीज़ें करने लगते हैं। भारत में, प्रार्थना को, पूजा-पाठ को, बहुत जटिल बना दिया गया। वह सिर्फ़ मौखिक नहीं रह गयी। इसका उद्देश्य यह था कि आप पूरी तरह ख़ुद को उसमें डुबो दें। क्योंकि उन्होंने हज़ारों सालों से देखा था कि 'प्रार्थना करने' के नाम पर क्या-क्या होता था। उन्हें पता था कि लोग क्या करेंगे, इसलिए उन्होंने प्रार्थना को बहुत जटिल बना दिया। ताकि आपको एक पूरी प्रक्रिया याद रखनी पड़े और उसके मुताबिक़ सही तरह से उसे करना पड़े, वरना पूजा अपवित्र हो जायेगी। जब इस हद तक जटिलता होती है, तो आप प्रार्थना करते समय कुछ और नहीं कर सकते। इस रूप में फुटबॉल का खेल आपके अन्दर उस स्तर की भागीदारी ले आता है, जहाँ आप कुछ और कर ही नहीं सकते। कुछ और करना सम्भव नहीं होता क्योंकि इसमें इतनी भागीदारी की ज़रूरत होती है कि आप कुछ और कर ही नहीं सकते।

फुटबॉल के खेल में, आपको अपने पैरों को किसी सर्जन के औज़ारों की तरह इस्तेमाल करना सीखना पड़ता है। यह एक ऐसा खेल है, जिसमें एक ख़ास भागीदारी की ज़रूरत पड़ती है क्योंकि आप जिन पैरों से गेंद को सँभालते हैं, उन्हीं पैरों से ख़ुद को पूरी गति से इधर से उधर भगाते हैं। साथ ही, आपको उसी समय दस और लोगों से बचना होता है, जो आपसे उलझने की पूरी कोशिश करते हैं। आपको लोगों को चकमा देना होता है, गेंद लेना होता है, पूरी गति से दौड़ना होता है इसलिए आपके पैरों को किसी सर्जन के औज़ारों की तरह दक्ष होना चाहिए। उस गति में, सक्रियता के उस स्तर पर, गेंद को किसी दिशा की ओर धकेलने में बहुत दक्षता लगती है। इसमें उस हद तक भागीदारी की ज़रूरत होती है, जहाँ आपका मन लगभग काम करना बन्द कर देता है।

जब आप पूरी भागीदारी के साथ कोई काम करते हैं तो उसमें सिर्फ़ सक्रियता होती है, मन कहीं और होता है। इसलिए फुटबॉल के खेल में खिलाड़ी अक्सर उस अवस्था में होते हैं क्योंकि एक ही चीज़ में मन लगा होता है। इसी वजह से जब पूरी तीव्रता से खेल होता है, तो आधी दुनिया बैठकर उसे देखती है। इसमें एक तरह से लोग परे चले जाते हैं, यह आध्यात्मिक रूप से परे जाना नहीं है मगर निश्चित रूप से इसमें लोग अपनी सीमाओं से परे चले जाते हैं। यही बात हर किसी को जोश से भर देती है।

एक बार एक समाज सुधारक विवेकानन्द के पास गया और बोला, "यह बहुत अच्छी बात है कि आप स्त्रियों की भी बेहतरी चाहते हैं। मुझे क्या करना चाहिए? मैं उनकी हालत सुधारना चाहता हूँ। मैं इसमें मदद करना चाहता हूँ।" तो विवेकानन्द ने कहा, "उनसे दूर रहो। तुम्हें उनके लिए कुछ करने की ज़रूरत नहीं है। बस उन्हें अकेला छोड़ दो। उन्हें जो करना होगा, वे कर लेंगी।" बस यही ज़रूरी है। किसी पुरुष को स्त्री की स्थिति सुधारने की ज़रूरत नहीं है। अगर वह सिर्फ़ उसे मौक़ा दे, तो वह अपने लिए ज़रूरी चीज़ें कर लेगी।

जब मैं बारह-तेरह साल का था, तो मुझे कुछ किताबें पढ़ने को मिलीं, जिनमें स्वामी विवेकानन्द ने कहा था, "मुझे सौ पूरी तरह समर्पित लोग दीजिए और मैं इस देश की सूरत बदल कर रख दूँगा।" उस समय इस देश में 23 करोड़ लोग रहे होंगे, मगर उन्हें पूरी तरह समर्पित सौ लोग भी नहीं मिले। मैंने सोचा, "क्या विडम्बना है। विवेकानन्द जैसा इन्सान एक अद्‌भुत चीज़ है। ऐसे इन्सान रोज़-रोज़ नहीं होते। ऐसे लोग जब दुनिया में आये, तो हम इस विशाल देश में उन्हें सौ लोग भी नहीं दे पाये।" मुझे यह इस संस्कृति और इस देश के लिए एक महान त्रासदी लगी।

एक इन्सान के पास इतनी ज़बर्दस्त दूरदर्शिता थी और उसकी दूरदर्शिता के कारण बहुत-सी चीज़ें हुईं। आज भी, उनके नाम पर मानव कल्याण के बहुत से काम हो रहे हैं। उनकी दूरदर्शिता के कारण काफ़ी विकास हुआ। उस समय जो बाक़ी लोग थे, वे कहाँ हैं? मगर उनकी दृष्टि अब भी किसी-न-किसी रूप में काम कर रही है। उसकी वजह से काफ़ी ख़ुशहाली आयी।

अगर हज़ारों लोगों में यही दूरदर्शिता होती, तो हालात और भी बेहतर होते। एक गौतम बुद्ध या एक विवेकानन्द की दूरदर्शिता काफ़ी नहीं है। जब अधिकांश लोगों में वह दूरदर्शिता होगी, तभी समाज में वाकई ख़ूबसूरत चीज़ें होंगी।

सन्त सूरदास

महान कवि सूरदासजी के जन्म के बारे में कोई पुख्ता प्रमाण तो नहीं मिलता है। हिन्दी साहित्य में इनके जन्म को लेकर साहित्यकारों के अलग-अलग मत हैं। हालाँकि कई ग्रन्थों से प्राप्त साक्ष्यों के आधार पर माना जाता है कि सूरदासजी का जन्म साल 1535 में रुनकता नामक गाँव में हुआ था। वहीं आज के समय में यह गाँव मथुरा-आगरा मार्ग के किनारे स्थित है। इनके जन्म और स्थान को लेकर एक पद के माध्यम से बताया गया है।

रामदास सुत सूरदास ने, जन्म रुनकता में पाया!
गुरु बल्लभ उपदेश ग्रहण कर, कृष्णभक्ति सागर लहराया!!

भक्तिकाल के महान कवि सूरदासजी के पिता का नाम रामदास था, जो कि एक महान गीतकार थे। आपको बता दें कि महान कवि सूरदास के जन्म से अन्धे होने के बारे में अलग-अलग तरह के मतभेद हैं। उनके जन्मान्ध होने का कोई प्रामाणिक साक्ष्य नहीं है, जिसके आधार पर यह कहा जा सके कि वे जन्म से ही अन्धे थे।

सूरदासजी शुरू से ही भगवद् भक्ति में लीन रहते थे। उन्होंने ख़ुद को पूरी तरह से श्रीकृष्ण भक्ति में समर्पित कर दिया था। कृष्ण भक्ति में पूरी तरह डूबने के लिए कवि ने महज़ 6 साल की उम्र में अपनी पिता की आज्ञा से घर छोड़ दिया था। इसके बाद वे यमुना तट के गऊघाट पर रहने लगे थे।

एक बार जब सूरदासजी अपनी वृन्दावन धाम की यात्रा के लिए निकले तो इस दौरान इनकी मुलाक़ात वल्लभाचार्य से हुई। जिसके बाद वह उनके शिष्य बन गये।

गऊघाट पर ही उनकी भेंट श्री वल्लभाचार्य से हुई और बाद में वह इनके शिष्य बन गये।

महाकवि सूरदास ने वल्लभाचार्य से ही भक्ति की दीक्षा प्राप्त की। श्री वल्लभाचार्य ने सूरदासजी को सही मार्गदर्शन देकर श्रीकृष्ण भक्ति के लिए प्रेरित किया।

आपको बता दें कि भक्तिकाल के महाकवि सूरदासजी और उनके गुरु वल्लभाचार्य के बारे में एक रोचक तथ्य यह भी है कि सूरदास और उनकी आयु में महज़ 10 दिन का अन्तर था।

विद्वानों के मुताबिक़ गुरु वल्लभाचार्य का जन्म 1534 में वैशाख कृष्ण एकादशी को हुआ था। इसलिए कई विद्वान सूरदास का जन्म भी 1534 की वैशाख शुक्ल पंचमी के आसपास मानते हैं।

आपको बता दें कि सूरदासजी के गुरु वल्लभाचार्य, अपने शिष्य को अपने साथ गोवर्धन पर्वत मन्दिर पर ले जाते थे। वहीं पर ये श्रीनाथजी की सेवा करते थे, और हर दिन नये पद बनाकर इकतारे के माध्यम से उसका गायन करते थे।

वल्लभाचार्य ने ही सूरदासजी को ही 'भागवत लीला' का गुणगान करने की सलाह दी थी। इसके बाद से ही उन्होंने श्रीकृष्ण का गुणगान शुरू कर दिया था। उनके गायन में श्रीकृष्ण के प्रति भक्ति को स्पष्ट देखा जा सकता था।

इससे पहले वह केवल दैन्य भाव से विनय के पद रचा करते थे। उनके पदों की संख्या 'सहस्राधिक' कही जाती है, जिनका संग्रहित रूप 'सूरसागर' के नाम से काफ़ी मशहूर है।

अपने गुरु वल्लभाचार्य से शिक्षा लेने के बाद सूरदासजी पूरी तरह से भगवान श्रीकृष्ण की भक्ति में लीन हो गये। सूरदासजी की कृष्ण भक्ति के बारे में कई सारी कथाएँ प्रचलित हैं।

एक कथा के मुताबिक़, एक बार सूरदासजी श्रीकृष्ण की भक्ति में इतने डूब गये थे कि वे कुएँ तक में गिर गये थे, जिसके बाद भगवान श्रीकृष्ण ने ख़ुद साक्षात् दर्शन देकर उनकी जान बचाई थी।

इसके बाद देवी रुक्मिणी ने श्रीकृष्ण से पूछा था कि हे भगवन, आपने सूरदास की जान क्यों बचाई। तब कृष्ण भगवान ने रुक्मिणी को कहा कि सच्चे भक्तों की हमेशा मदद करनी चाहिए, और सूरदासजी उनके सच्चे उपासक थे जो निश्छल भाव से उनकी आराधना करते थे।

उन्होंने इसे सूरदासजी की उपासना का फल बताया, वहीं यह भी कहा जाता है कि जब श्रीकृष्ण ने सूरदास की जान बचाई थी तो उन्हें नेत्र ज्योति लौटा दी थी। जिसके बाद सूरदास ने अपने प्रिय कृष्ण को सबसे पहले देखा था।

इसके बाद श्रीकृष्ण ने सूरदास की भक्ति से प्रसन्न होकर उनसे वरदान माँगने को कहा। जिसके बाद सूरदास ने कहा कि—मुझे सब कुछ मिल चुका है और सूरदासजी फिर से अपने प्रभु को देखने के बाद अन्धा होना चाहते थे।

क्योंकि सूरदास अपने प्रभु के अलावा अन्य किसी को देखना नहीं चाहते थे। फिर क्या था भगवान श्रीकृष्ण ने अपने प्रिय भक्त की मुराद पूरी कर दी और फिर से उनकी नेत्र ज्योति छीन ली। इस दौरान भगवान श्रीकृष्ण ने सूरदासजी को आशीर्वाद दिया कि उनकी ख्याति दूर-दूर तक फैले और उन्हें हमेशा याद किया जाये।

सन्त पलटू साहब

पलटू साहब एक सन्त कवि थे। उन्हें 'द्वितीय कबीर' भी कहा जाता है।

सन्त पलटू साहब के जन्म व मरण के समय का निश्चित पता नहीं चलता। अयोध्या से प्रायः चार मील पर अवस्थित रामकोट में इनकी एक समाधि है जहाँ पर इनकी मृत्युतिथि आश्विन शुक्ला 12 बतलाई जाती है। किन्तु कोई संवत् नहीं दिया जाता और इसी प्रकार इनके शिष्य हुलासदास के ग्रन्थ 'ब्रह्मविलास' में इनका जन्मकाल माघ सुदी 7 रविवार, सं. 1826 बतलाया गया कहा जाता है, किन्तु ऐसा लगता है कि यह स्वयं उनके इनसे दीक्षा ग्रहण करने का ही समय होगा। सन्त पलटू साहब जाति के कांदू बनिया थे और यह जलालपुर (ज़िला—फ़ैजाबाद), में जो आजमगढ़ ज़िले की पश्चिमी सीमा के निकट वर्तमान है, उत्पन्न हुए थे, किन्तु इनके माता-पिता के नामों का कहीं उल्लेख नहीं मिलता है।

कहा जाता है, ये भी पहले अपने गाँव के पुरोहित गोविन्द दुबे की भाँति किसी जानकीदास के शिष्य रहे, किन्तु फिर सन्त भीखा साहब द्वारा दीक्षित होकर लौट आये पर इन्होंने उनसे ही दीक्षा ग्रहण कर ली। इनका पहले कोई और नाम था, किन्तु इनके गुरु गोविन्द साहब ने, इनमें 'पल पल पर अजपा जाप में लग जाने की दृढ़ प्रवृत्ति' पाकर इन्हें पलटू कहना आरम्भ कर दिया। ये बहुत दिनों तक साधारण गृहस्थ का जीवनयापन करते रहे और पीछे मूँड़ मुँड़ाकर तथा करधनी तोड़कर विरक्त साधुओं में मिल गये। इनका कहना है कि मधुमक्खियों के, बूँद-बूँद करके एकत्र किये गये मधु के किसी अन्य द्वारा निकाल लिए जाने पर दुखी बन जाती देखकर मुझे माया के रहस्य का बोध हो गया और मैंने उसे

बला समझकर उसका परित्याग कर दिया (बानी भा. 2, पृ. 85)। परन्तु ये इतना और भी कहते हैं कि इसके कारण मेरी प्रतिष्ठा बढ़ गयी जिससे गम्भीर लोग तक मेरे चरणों में भेंट चढ़ाने लगे (कुंङ 19) तथा जो परदे के भीतरवाले थे वे भी मेरे यहाँ पहुँचने लग गये (वही, 58)। फलतः पण्डितों, काजियों तथा वैरागी लोगों ने मिलकर मुझे 'अजात' घोषित कर दिया और सभी मेरे पीछे पड़ गये (वही, 255)। कहते हैं कि ऐसे ही लोगों के प्रयत्नों के फलस्वरूप ये जीते-जी जला दिये गये और यह फिर सुदूर जगन्नाथपुरी में जाकर प्रकट हुए।

रामकोटा इनके अनुयायियों के लिए प्रमुख केन्द्र है और उसके अतिरिक्त, ऐसे स्थानों में जवाढ़ (ज़िला–बहराइच), जलालपुर (ज़िला–बस्ती) के भी नाम लिए जाते हैं जो तीनों ही इनके शिष्य पलटू प्रसाद की शिष्यपरम्परा से सम्बन्धित हैं। इनके अन्य शिष्य हुलासदास के शिष्यों का प्रमुख केन्द्र बरौली (ज़िला–बाराबंकी) में वर्तमान है।

सन्त मलूकदास

कर्मयोगी सन्त मलूकदासजी महाराज का जन्म उत्तर प्रदेश के कौशाम्बी ज़िले के ग्राम कड़ा माणिकपुर में वैशाख कृष्ण पंचमी (गुरुवार) को हुआ था। उनमें बाल्यावस्था में ही कविता लिखने का गुण विकसित हो चुका था। उन्होंने जो भी शिक्षा प्राप्त की, वह स्वाध्याय, सत्संग व भ्रमण के द्वारा प्राप्त की।

महाराजश्री कर्मयोगी सन्त थे। वह जाति-पाँति के घोर विरोधी थे। उनकी वाणी अत्यन्त सिद्ध होने के साथ-साथ वे त्रिकालदर्शी भी थे। उन्होंने समूचे देश में भ्रमण करते हुए वैष्णवता और रसोपासना का प्रचार-प्रसार किया। हिन्दू-मुस्लिम दोनों ही उनके शिष्य थे।

आचार्य मलूकदास के पास सत्संग हेतु लोगों का ताँता लगा रहता था। सन्त तुलसीदास तक ने कई दिनों तक उनका आतिथ्य स्वीकार किया था। मुगल शासक औरंगज़ेब भी उनके सत्संग से अत्यन्त प्रभावित था। एक किंवदन्ती के अनुसार भगवान श्रीराम ने उन्हें साक्षात् दर्शन दिये थे। ऐसा माना जाता है।

शुरू में सन्त मलूकदास नास्तिक थे। उन्हीं दिनों की बात है, उनके गाँव में एक साधु आकर टिक गया। प्रतिदिन सुबह-शाम गाँववाले साधु का दर्शन करते और उनसे रामायण सुनते। एक दिन मलूकदास भी पहुँचे। उस समय साधु ग्रामीणों को राम की महिमा बता रहा था, 'राम दुनिया के सबसे बड़े दाता हैं। वे भूखों को अन्न, नंगों को वस्त्र और आश्रयहीनों को आश्रय देते हैं।' साधु की बात मलूकदास के पल्ले नहीं पड़ी। उन्होंने तर्क पेश किया–'क्षमा करें महात्मन्! यदि मैं चुपचाप बैठकर राम का नाम लूँ, काम न करूँ, तब भी क्या राम भोजन देंगे?'

अवश्य देंगे, साधु ने विश्वास दिलाया।

यदि मैं घनघोर जंगल में अकेला बैठ जाऊँ, तब?

तब भी राम भोजन देंगे! साधु ने दृढ़तापूर्वक उत्तर दिया।

बात मलूकदास को लग गयी। पहुँच गये जंगल में और एक घने पेड़ के ऊपर चढ़कर बैठ गये। चारों तरफ़ ऊँचे-ऊँचे पेड़ थे। कँटीली झाड़ियाँ थीं। जंगल दूर-दूर तक फैला हुआ था। धीरे-धीरे खिसकता हुआ सूर्य पश्चिम की पहाड़ियों के पीछे छुप गया। चारों तरफ़ अँधेरा फैल गया। मगर न मलूकदास को भोजन मिला, न वे पेड़ से ही उतरे। सारी रात बैठे रहे।

दूसरे दिन दूसरे पहर घोर सन्नाटे में मलूकदास को घोड़ों की टापों की आवाज़ सुनाई पड़ी। वे सतर्क होकर बैठ गये। थोड़ी देर में चमकदार पोशाकों में कुछ राजकीय अधिकारी उधर आते हुए दिखे। वे सब उसी पेड़ तले घोड़ों से उतर पड़े। लेकिन ठीक उसी समय जब एक अधिकारी थैले से भोजन का डिब्बा निकाल रहा था, शेर की ज़बर्दस्त दहाड़ सुनाई पड़ी। दहाड़ का सुनना था कि घोड़े बिदककर भाग गये। अधिकारियों ने पहले तो स्तब्ध होकर एक-दूसरे को देखा, फिर भोजन छोड़कर वे भी भाग गये। मलूकदास पेड़ से ये सब देख रहे थे। वे शेर की प्रतीक्षा करने लगे। मगर दहाड़ता हुआ शेर दूसरी तरफ़ चला गया।

मलूकदास को लगा, राम ने उसकी सुन ली है अन्यथा इस घनघोर जंगल में भोजन कैसे पहुँचता? मगर मलूकदास तो मलूकदास ठहरे। उतरकर भला भोजन क्यों करने लगे!

तीसरे पहर के लगभग डाकुओं का एक दल उधर से गुज़रा। पेड़ के नीचे चमकदार चाँदी के बर्तनों में विभिन्न व्यंजनों के रूप में पड़े हुए भोजन को देखकर वे ठिठक गये। डाकुओं के सरदार ने कहा—"भगवान की लीला देखो, हम लोग भूखे हैं और इस निर्जन वन में सुन्दर डिब्बों में भोजन रखा है। आओ, पहले इससे निपट लें।"

डाकू स्वभावतः शकी होते हैं। एक साथी ने सावधान किया, मगर सरदार, इस सुनसान जंगल में भोजन का मिलना मुझे तो रहस्यमय लग रहा है। कहीं इसमें विष न हो। तब तो भोजन लाने वाला आसपास ही कहीं छिपा होगा। पहले उसे तलाशा जाये। सरदार ने आदेश दिया। डाकू इधर-उधर बिखरने लगे। तभी एक डाकू की नज़र मलूकदास पर पड़ी। उसने सरदार को बताया। सरदार ने सिर उठाकर मलूकदास को देखा तो उसकी आँखें अंगारों की तरह लाल हो गयीं। उसने घुड़ककर कहा—"दुष्ट! भोजन में विष मिलाकर तू ऊपर बैठा है! चल उतर।"

सरदार की कड़कती आवाज़ सुनकर मलूकदास डर गये मगर उतरे नहीं। वहीं से बोले, व्यर्थ दोष क्यों मढ़ते हो? भोजन में विष नहीं है।

यह झूठा है—सरदार ने एक साथी से कहा, पहले पेड़ पर चढ़कर इसे भोजन कराओ। झूठ-सच का पता अभी चल जाता है।

आनन-फानन में तीन-चार डाकू भोजन का डिब्बा उठाये पेड़ पर चढ़ गये और छुरा दिखाकर मलूकदास को खाने के लिए विवश कर दिया। मलूकदास ने भोजन कर लिया। फिर नीचे उतरकर डाकुओं को पूरा क़िस्सा सुनाया। डाकुओं ने उन्हें छोड़ दिया। इस घटना के बाद मलूकदास पक्के ईश्वर के भक्त हो गये।

गाँव पहुँचकर मलूकदास ने सर्वप्रथम—

अजगर करे न चाकरी, पंछी करे न काम।
दास मलूका कह गये, सबके दाता राम।

इस दोहे की रचना की, वह आज भी प्रसिद्ध है।

सन्त धर्मदास

सन्त धर्मदासजी का जन्म बनिया जाति के धनी परिवार में बान्धवगढ़ नामक गाँव में हुआ था जो वर्तमान समय में मध्य प्रदेश राज्य में स्थित है। सन्त धर्मदासजी की बचपन से ही भक्ति और साधना में रुचि थी। उनकी इस रुचि को देखते हुए उनके माता-पिता ने उन्हें भक्ति और साधना के सही मार्गदर्शन के लिए सन्त धर्मदासजी को गुरुदेव रूपानन्दजी से दीक्षा लेने की सलाह दी। सन्त धर्मदासजी ने अपने माता-पिता की आज्ञा का पालन किया और महात्मा रूपानन्दजी को अपना गुरु बनाकर, उनसे दीक्षा ली। दीक्षा प्राप्त करने के दौरान सन्त धर्मदासजी का नियम बन गया था कि प्रतिदिन श्रीमद्भागवत गीता का पाठ करने लगे।

सन्त धर्मदासजी ने सबसे पहले अपने माता-पिता के कहने पर महात्मा रूपानन्दजी को अपना गुरु बनाया थे लेकिन बाद में कबीर साहेबजी से मिलने के बाद उन्होंने अपने पिछले गुरुजी को त्याग कर कबीर साहेबजी को अपना गुरु बनाया था और आजीवन कबीर साहेबजी को ही अपना गुरु बना कर रखा। अब आपको ये पता लग गया होगा कि सन्त धर्मदासजी के गुरु का नाम कबीर साहेबजी था।

एक दिन की बात है जब सन्त धर्मदासजी अपनी दिनचर्या के अनुसार भक्ति कर रहे थे तो उनके सामने परमेश्वर कबीर साहेबजी भी आकर बैठ गये और सन्त धर्मदासजी की भक्ति और साधना को गौर से देखे जा रहे थे। यह देख कर धर्मदासजी बहुत ख़ुश हो रहे थे कि कोई उनकी भक्ति के तौर तरीक़े को इतनी लगन से देख रहा है, इसका मतलब है कि वह अवश्य ही उनके इस भक्ति भाव से प्रभावित हुआ है।

यह देख कर सन्त धर्मदासजी ने अपना मन्त्रोच्चारण ऊँचे स्वर में करना शुरू कर दिया और मन ही मन सोचने लगे कि यह पुरुष या महात्मा मुझसे ज़रूर मेरे भक्ति ज्ञान के बारे में पूछेंगे। देखते ही देखते वह महात्मा, सन्त धर्मदासजी के पास आकर बैठ गये और सन्त धर्मदासजी भक्ति का आनन्द लेने लगे।

जैसे ही धर्मदासजी ने अपनी दिनचर्या पूरी की और चलने लगे तो उन महात्माजी ने सन्त धर्मदासजी से प्रश्न करते हुए कहा कि हे महान आत्मा आप कौन हैं? किस जाति से सम्बन्ध रखते हैं?

आपका क्या धर्म है? आप कहाँ से आये हैं कृपया मुझे अपना परिचय दें।

यह सुनकर धर्मदासजी मन-ही-मन मुस्कुराने लगे कि अवश्य ही ये मेरी इस भक्ति से प्रभावित हुए हैं और शायद ये मुझसे इसलिए यह सब पूछ रहे हैं। जवाब में सन्त धर्मदासजी कहते हैं कि हे महात्मा मेरा नाम धर्मदास है और मैं हिन्दू धर्म के वैश्य परिवार से हूँ। मेरा परिवार बहुत ही धनी है।

मैंने अपने गुरु रूपदासजी से भक्ति की दीक्षा ली है और अपने गुरु के द्वारा दी गयी शिक्षा में पारंगत हूँ। मुझे सभी वेदों और शास्त्रों का पूर्ण ज्ञान है।

धर्मदासजी की बातें सुनकर कबीर साहेब ने फिर से प्रश्न किया और कहा कि धर्मदास अभी थोड़ी देर पहले तुम जिस पुस्तक या किताब को ज़ोर-ज़ोर से पढ़ रहे थे, उसे तुम क्या कहते हो मेरा मतलब है कि उस पुस्तक का क्या नाम है?

धर्मदासजी उत्तर देते हुए कहते हैं कि यह पुस्तक हमारा पवित्र ग्रन्थ श्रीमद्‌भागवत गीता है जिसमें श्रीकृष्ण के द्वारा अर्जुन को दिये गये गीता के ज्ञान का वर्णन है। इसे हम बहुत ही पवित्र मानते हैं। इसे छूने से पहले हम स्नान और पूजा करते हैं तभी इसे हाथ लगाते हैं। ख़ैर आप शायद इसके बारे में नहीं जानते।

परमेश्वर कबीर साहेबजी मुस्कुराते हुए धर्मदासजी से एक और सवाल करते हुए कहते हैं कि आप किसके नाम का जाप करते हैं?

प्रत्युत्तर में धर्मदासजी कहते हैं कि मैं ओम नमः शिवाय, ओम नमो भगवते वासुदेवाय नमः, गायत्री मन्त्र, हरे कृष्ण, कृष्ण कृष्ण हरे आदि मन्त्रों का उच्चारण यानि जाप दिन में 108 बार करता हूँ।

कबीर साहेब अपने अगले प्रश्न में पूछते हैं कि धर्मदासजी थोड़ी देर पहले आपने मुझसे कहा था कि ये पुस्तक आपका पवित्र ग्रन्थ है जिसमें गीता का ज्ञान है, यह ज्ञान किसने दिया था क्या आपको पता है?

धर्मदासजी थोड़ा-सा क्रोधित हुए बोले कि मुझे अपने ग्रन्थ जिसका मैं प्रतिदिन अनुसरण करता हूँ उसके बारे में मुझे ज्ञान नहीं है? इसमें श्रीकृष्णजी जो कि साक्षात् श्री विष्णुजी का रूप हैं उन्होंने अर्जुन को महाभारत के युद्ध में गीता का ज्ञान दिया था जब श्री अर्जुन ने रणभूमि में अपने अस्त्र-शस्त्र को रख कर युद्ध करने से मना कर दिया था और कहने लगे थे कि वे केवल राज-पाट पाने के लिए अपने भाई-बन्धुओं से युद्ध नहीं करेंगे यह तो धर्म के विरुद्ध है। तब श्रीकृष्ण ने उन्हें युद्ध करने हेतु गीता का ज्ञान दिया था।

कबीर साहेब धर्मदासजी से पूछते हैं कि आप प्रतिदिन पवित्र गीता का अनुसरण करते हैं तो फिर आप यह भी जानते होंगे कि आपके पूज्य देव श्रीकृष्णजी जिसे आप श्री विष्णु का रूप कहते हैं क्या उन्होंने गीता को भक्ति का ज्ञान बताया है या गीता को पढ़ने से भक्ति होती है ऐसा ज़िक्र किया है?

हे धर्मदास मैं आपको एक छोटी-सी कथा सुनाता हूँ—आपको मुझे उसका निष्कर्ष बताना होगा। धर्मदासजी कहते हैं ठीक है—

एक बार एक किसान था जिसके पास धन की कोई कमी नहीं थी लेकिन उसके पास सन्तान का सुख नहीं था। जैसे-तैसे वृद्धावस्था तक उसे पुत्र सन्तान की प्राप्ति हो गयी।

वह किसान हर दिन चिन्ता में डूबा रहता कि उसका पुत्र जो कि अभी छोटा है वह बड़ा होकर किस प्रकार कृषि करेगा यानि क्या वह एक सफल किसान बन पायेगा या नहीं इसी सोच के साथ उस किसान ने एक किताब में अपने कृषि के अनुभव को लिखा और कहा कि पुत्र यह पुस्तक अपने पास सँभाल कर रखना क्योंकि इसमें मैंने अपने कृषि करने के अनुभव को लिखा है, इसे तुम ज़रूर पढ़ना और इसके हिसाब से ही खेती करना।

पुत्र ने वह किताब अपने पास रख ली और रात-दिन उस किताब का अनुसरण करने लगा। कुछ दिनों के बाद किसान की मृत्यु हो गयी और उस किताब का प्रतिदिन अनुसरण करता वह कृषि अपनी मनमानी से करने लगा।

धर्मदासजी अब बताओ कि क्या वह एक सफल किसान बन पायेगा या नहीं?

धर्मदासजी कहते हैं कि इस तरह तो वह पूरी तरह से बर्बाद हो जायेगा क्योंकि किसान ने कृषि के जो तरीक़े किताब में लिखे थे वह तो उसके विपरीत कार्य कर रहा था जिससे फ़सल अच्छी नहीं होगी और खेतों में भी नुक़सान होगा। वह तो सरासर मूर्खता का कार्य कर रहा है।

यह सुनकर कबीर साहेब जो एक महात्मा के रूप में थे बीच में ही बोले कि धर्मदास आप भी तो उस किसान के पुत्र के समान मूर्खता का कार्य कर रहे हैं और फिर चाहते हैं कि आपको मुक्ति प्राप्त हो ज़ाये जो कि कदापि सम्भव नहीं है।

अब सन्त धर्मदासजी ने भक्ति का वह मार्ग त्याग दिया था जैसे उनकी दिनचर्या शुरू होती थी उन्होंने वैसे नहीं किया और सुबह उठते ही भोजन पकने लगे। उन्होंने भोजन पकाने के लिए जिस लकड़ी का उपयोग किया था वह मोटी लकड़ी थी जो बीच से बिल्कुल थोथी हो चुकी थी।

उस थोथी जगह पर बहुत सारी चींटियाँ थीं। वह लकड़ी चूल्हे में आधी जल गयी तो चींटियाँ लकड़ी से बाहर भागने लगीं और लकड़ी से पीछे की तरफ़ तरल पदार्थ निकल रहा था जिससे चींटियाँ बाहर नहीं निकल पा रही थीं और आगे की तरफ़ आग जिससे चींटियाँ मर रही थीं और यह देख धर्मदासजी ने वह लकड़ी बाहर निकाल दी और उसे बुझा दिया।

अब धर्मदासजी की आत्मा उस पके हुए भोजन को ग्रहण करने के लिए अनुमति नहीं दे रही थी क्योंकि उस भोजन को पकाने के लिए उसने जिस लकड़ी का उपयोग किया था उस लकड़ी में ना जाने कितनी चींटियों को मरना पड़ा।

अब धर्मदासजी ने सोचा कि मैं यह भोजन किसी महात्मा को खिलाऊँगा जिससे मेरा पाप कम हो जायेगा। इसी सोच के साथ सन्त धर्मदासजी ने स्नान किया और भोजन को थाली में लेकर साधु-महात्मा की खोज में निकल पड़ा।

जैसे ही कबीर साहेब ने देखा कि धर्मदास साधु के लिए भोजन परोसने के लिए आ रहे हैं तो वे एक साधु का रूप बनाकर एक वृक्ष के नीचे बैठ गये।

सन्त धर्मदास की नज़र कबीर साहेब जो एक साधु के रूप में बैठे हुए थे, उन पर गयी और उनके पास पहुँचे और कहने लगे, हे महात्मन् मैं आपके लिए भोजन लेकर आया हूँ, कृपया आप इसे ग्रहण करें और मुझे आशीर्वाद दें।

यह सुनकर कबीर साहेब ने धर्मदास की ओर देखा और कहने लगे कि लाओ धर्मदास बहुत ही भूख लगी है और जैसे ही धर्मदास ने भोजन की थाली कबीर साहेब को दी तो उन्होंने उस थाली पर थोड़ा-सा पानी छिड़का।

थाली में पानी के पड़ते ही भोजन चींटियों में परिवर्तित होने लगा और चींटियाँ अपने अण्डे के साथ थाली से बाहर निकलने लगीं।

यह देख धर्मदासजी आश्चर्यचकित हो गये और साधु की ओर देखने लगे तभी साधु के रूप से कबीर साहेब उसी महात्मा के रूप में आ गये और धर्मदास

से कहने लगे कि हे धर्मदास तुम तो कह रहे थे कि तुम वैष्णव सन्त हो और किसी प्रकार की कोई जीव हिंसा नहीं करते। यह क्या है, आपने तो अपना भोजन बनाने के लिए सैकड़ों-हज़ारों जीवों को मार दिया।

यह सुन धर्मदास ने महात्मा के पैरों को पकड़ लिया और उनसे क्षमा माँगने लगे और कहने लगे, हे महात्मा मुझे भक्ति का सच्चा मार्ग बतायें क्योंकि मैंने अब तक जो भी भक्ति की थी वो किसी काम की नहीं थी। अब तो मेरे जीवन के अन्त का भी कोई भरोसा नहीं है। कृपया पथ प्रदर्शन करें। कृपया मुझ मूर्ख पर दया करें ताकि मैं मुक्ति प्राप्त कर सकूँ। और इस प्रकार कबीर साहेबजी ने धर्मदासजी को अपनी शरण में लिया।

सन्त चरणदास

अलवर शहर (राजस्थान) से 8 किमी. दूर डेहेरा नामक गाँव में सन् 1703 ई. के भादों शुक्ल तृतीया, मंगलवार के दिन पिता मुरलीधर व माता कुंजीदेवी के घर सन्त चरणदासजी का अवतरण हुआ। नामकरण संस्कार के समय उनका नाम रणजीत रखा गया। उनके पिताश्री साधु स्वभाव के, त्यागी वृत्तिवाले, प्रभुभक्त और एकान्त प्रेमी थे। वे घण्टों तक ध्यान में लीन रहते थे। उनकी माता कुंजीदेवी सन्तसेवी और विदुषी थीं।

सन्त चरणदासजी को 5 वर्ष की अल्पायु से ही रामनाम के जप का स्वाद लग गया था। वे स्वयं तो प्रेम से रामनाम जपते थे, साथ में अपने साथियों को भी प्रभु के नाम-सुमिरन की प्रेरणा देते थे। एक दिन वे जब, रामनाम कीर्तन में मस्त थे, तब वैरागी तपस्वी वेदव्यासनन्दन, शुकदेवजी ने उन्हें अपनी गोद में लेकर प्यार किया, इससे उनके हृदय में प्रभुप्रेम की प्रबल धारा प्रवाहित हो गयी। तत्कालीन रीति के अनुसार छठे वर्ष में उन्हें पाठशाला पढ़ने के लिए भेजा गया, परन्तु अध्यापकों के लाख प्रयत्नों के बावजूद भी उन्होंने लौकिक विद्या पढ़ना अस्वीकार कर दिया। उन्होंने एक दिन अध्यापकों का हठ देखकर कहा–

आल जाल तू क्या पढ़ावे। कृष्ण नाम लिख क्यों न सिखावे॥
जो तुम हरि की भक्ति पढ़ाओ। तो मोकू तुम फेर बुलाओ॥

इस पंक्ति से उन्होंने स्पष्ट कर दिया कि उनकी रुचि प्रभुनाम-जप में अधिक और लौकिक विद्या में कम है।

जब रणजीत 8 वर्ष की आयु अवस्था के हुए, तब एक दिन उनके पिताजी जंगल में एकान्त साधना करते हुए अचानक लोप हो गये। इस घटना के कुछ

महीने बाद उनके दादा प्रागदासजी व दादी यशोदा का भी अचानक निधन हो गया। पति के बाद सास-ससुर की छाया भी सिर से उठ जाने से कुंजीदेवी के दिल पर गहरा आघात लगा। रणजीत अपनी माता के दुःखी हृदय पर प्रेम के फाहे रखने में सफल हो गये। माता कुंजीदेवी का मन दुःख और चुप्पी से अब ऊब चुका था। उनके लिए अब डेहेरा गाँव में रहना असहनीय हो गया था, इस कारण वे पुत्र के साथ दिल्ली में स्थित अपने मायके चली गयीं।

दिल्ली में कुंजीदेवी के चाचा भिखारीदास शाही दरबार में उच्च पदाधिकारी थे। उन्होंने कुंजीदेवी को हर प्रकार से मदद देने का आश्वासन दिया। उन्होंने रणजीत को अरबी व फ़ारसी भाषा सिखाने के लिए कादिरबख्श नामक एक मौलवी को नियुक्त किया। उस मौलवी ने भी रणजीत को पढ़ाने का भरसक प्रयत्न किया, परन्तु उन्हें भी निराशा ही हाथ लगी।

उन दिनों छोटी उम्र में ही विवाह हो जाते थे। रणजीत के लिए भी कई रिश्ते आये, परन्तु वे विवाह के लिए राजी न हुए। माता ने उनके सामने वंश को आगे बढ़ाने की इच्छा प्रकट की तथा नाना ने धर्मग्रन्थों के उदाहरणों से गृहस्थ आश्रम की विशेषता सिद्ध करके और शास्त्रों में से वंश को आगे बढ़ाने के धर्म का विवरण देकर उन्हें विवाह की प्रेरणा देनी चाही, परन्तु रणजीत ने संसार की नश्वरता, मनुष्य-जन्म के मूल उद्देश्य आदि का उल्लेख करके बार-बार इस बात पर ज़ोर दिया कि मेरा मन प्रभुभक्ति में इतना लीन हो चुका है कि मेरे लिए गृहस्थ धर्म निभा पाना असम्भव है।

10 वर्ष की अल्पायु में ही रणजीत के हृदय सागर में प्रभुप्रेम की लहरें पूरे ज़ोर से उठने लगी थीं। वे सदा साधु-सन्तों की संगति और भजन-मण्डलियों में सम्मिलित होने के लिए उत्सुक रहते थे। भूखे-प्यासे, ग़रीब, लाचारों की सेवा-सहायता में उनकी विशेष रुचि थी। उनका ध्यान एक ही लक्ष्य पर केन्द्रित था और वह था परमात्म-प्राप्ति! प्रभु प्रेम में उनकी आँखों से प्रेमाश्रुओं की झड़ी लगी रहती थी और वे अपने खाने-पीने, पहनने, सोने तक की सुध-बुध खो बैठते थे।

16 वर्ष की उम्र तक जब अपने प्रयत्नों से प्रभु के दर्शनों की तड़प शान्त न हुई तो उनके हृदय में सद्गुरु मिलन की प्यास जाग उठी। वे सद्गुरु के विरह में पल-पल, क्षण-क्षण व्याकुल रहने लगे।

चातक मीन पतंग जब, पिया बिन नहीं रह पाय।
साध्य को पाये बिना, साधक क्यों रह जाय॥

वे कभी सद्गुरु की खोज में दूर-दूर तक जाते, कभी नागाओं, सिद्धों, योगियों के पास जाते तो कभी संन्यासियों, उदासियों के पास, परन्तु उन्हें कहीं भी शान्ति प्राप्त न हुई। वे 16 से 19 वर्ष तक सद्गुरु की खोज में दर-दर भटकते रहे। आख़िर मुजफ़्फ़रनगर (उ.प्र.) के पास गंगा-यमुना के दोआबे पर स्थित मोरनातीस नामक स्थल पर उन्हें एक महात्मा के दर्शन हुए, जिन्हें देखते ही उनके मन में प्रेम, श्रद्धा और शान्ति की ऐसी प्रबल तरंग उठी कि उन्हें ऐसा प्रतीत हुआ जैसे उनकी वर्षों की खोज आज पूरी हो गयी है। वे महात्मा और कोई नहीं बल्कि वही शुकदेवजी महाराज थे, जिन्होंने बालक रणजीत को गोदी में बिठाकर प्यार किया था। जिन सद्गुरु की खोज थी वे मिल गये। उस वक़्त रणजीत की उम्र 19 वर्ष थी। उन्होंने प्रेममय हृदय और आँसुओं से भरे नेत्रों से सद्गुरु के चरणकमलों में माथा टेकते हुए स्वयं को गुरुचरणों में समर्पित कर दिया। महात्मा शुकदेवजी ने उन्हें विधिवत दीक्षा दी और उनका परमार्थी नाम श्यामचरणदास रख दिया। शुकदेवजी ने उन्हें दिल्ली वापस जाकर दीक्षा के अनुसार अभ्यास करने की आज्ञा दी। आगे चलकर वे सन्त चरणदासजी के नाम से प्रसिद्ध हुए। वे टूटे हृदय से दिल्ली प्रस्थान कर गये। सद्गुरु से बिछुड़ने के कारण वे बड़े व्याकुल हो गये। दिन भूखे-प्यासे विरह में व्यतीत हो गया, रात्रि को सद्गुरु ने ध्यान में आकर ढाढस बँधाया और कहा–

जब-जब ध्यान करे हो।
ऐसे ही तुम दर्शन पै हो।
अरु हम तुम कभू जुदे जू नाहीं।
तुम मो में मैं तुम्हारे माँही॥

सद्गुरु शिष्य के अन्तःकरण में ज्योतिर्मय स्वरूप में सदैव विद्यमान रहते हैं। यह स्वरूप कभी भी शिष्य का साथ नहीं छोड़ता। सद्गुरु-प्रदत्त युक्तियों के अभ्यास से यही ज्योतिर्मय स्वरूप शिष्य को आत्मा-परमात्मा की अभिन्नता का ज्ञान करा देता है। दिल्ली लौटकर चरणदासजी ने बरिम नाले के पास आरामदायक स्थान पर पक्की गुफा बनवा कर उसमें गुरु आज्ञानुसार तन, मन से अभ्यास शुरू कर दिया। वहाँ उन्होंने 12 वर्ष तक अभ्यास किया। वे कई-कई दिनों तक समाधि में लीन रहते थे। एक बार आस-पास फैली हुई आग गुफा में भी पहुँच गयी, पर ध्यानमग्न चरणदासजी उसी प्रकार गुफा में बैठे रहे। लोगों ने यही समझा कि वे जलकर राख हो गये होंगे, पर जब वे ध्यान से उठकर बाहर आये तो उन्हें सही-सलामत देखकर सभी दंग रह गये।

वे सद्गुरु की आन्तरिक प्रेरणा के अनुसार फतेहपुरी में एक आश्रम बनाकर रहने लगे। समाज के हर वर्ग और धर्म के लोग उनके सत्संग में आने लगे। एक बार सन्त चरणदासजी ने एक ग़रीब के लड़के की शादी के लिए सोने की 40 मोहरें और बहुत से सेवकों को उसकी सहायता के लिए भेजा। रात में आश्रम को सुनसान देखकर चोर आ गये, उन्होंने बहुत से सामान की कई गठरियाँ बाँध लीं, परन्तु उन्हें आश्रम से बाहर जाने का मार्ग ही नहीं दिखाई दिया। चोरों को परेशान देखकर चरणदासजी ने स्वयं उठकर उन्हें रास्ता दिखाया और सामान ले जाने को कहा। चोर लज्जित होकर क्षमा माँगते हुए कहने लगे—'अब हम सूई तक नहीं ले जायेंगे।' पर सन्त चरणदासजी ने उनसे ज़बरदस्ती गठरियाँ उठवायीं और उनके साथ जाकर आश्रम के बाहर छोड़ आये। उन्होंने न कभी किसी का बुरा सोचा और न ही किसी को कुछ बुरा कहा। यदि कोई उनकी निन्दा भी करता तो वे कहते कि निन्दक शत्रु नहीं अपितु सच्चा मित्र है, जो निन्दा के साबुन से हमारे दुर्गुणरूपी मैल को धोता है। उनके परम शिष्य रामरूपजी ने लिखा है—'सन्त चरणदास कभी भी वाद-विवाद में नहीं उलझते थे। वे एकांत-प्रेमी थे और बार-बार कहते थे कि मैं बुरे-से-बुरा था पर मेरे सद्गुरु शुकदेवजी ने मुझ पर कृपा करके मेरा बेड़ा पार कर दिया।'

किसू काम के थे नहीं कोई न कौड़ी देय।
गुरु शुकदेव कृपा करी, भई अमोलक देह॥

सन्त चरणदासजी ने दिल्ली में कई आश्रम बनवाये तथा फतेहपुरी आश्रम में 5 वर्ष बिताये। फतेहपुरी निवास के समय वे एक बार वृन्दावन गये थे। मार्ग में 7 ठगों ने उन्हें घेर लिया, परन्तु उनकी अमीदृष्टि से वे स्वयं को ठगाकर उनके अनन्य भक्त बन गये। उनके 108 प्रमुख शिष्यों में इन सातों के नाम भी आते हैं। इसी यात्रा के दौरान उन्हें पुनः सद्गुरुजी के दर्शन प्राप्त हुए। गुरुदेव ने उन्हें भक्तिमार्ग का प्रचार करने की आज्ञा दी। यहाँ से लौटकर उन्होंने घासमंडी में आश्रम बनवाया। यहाँ एक वर्ष व्यतीत कर वे परीक्षितपुर आ गये। वहाँ नन्ददासजी उनसे विधिवत दीक्षा लेने वाले प्रथम शिष्य बने।

बाद में वे परीक्षितपुर से गद्दनपुर चले गये। वहाँ पर एक मुसलमान फ़क़ीर मुहम्मद बाकर ने उनकी शरण ग्रहण की और वहाँ से वे पानीपत आ पहुँचे, यहाँ का नवाब शाकर ख़ाँ और एक ख़तरनाक डाकू उनके शिष्य बन गये। उन्होंने उस डाकू का नाम रामधड़ल्लामल रखा। इसी यात्रा के दौरान सन् 1757-58 ई. में चरणदासजी की माता का देहान्त हो गया। माता के परलोक गमन के पश्चात

सुखदेवपुर आ गये। यह स्थान चाँदनी चौक के पास मुहल्ला बन्नीमारां और हौजकाजी के मध्य स्थित है। चरणदासजी ने अनेक स्थानों की यात्रा की, परन्तु उनका कार्यक्षेत्र दिल्ली व उसके आस-पास का क्षेत्र ही रहा।

उन्होंने नादिरशाह के भारत पर आक्रमण के छह महीने पूर्व ही उसके आक्रमण की तिथि, मुहम्मदशाह की हार, नादिरशाह द्वारा राज्य वापस देकर लौट जाने की तिथि आदि कई महत्त्वपूर्ण बातों की जानकारी अपने सेवकों को दी थी। उनकी इस भविष्यवाणी को सुनकर नादिरशाह ने उन्हें जेल में डाल दिया, परन्तु उस समय उसके आश्चर्य की कोई सीमा नहीं रही, जब उसी रात को चरणदासजी ने नादिरशाह के सिर पर पदाघात कर उसे जगा दिया। आश्चर्यचकित व भयभीत नादिरशाह उनके चरणों में गिर क्षमायाचना करने लगा तथा कई गाँवों की जागीरें व धन-सम्पत्ति उनके नाम कर दी। वे न तो किसी सेवक के घर भोजन करते थे और न ही किसी से धन, वस्त्रादि की भेंट लेते थे, परन्तु ज़रूरतमन्दों की भरपूर सहायता करते थे। उनका यह क्रम 60 वर्ष की अवस्था तक चला, तत्पश्चात उन्होंने शिष्यों की अत्यधिक संख्या और उनकी व्यवस्था हेतु सेवा-भेंट लेना स्वीकार किया, परन्तु उसमें से अपने लिए एक पाई का भी उपयोग नहीं किया। उन्होंने ब्रह्मलीन होने के एक वर्ष, तीन महीने व दो दिन पहले ही अपने परम धाम जाने के संकेत दे दिये थे। वे उन दिनों फतेहपुरी स्थित सुखदेवपुरा आश्रम में निवास करते थे। संवत् 1839 विक्रमी, मार्गशीर्ष सप्तमी को बुधवार के दिन वे 79 वर्ष की आयु पूरी कर स्वधाम पधार गये। उन्होंने स्वधाम जाने की इच्छा पहले ही प्रकट कर दी थी, फिर भी उन्होंने अपना उत्तराधिकारी नियुक्त नहीं किया। बाद में उनके 108 शिष्यों ने अलग-अलग गद्दियाँ चलाईं जिनमें रामरूप, सहजोबाई, जुगतानन्द आदि की गद्दियाँ प्रमुख थीं। चरणदासजी के शिष्यों ने अपनी रचनाओं में उनकी अलौकिक प्रतिभा व जीवन के विषय में विस्तार से गाया है। सहजोबाई ने तो यहाँ तक कहा कि–

साईं चरणदास पर तन मन वारूँ।
गुरु न तजूँ, पर हरि को तजि डारूँ।

नारी सन्त

सन्त मीराबाई

मीराबाई का जन्म सन् 1498 ई. में पाली के कुड़की गाँव में दूदाजी के चौथे पुत्र रतन सिंह के घर हुआ। ये बचपन से ही कृष्णभक्ति में रुचि लेने लगी थीं। मीरा का विवाह मेवाड़ के सिसोदिया राजपरिवार में हुआ। उदयपुर के महाराजा भोजराज इनके पति थे जो मेवाड़ के महाराणा साँगा के पुत्र थे। विवाह के कुछ समय बाद ही उनके पति का देहान्त हो गया। पति की मृत्यु के बाद उन्हें पति के साथ सती करने का प्रयास किया गया, किन्तु मीरा इसके लिए तैयार नहीं हुईं। मीरा के पति का अन्तिम संस्कार चित्तौड़ में मीरा की अनुपस्थिति में हुआ। पति की मृत्यु पर भी मीरा ने अपना शृंगार नहीं उतारा, क्योंकि वह गिरधर को अपना पति मानती थीं।

वे विरक्त हो गयीं और साधु-सन्तों की संगति में हरिकीर्तन करते हुए अपना समय व्यतीत करने लगीं। पति के परलोकवास के बाद इनकी भक्ति दिन-प्रतिदिन बढ़ती गयी। ये मन्दिरों में जाकर वहाँ मौजूद कृष्णभक्तों के सामने कृष्णजी की मूर्ति के आगे नाचती रहती थीं। मीराबाई का कृष्णभक्ति में नाचना और गाना राजपरिवार को अच्छा नहीं लगा। उन्होंने कई बार मीराबाई को विष देकर मारने की कोशिश की। घर वालों के इस प्रकार के व्यवहार से परेशान होकर वह द्वारका और वृन्दावन गयीं। वह जहाँ जाती थीं, वहाँ लोगों का सम्मान मिलता था। लोग उन्हें देवी के जैसा प्यार और सम्मान देते थे। मीरा का समय बहुत बड़ी राजनीतिक उथल-पुथल का समय रहा है। बाबर का हिन्दुस्तान पर हमला और प्रसिद्ध खानवा का युद्ध उसी समय हुआ था। इन सभी परिस्थितियों के बीच मीरा का रहस्यवाद और भक्ति की निर्गुण मिश्रित सगुण पद्धति सर्वमान्य बनी।

इनकी माताजी योगेश्वर भगवान श्रीकृष्ण की उपासक थीं। माता के संग बचपन से ही श्रीकृष्ण का गुणगान श्रवण करते-करते इन्हें श्रीकृष्ण चरणों से अनुराग बाल्यकाल से ही हो गया था पर भगवान कृष्ण संग आत्मिक सम्बन्ध का बीज बालहृदय पर उस समय अंकुरित हुआ, जब वह अपनी माता के संग पड़ोस की एक कन्या के विवाह में गयीं।

वहाँ वर-वधू को सजा-सँवरा देखकर मीरा ने अपनी माँ से पूछा मेरा पति कौन है? माँ ने मुस्कुराते हुए भगवान कृष्ण की मूर्ति उठाकर मीरा के हाथ में थमा कर कहा यह तेरा पति है।

माँ के वचन मीरा के हृदय में अंकित हो गये। अब भोर काल से ही भगवान कृष्ण की सेवा-उपासना करना मानो मीरा का नित्य-नियम और धर्म बन गया। साँस-साँस में श्रीकृष्ण का स्मरण करने वाली मीरा ज्यों-ज्यों बढ़ रही थीं उनके अन्तःकरण में श्रीकृष्ण के प्रति भाव भक्ति भी बढ़ रही थी।

मीरा के पिता ने इनका विवाह संस्कार 13 वर्ष की आयु में उदयपुर के राणा साँगा के ज्येष्ठ पुत्र महाराज कुमार भोजराज के साथ किया। एक किंवदन्ती के अनुसार जब इनका विवाह हुआ तो फेरों की विधि के समय मीरा ने भगवान कृष्ण की वही मूर्ति अपने वक्ष से लगाये रखी।

विवाह संस्कार सम्पन्न हुआ, मीरा ससुराल आयीं तो पति महाराज भोजराज से भेंट हुई। मीराबाई ने पति से कहा कि आप मात्र मेरे तन के स्वामी हैं, मेरी आत्मा के स्वामी तो भगवान श्रीकृष्ण हैं।

जाके सिर मोर मुकुट मेरो पति सोई।

वही मेरे आत्मा पति हैं। आरम्भ में तो महाराज भोजराज ने मीरा के इन भावों को गम्भीरता से नहीं लिया किन्तु धीरे-धीरे इनका भक्ति भाव राजघराने की आँखों में खटकने लगा, किन्तु मीरा की भक्ति में ज़रा भी अन्तर नहीं आया। इनके पति कुछ वर्षों बाद ही संसार को छोड़ गये, ऐसे में मात्र भगवान श्रीकृष्ण ही इनके एकमात्र सहारा थे।

विधवा होने पर भी मीरा ने शृंगार नहीं त्यागा, वह तो अपने आत्मा पति श्रीकृष्ण के लिए शृंगार करती थीं। मीरा ठाकुरद्वारे में जाकर भगवान श्रीकृष्ण के सम्मुख लोक लाज और मिथ्या आडम्बरों से दूर हो पैरों में घुंघरू बाँधकर करताल बजा-बजा कर नृत्य करती हुई निज भावों को गातीं—

पग घुंघरू बाँध मीरा नाची रे।
लोग कहैं मीरा भई रे बावरी, सास कहै कुलनासी रे॥

इस प्रकार अपनी प्रेम जनित अश्रुधारा से भगवान श्रीकृष्ण के चरणों को पखारती थीं। यह सब राजघराने की मर्यादा के विपरीत था।

परिवारवालों ने इनके भक्ति भाव को भक्ति न जानकर कुल मर्यादाओं में सेंध समझा। मीरा को कुटुम्बजनों के अनेकों अमर्यादित कटु वचनों को ही नहीं सुनना पड़ा, बहुत दुर्व्यवहार भी सहना पड़ा। इन्हें मारने के लिए राणा ने विष भेजा। उन्होंने अपने ही मुख से कहा—

विष का प्यालो राणा जी भेज्यो, पीवत मीरा हाँसी रे।

श्रीकृष्ण कृपा से विष भी अमृत समान हो गया जिससे मीरा की भक्ति को और अधिक बल मिला परन्तु परिवार के बुरे व्यवहार से तंग आकर मीरा ने समकालीन कवि तुलसीदासजी को एक पत्र लिखा, जिनसे वह अपने भक्ति पथ के विषय में मार्गदर्शन चाहती थीं।

तुलसीदासजी ने मीरा के पत्र का जवाब देते हुए कहा—

जाके प्रिय न राम वैदेही।
सो नर तजिए कोटि बैरी सम जद्यपि परम सनेही॥
ना ते सबै राम के मनियत सहृदय सुसंख्य जहाँ लौ।
अंजन कहा आँखि जो फूटे, बहुतक कहो कहाँ लौ॥

तुलसीदासजी का पत्र पढ़कर मीरा हाथ में एकतारा लेकर 'मेरे तो गिरधर गोपाल दूसरो न कोय' गाती हुई द्वारिका और वृन्दावन गयीं।

सन्त अक्क महादेवी

अक्क महादेवी कर्नाटक की शिवयोगिनी सन्त हुई हैं। वह श्री मल्लिकार्जुन की अनन्य भक्त थीं, जो आध्यात्मिक साधना को ही अपना सम्पूर्ण रूप, यौवन तथा जीवन समर्पित कर चुकी थी और अन्ततः उसी परम प्रियतम से मिलकर एकाकार हो गयीं। अक्क महादेवी का जन्म शिवमोधे ज़िला के अन्तर्गत 'बल्लगावे' नामक गाँव में हुआ। उसके पिता का नाम विमल और माता का नाम सुमति था। दोनों शिवभक्त थे और निर्धन रहते हुए भी सन्तुष्ट थे। अक्क महादेवी के मन में, बालपन में ही, 'शरण सती लिंग पति' का भाव गहरे में समा गया था। कहते हैं कि अक्क महादेवी के रूप-सौन्दर्य से मुग्ध होकर जैन राजा कौशिक ने उसके ग़रीब माता-पिता को बाध्य किया कि वे अपनी पुत्री का विवाह राजा से कर दें। अक्क महादेवी तो 'श्री चेन्नमल्लिकार्जुन भगवान' को अपना सर्वस्व मान चुकी थीं, किन्तु माता-पिता की विवशता को भाँपते हुए उन्होंने विवाह की तीन शर्तें रखीं और राजा से मनवाया कि विवाह के उपरान्त यदि उसने कोई भी शर्त भंग की तो वह वहाँ नहीं रहेंगी। हुआ वही जिस बात की आशंका थी। राजा ने शर्तों का उल्लंघन किया तब अक्क महादेवी राजा का महल और सब सुख-भोग, जिसमें उसकी पहले भी रुचि नहीं थी, छोड़कर चली गयीं। वह स्वतन्त्र हो गयीं। परमात्म प्रिय के ध्यान में बावरी-सी होकर घूमती रहीं। बाद में 'कल्याण' नामक स्थान पर पहुँचीं। वीरशैवों के प्रमुख सन्त से दीक्षा लेकर 'शिवानुभव मण्डप' की सदस्य बन गयीं। सन्तों की इस मण्डली में उनका समुचित आदर-सत्कार हुआ। यहाँ अक्क महादेवी को आध्यात्मिक अनुभव की ऊँचाइयाँ प्राप्त हुईं। किन्तु उनकी आत्मा को अभी भी वह आनन्द और मुक्ति

की अनुभूति नहीं हो रही थी, जिसकी उन्हें तड़प थी। अन्ततः वह 'श्री शैल' गयीं। और सर्वान्तरयामी प्रियतम में विलीन हो गयीं।

अक्क महादेवी सन् 1131 में जन्मे बसवेश्वर से दीक्षा लेकर 'शिवानुभव मण्डप' में सम्मिलित हुई थीं। इस आधार पर अनुमान लगाया जा सकता है कि वह बारहवीं सदी के उत्तरार्द्ध में जन्मी होंगी।

अक्क महादेवी शिव की भक्त थीं। बचपन से ही उन्होंने ख़ुद को पूरी तरह शिव के प्रति समर्पित कर दिया था और उन्हें अपने पति के रूप में देखती थीं। एक दिन एक राजा की नज़र उन पर पड़ी। वह इतनी ख़ूबसूरत थीं कि राजा ने उनसे विवाह कर लिया। लेकिन अपने मन और चेतना में तो वह शिव से विवाह कर चुकी थीं। कुछ सालों की निराशा के बाद, राजा इतना भड़क गया कि वह उन्हें दरबार तक ले आया और उन पर व्यभिचार के आरोप लगाये। महादेवी ने कहा, "अरे मूर्ख इन्सान! मैं तुम्हारी पत्नी नहीं हूँ। तुम एक सामाजिक घटना के कारण मुझे पत्नी मानते हो लेकिन ऐसा नहीं है। मेरे पास जो कुछ भी है, उसे मैं पहले ही किसी और को दे चुकी हूँ।" राजा ने अपना आपा खो दिया और बोला, "तुम्हारे पास जो भी है, वह मेरा है। गहने, कपड़े, सब कुछ। तो तुम कैसे कह सकती हो कि तुम्हारी ज़िन्दगी किसी और की है!" फिर पूरे दरबार के सामने 18 वर्ष की नवयुवती अक्क महादेवी ने अपने सारे कपड़े त्याग दिये और वहाँ से चली गयीं। उस दिन से वह नग्न अवस्था में ही रहीं, उन्होंने सिर्फ़ कपड़ों का आवरण ही नहीं, बल्कि अहं और लज्जा का, यहाँ तक कि ख़ुद का आवरण भी उन्होंने त्याग दिया। उन्होंने बहुत उम्दा कविताएँ लिखीं, उनकी भक्ति और प्रेम को तीव्र रूपों में अभिव्यक्ति मिली। उनकी भक्ति ऐसी अनोखी थी कि वह हर रोज़ भिक्षा माँगते हुए शिव से कहतीं—

"शिव ऐसा करो कि मुझे भोजन न मिले। आपका हिस्सा बनने के लिए मैं जिस बेकरारी और पीड़ा से गुज़र रही हूँ, मेरा शरीर भी उसे प्रकट करे। अगर मैं भोजन करूँगी, तो मेरा शरीर तृप्त हो जायेगा और उसे पता भी नहीं चलेगा कि मैं क्या महसूस कर रही हूँ। इसलिए ऐसा करो कि मुझे भोजन नसीब न हो। अगर भोजन मेरे हाथों में आ जाये, तो वह मेरे मुँह में जाने से पहले मिट्टी में गिर जाये। अगर वह मिट्टी में गिर जाये, तो इसके पहले कि मेरी जैसी मूर्खा उसे उठाने की कोशिश करे, कोई कुत्ता आकर उसे ले जाये।"

यह उनकी हर रोज़ की प्रार्थना थी।

अक्क महादेवी की चार रचनाएँ मिलती हैं—'महादेवी अक्क के वचन', 'योगांग त्रिविधि', 'सृष्टिय वचन' तथा 'अक्कगल पीठिके'। ये चारों ग्रन्थ उनकी आध्यात्मिक अनुभूतियों, विचारों का दर्पण हैं तथा इनमें धर्म के तत्त्वों का बोधगम्य शैली में निरूपण हुआ है। प्रेम, भक्ति, वैराग्य को कई-कई दृष्टान्तों के माध्यम से स्पष्ट एवं मूर्त किया गया है। एक स्थान पर वह अपनी व्याकुलता को, छटपटाहट को स्पष्ट करने के लिए कहती हैं, "बन्धन में पड़ा हुआ हाथी जैसे विन्ध्याचल में घूमने-विचरने के लिए तड़पता है या जैसे पिंजरे में क़ैद पक्षी अपने प्यारे बन्धुओं की याद करता रहता है उसी प्रकार मैं प्रभु आपका चिन्तन करती रहती हूँ। हे चेन्नमल्लिकार्जुन मुझे अपने पास बुलाओ।"

अन्य पदों में आत्म-साधना में उनकी वीर वाणी सुनी जा सकती है। वह कहती हैं, "चन्दन को काटकर, घिसकर गन्ध निकालने के कष्ट में क्या चन्दन सुगन्ध-रहित हो जाता है? (अर्थात् नहीं होता) इसी प्रकार सोने को पत्थर की कसौटी पर घिसने-कसने से क्या वह कलंकित हो जाता है? गन्ने के टुकड़े बना कर पेरने से क्या वह अपनी मिठास खो देता है? पिछले जन्म के अपने निम्न कर्मों को यदि तुम्हारे आगे रखूँ तो तुम्हें क्या हानि है? मेरे परम पिता चेन्नमल्लिकार्जुन मुझे मार भी डालें तो भी मैं उनकी शरण कभी नहीं छोड़ूँगी।" अतः कठिनाइयों, मुसीबतों को वह प्रभु का वरदान मानकर वीर जैसे धैर्य से सहने को तत्पर थीं।

एक अन्य वचन में अक्क महादेवी कहती हैं, "यह शरीर जब तुम्हारे ही रूप से बना हुआ है, तुम्हारा रूप हो गया है तो अब मैं किससे भेंट करूँ? मेरा मन जब तुम्हारा ही मन बन गया है तो अब मैं किसे याद करूँ? जब मेरा प्राण तुम्हारा ही रूप हो गया है तो अब मैं किसकी आराधना करूँ? जब ज्ञान तुम्हारा ही रूप बन गया है तो किसको जानने की कोशिश करूँ? हे चेन्नमल्लिकार्जुन तुम्हीं बताओ! इस प्रकार मैं तुम्हीं बनकर रह गयी हूँ!" अतः हम देखते हैं कि अद्वैत चेतना की सर्वोच्च भूमि पर पहुँची अक्क महादेवी सन्तई के ऊँचे शिखर पर विराज रही हैं। उसने भक्ति, ज्ञान, धर्म, साधना की परिपक्वता और ऊँचाई ग्रहण की है और अन्यों के लिए दुर्लभ आदर्श बन गयी हैं।

सन्त कारैक्काल अम्मैयार

शिव के निर्गुण-निराकार रूप की अनन्य साधिका छठी शताब्दी की तमिलनाडु की प्रथम सन्त हैं कारैक्काल अम्मैयार। उत्तर भारत में पन्द्रहवीं शताब्दी में हुई विख्यात सन्त मीराबाई की भक्तिभावना, निष्ठा, तन्मयता एवं उपलब्धि की तुलना में तमिलनाडु की छठी सदी की प्रथम शिव भक्त नारी सन्त कारैक्काल अम्मैयार (पुनितवती) का नाम स्मरण आता है। वह धनी व्यापारी के घर में राजसी ठाठ-बाट के वातावरण में जन्मी-पली। बचपन से ही परम शिवभक्त थीं। शिवभक्त साधुओं की सेवा में सदैव तत्पर रहतीं। उसके साधु-सम्मान, शिव-भक्ति से प्रभावित हो पति उसे छोड़कर अन्य स्थान पर जाकर दूसरा विवाह कर रहने लगा। पुनितवती आहत और विमोहित हो शिव-आराधना में इतना डूब गयी कि अपने रूप-सौन्दर्य को भी भूल गयी। शिव-दर्शन के लिए कैलाश-यात्रा में परम-शिव प्रकट हुए। कहते हैं कि उन्होंने पुनितवती को 'माता' कहकर पुकारा। तथा उनकी आज्ञा हुई कि वह 'तिरुवालगांडु' नाम से विख्यात स्थान पर, जो कि शिवक्षेत्र एवं अति पवित्र माना जाता है, जाकर रहे। पुनितवती वहाँ गयी। उसने शिव के ताण्डव-नृत्य को देखा और वहीं शिवभक्ति में लीन रहकर जीवन-व्यतीत करती रही। अपनी गहन निष्ठा, उत्कट भक्ति भावना एवं व्यापक संवेदनशील लोक-व्यवहार से पुनितवती ने समाज में पावन और पूज्य स्थान प्राप्त किया। अतः मीरा के प्रति समाज के सम्मान एवं पूज्यभाव की, भक्तिभावना, गहनता, एकनिष्ठता की कई समानताएँ सन्त कारैक्काल अम्मैयार में देखी जा सकती हैं।

यों पुनितवती अपने पति परमदत्त के प्रति, जो कि धनाढ्य वैश्व परिवार से था, निष्ठावान थी, उसने अपनी गृहस्थी एवं गृहिणी धर्म में कोई कमी नहीं

आने दी, किन्तु शिव तथा शिवभक्तों को सर्वोच्च आस्था का आलम्बन मानती थीं। एक घटना ने उनकी शिव-आस्था को पति पर प्रकट कर दिया। जिससे पति का मन पुनितवती से उचट गया। हुआ यों कि पति परमदत्त एक दिन आम के दो मीठे फल लाये और उन्हें अपनी पत्नी को सौंप दिया। कहते हैं उसी दिन एक शिवभक्त उनके द्वार पर आया। पुनितवती ने एक आम उसे दे दिया। पति घर आया। भोजन में एक आम खाकर, उसके स्वाद से मुग्ध हुआ दूसरा आम भी माँगा। अब पुनितवती चिन्तित हो गयी, क्या करे? क्या कहे? कहते हैं उसे चिन्ता-मुक्त करने के लिए ईश्वर ने दूसरा आम भी प्रस्तुत कर दिया। बाद में पति को जब इस घटना का पता चला तो उसने सोचा कि पुनितवती की शिव के प्रति इतनी गहरी भक्ति है जिसे शिव भी अपना स्नेहाशीष देते हैं। उसके साथ सांसारिक दाम्पत्य बनाये रखना उचित नहीं। अतः वह पुनितवती को छोड़कर अन्यत्र चला गया और दूसरा विवाह करके रहने लगा।

इधर पुनितवती अपनी शिव-आराधना से अध्यात्म के ऊँचे सोपान चढ़ती गयी। शिव द्वारा माता का सम्बोधन प्राप्त करने वाली पुनितवती अब समूचे दक्षिण भारतीय जन द्वारा 'कारैक्काल अम्मैयार' के नाम से पुकारी जाने लगी। शिव की अनन्य इस साधिका ने शिव के सगुण और निर्गुण–दोनों रूपों का अपनी वाणी में वर्णन किया है। सगुण रूप में शिव वर्णन तो उत्तर भारत में भी प्रचलित रूप जैसा ही है। जैसे–"वह (शिव) नीलकंठ है, जटाधारी है, जटा में गंगा और चन्द्रकला सुशोभित हैं। सर्पाभूषण धारण किये हुए है। साथ ही उमा विराजमान है।" इसी प्रकार भक्ति भाव में डूबी शिव के निर्गुणरूप का अंकन इस प्रकार किया है, "वह (शिव) सबकी सृष्टि करता है। सबका विनाश भी करता है। सब पर कृपा कर के उद्धार भी वही करता है। शिव (ईश्वर) ज्ञान स्वरूप है। वह धरती, आकाश, जल तथा प्रकाशरूप है। निराकार है। भक्त जिस भी रूप में उसका ध्यान करता है, उसी रूप में उसके दर्शन पाता है। ध्यानकर्त्ता का मन ही इस निराकार शिव का मन्दिर है।"

कारैक्काल के दार्शनिक विचारों को तथा सूक्ष्म आध्यात्मिक अनुभूतियों को इनके द्वारा रचे ग्रन्थों में देखा-जाना जा सकता है। उनके ग्रन्थ हैं : 'अद्भुत तिरूवन्दादि', 'तिरूविरट्टै मणिमालै', तथा 'भूत तिरूप्पदिकम्'। इन ग्रन्थों में भक्ति की मधुरिमा तथा दार्शनिक चिन्तना विद्यमान है। प्रथम ग्रन्थ में शिव-स्रोत संग्रहित हैं तो अन्य में प्रेम एवं भक्ति के हृदय-द्रावक भावों की स्निग्धता है।

दार्शनिक सिद्धान्त के रूप में अद्वैतवाद की उनकी उद्भावना छठी शताब्दी में अचम्भित करने वाली है। अपने एक सर्वाधिक प्रसिद्ध पद में वह शिव को ही ज्ञाता, ज्ञान और ज्ञेय मानती हैं। वही परम ब्रह्म तीनों रूपों में व्यक्त हो रहा है। बारह तिरूमुरै ग्रन्थों में कारैक्काल अम्मैयार के ग्रन्थों को ग्यारहवें तिरूमरै के क्रम में रखा गया है। यह भी सर्वमान्य है कि वह प्रसिद्ध सन्त तिरूज्ञान सम्बन्धर के पूर्व हुई हैं तथा तमिलनाडु की प्रथम नारी सन्त हैं।

कारैक्काल अम्मैयार की गहन निष्ठा उसके इन शब्दों से जानी जा सकती है जिनमें वह कहती है कि 'हे ईश्वर यदि मैं आप की सेवा, दर्शन तथा उपासना से वंचित रह जाऊँ तो मेरा स्वर्ग में जाना भी व्यर्थ है। मुझे आपकी सेवा आराधना का सौभाग्य प्राप्त हो। यही मेरी तीव्र आकांक्षा है।' महत्त्वपूर्ण बात यह है कि छठी शताब्दी में पुरातनपन्थी परिवेश में विश की निराकार भक्ति की आराधना को वरीयता देने वाली यह नारी सन्त अनजाने में ही भावी मानव को आने वाली सदियों में वह मार्ग दिखाने वाली सिद्ध हो रही है, जो इक्कीसवीं सदी की आध्यात्मिकता की परम आवश्यकता है।

सन्त आंडाल

सन्त कवयित्री आंडाल का मूल नाम गोदादेवी है। अपने इष्ट भगवान कृष्ण के साथ स्वप्न में विवाह करने वाली, उसे सत्य मानकर फूलों और स्व-रचित प्रेमपूर्ण माधुर्य रस पगे गीतों की मालाएँ पहनाने और फिर इष्ट द्वारा स्वीकार किये जाने वाली होने से अर्थात् इष्ट पर शासन करने से उसे 'आंडाल' नाम मिला। आंडाल का अर्थ होता है 'शासिका'। वह तमिल की नारी-सन्तों में विशिष्ट स्थान तो रखती हैं, तमिल के वैष्णव सन्तों में भी अत्यन्त सम्मानित सन्त हैं। आलवार भक्त कवयित्री आंडाल ने सन् 716 ई. में 'तिरुप्पावै-श्रीव्रतम्' की रचना की थी। उनकी दूसरी रचना का नाम 'नाच्चियारु तिरुमोलि' है। मीरा को ध्यान में रखते हुए, उससे कई सौ साल पहले होने वाली इस अनन्य कृष्णभक्त सन्त को बखूबी पहचाना जा सकता है। वह आठवीं शताब्दी में सगुण कृष्ण को अपना पति मानकर तथा उसे अपना वशवर्ती बनाकर उनकी शासिका बन बैठी थी; सम्प्रदाय ग्रन्थों में विद्वानों ने आंडाल को भू देवी माना है।

इस अनोखी सन्त के जन्म की घटना भी अनोखी है। श्रीविल्लिपुत्तूर गाँव के निवासी विष्णुभक्ति के अनन्य साधक पोरियालवार विष्णुचित्त नाम के साधक अपने उपवन में भगवान को पूजा के लिए फूल चुन रहे थे। उन्हें तुलसी के पौधे के पास एक कन्या पड़ी हुई मिली। इसे वह अपने घर ले आये और बड़े स्नेह से उसका पालन-पोषण करने लगे। इस कन्या के मन में बचपन में ही भगवान कृष्ण के प्रति प्रेम व्याप्त गया। वह कृष्ण को अपने से इतना अभिन्न मानती थी कि प्रतिदिन कृष्ण को पहनाई जाने वाली माला स्वयं पहन लेती और अपने में ही कृष्ण के सौन्दर्य एवं रूप को निहारकर मुग्ध होती। कहते हैं कि पिता ने

एक दिन ऐसा करते देखकर भगवान कृष्ण को दूसरी नयी माला अर्पित की, तब भगवान ने स्वप्न में विष्णुचित्त से कहा कि गोदा की पहनी हुई माला उन्हें अतीव प्रिय है। तब से पिता अपनी इस पालित पुत्री गोदा को कृष्ण को अनुशासित करने वाली, अपने प्रेमपाश में बाँधने वाली शासिका–'आंडाल'–कहने लगे। आज भी मार्गशीर्ष महीने में अविवाहित कन्याएँ सूर्योदय से पूर्व नदियों में पुण्यस्नान करके मनोकामना की पूर्ति का व्रत रखती हैं, प्रार्थना करती हैं, योग्य वर की प्राप्ति की मनौती मानती हैं। 'तिरुप्पावै-श्रीव्रतम' तमिल भाषियों का, साहित्य-प्रेमियों का प्रिय ग्रन्थ है। इसमें तीस पद्य 'पावै व्रत' (कात्यायनी व्रत) से सम्बन्धित हैं, जिनमें उद्देश्य का विविध फल आदि का वर्णन है। दूसरा ग्रन्थ आंडाल का स्वप्न-द्रष्ट विवाह के वर्णन को लेकर है, जो विवाहादि शुभ अवसरों पर गाया जाता है। इसमें आंडाल के रचे 143 पद हैं। कहते हैं कि आंडाल के आग्रह पर ही पिता विष्णुचित्त ने उसका विवाह श्रीरंग में स्थित भगवान श्रीरंगनाथ से करवाया तथा उसी शुभ अवसर पर प्रेमाविष्ट भाव में आंडाल श्रीरंग की ज्योति में विलीन हो गयी।

आंडाल की रचनाओं में वेदवाणी एवं उपनिषदों के रहस्यमय तत्त्वों को देखकर बाद में विशिष्टाद्वैतवाद के प्रतिष्ठापक श्री रामानुजाचार्य आंडाल के गीतों में भाव-विभोर हो जाते थे। श्री वेदान्तदेशिकाचार्य ने आंडाल को आधार बनाकर 'गोदा स्तुति' नामक ग्रन्थ लिखा। राजा श्रीकृष्णदेवराय ने भी आंडाल के जीवन एवं भक्ति को विषय बनाकर तेलुगु भाषा में 'आमुक्तमाल्यदा' महाकाव्य लिखा। तमिल प्रदेश में प्रत्येक प्रमुख विष्णु मन्दिर में आंडाल की मूर्ति स्थापित होना भी सिद्ध करता है कि आंडाल लोकजीवन में देवी के समान पूज्य है एवं प्रेरणा की प्रतीक है। उसकी वाणी में लोक-समाज, देश के कल्याण की भावनाएँ भी अनुस्यूत हैं। सूरदास और मीरा के कृष्ण, उनकी लोक-कल्याणी लीलाओं का स्मरण हो आना, आठवीं शताब्दी में आंडाल की वाणी की चरितार्थता सिद्ध होती है।

आंडाल के एक पद का भावार्थ यहाँ दे देना उपयुक्त होगा, जिससे उसकी देशप्रेम की भावना, लोक-संग्रही चेतना, धार्मिकता एवं नैतिक आचरण को अनुकरणीय बनाती है। आंडाल का कथन है–"यदि हम त्रिविक्रम विष्णु के नाम पर कीर्तन करते हुए व्रतादि के लिए स्नानादि करके सद् आचरण करेंगी तो समस्त देश कष्ट रहित हो जायेगा। महीने में तीन बार वर्षा होगी। देश लहलहाते खेतों से सुन्दर बनेगा, सरोवरों में कमल-फूल सुशोभित होंगे, रंग-बिरंगी मछलियाँ होंगी तथा देश अक्षय धन-धान्य से परिपूर्ण होगा। गायों के नीचे दूध भरपूर होगा, ग्वाले दिन-रात दोहन में व्यस्त रहेंगे, उनकी गागरें दूध से लबालब भरी रहेंगी।"

किन्तु यहीं यह भी देखा जा सकता है कि अपने इष्ट के लिए मधुर-भक्ति में सराबोर आंडाल अपने आस-पास के जीवन और समाज से, उसकी पीड़ाओं से, हर्ष-विषाद से कटी हुई भी नहीं थीं। यह पक्ष उसके व्यक्तित्व को अन्य बाद में हुए कृष्ण भक्तों से विशिष्ट बना देता है। उस वाणी में जीवन को नित्य क्रियाओं-कार्यों-कर्मों के निर्वाहण के उपदेश भी मिलते हैं। लोकपक्ष की भावना भी उसकी वाणी में अमुखर नहीं रहती। वह देश-समाज के कष्टों को दूर करने के लिए भी इष्ट से प्रार्थना करती है। वह प्रार्थना करती है कि देश को धन-धान्य से तथा आठ प्रकार की सिद्धियों से परिपूर्ण किया जाये। आंडाल अपनी भक्ति के इस मण्डल में अपने साथ अपनी प्रकृति-प्रवृत्ति-दुख-कष्ट में घिरी अपनी सखियों को भी साथ लेकर उन्हें भी भक्ति-मुक्ति का मार्ग दिखाती है। उसकी भक्ति, अकेले की मुक्ति नहीं, सबके साथ मुक्ति की पक्षधर और चिन्ता करने वाली थी। स्वात्म उद्धार के साथ लोकोद्धार की चेतना भी आंडाल को लोकमानस में आराध्य देवी का रुतबा दिलाने वाली सिद्ध हुई। आंडाल का यह विश्वास कि देश को, लोगों की सुख-समृद्धि भी तभी मिल सकती है जबकि उनमें धर्म-भावना (सब के हित-चिन्ता की भावना) तथा नैतिक उच्च आचरण की चेतना विकसित हो। आंडाल की उक्त विचारणा की साक्षी उनके कई पदों में लक्षित की जा सकती है।

सन्त महदम्बा

महानुभावीय सम्प्रदाय की सन्त महदम्बा (महदायिसा) मराठी, भाषी ऐसी प्रथम सन्त कवयित्री है, जिसने हिन्दी में भी वाणी कही है। इनके जन्म तथा मृत्यु के सम्बन्ध में निश्चित तिथियाँ ज्ञात नहीं हैं। हाँ, इनका प्रयाण काल शके 1230 से पूर्व माना जाता है, क्योंकि महदायिसा नागदेवाचार्य की चचेरी बहिन थी और वह नागदेवाचार्य के साथ ही सन्त चक्रधर की अनुयायी बन गयी थीं। इनको महदम्बा तथा रूपाई भी पुकारा जाता था। इनका थोड़ा-सा परिचय जो उपलब्ध होता है, वह 'नागदेव-स्मृति' नामक ग्रन्थ से ही ज्ञात होता है। वह बाल-विधवा थीं। सन्त चक्रधर के देहावसान के पश्चात् वह ऋषिपुर में गोविन्द प्रभु के पास रहने लगी थीं। वह अत्यन्त विदुषी थीं और इनकी गुरु भक्ति बहुत गहरी और प्रबल थी। नागदेवाचार्य ने इन्हें आदर से वृद्धा (महतारी) कहा है। इस कवयित्री ने मराठी में 'धवले', 'मातृकी- रुक्मिणी-स्वयंवर' और 'गर्भकाण्ड ओव्या' नामक ग्रन्थों की रचना की और ख्याति अर्जित की। इन्हें मराठी में प्रथम कथा-काव्य रचयिता का श्रेय भी दिया जाता है। हिन्दी में भी अवश्य पर्याप्त रचना की होगी किन्तु एक पद ही प्राप्त होता है, शेष अनुपलब्ध है। पद इस प्रकार है :

"नगर द्वार ही भिच्छा करो हो, बापुरे मोरी अवस्था लो।
जिहाँ जाबो तिहाँ आप सरिसा कोउ न करी मोरी चिन्ता लो।
हार चौहाटां पड़ रहूँ हो माँग पंच घर भिच्छा
बापुड लोक मोरी अवस्था कोउ न करी मोरी चिन्ता लो।"

इस पद में महदायिसा अपनी करुण दशा का वर्णन करती हैं। साधिका भिक्षा माँग कर निर्वाह करती है। उसकी सुध कोई नहीं लेता। वह चौहाटे में

पड़ी रहती है। रहने तक को उसके पास स्थान नहीं है। वह अपने गुरुदेव को ही पुकारती है। वही उसकी इस दुर्वस्था की चिन्ता करने वाले हैं। अतः महदायिसा का गुरु में अटूट विश्वास प्रकट होता है। उसकी गुरु भक्ति प्रसिद्ध थी।

लोक कल्याण की भावना से अनुप्रेरित 'महानुभाव-पन्थ' के सन्तों ने जन भाषा मराठी में रचनाएँ कीं तथा भगवान कृष्ण की भक्ति का प्रचार-प्रसार किया। महदायिसा ने महानुभाव-पन्थ के साहित्य एवं भाव-प्रसार में महत्त्वपूर्ण योगदान किया है। वह कवयित्री होने के साथ-साथ बौद्धिक सम्पदा की स्वामिनी, विरक्त साधवी तथा 'परमार्ग' की ज्ञाता थीं। कहते हैं महीन्द्र भट्ट की रचना 'लीला चरित्र' में महदायिसा ने रचनात्मक सहयोग दिया था। इसी तथ्य से उसकी आध्यात्मिक पहुँच एवं बुद्धिमत्ता का अनुमान लगाया जा सकता है। शके 1225 के आस-पास इनका ब्रम्हलीन होना स्वीकार किया जाता है।

महानुभाव सम्प्रदाय भी वारकरी सम्प्रदाय, दत्त सम्प्रदाय, समर्थ सम्प्रदाय के समानान्तर ही महाराष्ट्र में विकसित हुआ। ईसा की तेरहवीं शताब्दी में उद्भूत इसमें कृष्ण भक्ति को केन्द्र में रखा गया है। लोगों में यह 'महानुभाव', 'जयकृष्णी पन्थ', 'महात्मा पन्थ' नाम से प्रतिष्ठित हुआ है तो गुजरात में 'अच्युत पन्थ' के नाम से तथा पंजाब में 'जय कृष्णी पन्थ' के नाम से। काबुल-कंधार तक इस सम्प्रदाय का विस्तार हुआ। महदायिसा ने इस सम्प्रदाय के विकास-विस्तार में महत्त्वपूर्ण योगदान दिया।

सन्त वेणास्वामी

सन्त गुरु रामदास के सम्प्रदाय से जुड़ी समर्थकन्या वेणास्वामी भी मराठी नारी सन्तों में अपना विशेष स्थान रखती हैं। अपने गुरु के इष्ट रामभक्त हनुमान की वह अनन्य आराधिका थीं। उन्होंने गुरु के साथ उनके समूचे भक्ति अभियान में दत्तचित्त होकर साथ दिया और यात्राएँ भी कीं। वेणास्वामी का जन्म कोल्हापुर में हुआ। इनके पिता गोपाजी देशपांडे के श्वसुर रामपन्थी भक्त थे। अतः नाना और माँ-पिता से अत्यन्त स्नेह के साथ राम भक्ति के संस्कार बचपन में ही मिल गये थे वेणास्वामी को। यही आगे चलकर उसकी भक्ति एवं लेखनी के आधार बने। पिता ने तत्कालीन सामाजिक रूढ़ परम्परानुसार आठ वर्ष की वय में ही वेणास्वामी का विवाह मिरज के एक परिवार में कर दिया। दुर्भाग्य का लेखा था कि पति की शीघ्र ही मृत्यु हो गयी। तत्कालीन रीति के अनुसार शेष जीवन वेणास्वामी को प्रभु-भक्ति में साधनारत रहकर ही व्यतीत करना था। उसे 'एकनाथी भागवत' का नित पाठ करने और भक्ति में लीन रहने का आदेश प्राप्त हुआ।

एक बार समर्थ रामदास भिक्षा लेते हुए उसके घर पर भी आये और उसे भागवत का पाठ करते हुए देखा तो जिज्ञासावश पूछ लिया कि आप जो पढ़ रही हैं, इसको समझ भी रही हैं? वेणाबाई ने सरलता से अपनी अनभिज्ञता प्रकट की और उनसे जीव, जगत, ब्रह्म, जन्म, मृत्यु, सगुण-निर्गुण, विद्या, अविद्या, शून्य, चैतन्य, आत्मा, परमात्मा विषयक पच्चीस प्रश्न पूछे, जिनके बारे में समर्थ गुरु रामदास ने उसे ज्ञान दिया और सन्तुष्ट किया। इस चर्चा के उपरान्त वेणाबाई उनसे अत्यन्त प्रभावित हुईं। उनके जाने के बाद उसे लगा कि जैसे वह वेणाबाई की देह, मन, आत्मा—सर्वस्व अपने साथ ले गये हैं। वस्तुतः उन्होंने जैसे उसकी

चेतना पर शक्ति का आघात किया हो। वह हर समय एक उन्मादनी-भक्ति की लहर में डूबी रहने लगी। ससुराल वालों को वेणाबाई का यह स्वरूप नहीं भाया तो उन्होंने उसे उसके मायके में भेज दिया।

वेणाबाई मायके आयी तो कुछ ऐसा संयोग घटित हुआ कि गुरु रामदास पर्यटन के दौरान कथा-वार्ता करते वहाँ आये। तब वेणाबाई निस्संकोच उनके साथ धर्म चर्चा करने, कथा सुनने आ जाती। तत्पश्चात् उसने गुरु रामदास से विधिवत दीक्षा ले ली। स्वाभाविक था उसके परिवार वालों और गाँव वालों की ओर से इसका विरोध होना। कड़ा विरोध हुआ, क्योंकि समर्थ रामदास की वय उस समय चालीस वर्ष के करीब थी और वेणाबाई तरुणी थी। सुन्दर थी। सभी लोगों का शंकालु होना भी अस्वाभाविक नहीं था, क्योंकि वे सांसारिक चलन और सोच से बँधे हुए थे। इससे हटकर सोचना सहज और आसान नहीं था। किन्तु वेणाबाई और गुरु रामदास के शिष्य-गुरु के आध्यात्मिक निर्णय को कोई भी तोड़ नहीं पाया। वे लोग गुरु-शिष्य के इस आदर्श एवं उच्च आध्यात्मिक-सामाजिक उत्थान-यात्रा-अभियान को तब समझ नहीं पाये। अतः पारिवारिक विरोध के साथ ससुराल वाले भी जुड़ गये। माता-पिता ने वेणाबाई को घर में बन्दी बनाकर उसका कहीं भी आना-जाना बाधित कर दिया। कहा जाता है कि उसे विष दे दिया गया, किन्तु वह अपने धर्म-गुरु के नाम का तथा भगवान का स्मरण करती रही। यहीं एक चामत्कारिक घटना घटी। कहा जाता है कि उस बन्दी दशा में गुरु रामदास ने अपनी छड़ी के स्पर्श से उसका विष बे-असर कर दिया। वेणाबाई की बेहोशी टूटी और उसने रामदास के चरणों का स्पर्श कर प्रभु को धन्यवाद दिया। घर वालों ने यह सारा दृश्य देखा-जाना तब वेणाबाई के प्रति उनके मन में सद्भाव एवं संवेदना जगी और वे उसके प्रति सहिष्णु हो आये। तब लोगों को समर्थ गुरु रामदास के निर्मल उद्देश्य और दिव्य संकल्प का भी अहसास हुआ। उनके सन्तभाव की प्रतीति हुई।

यह ऐतिहासिक तथ्य है कि गुरु रामदास तेरहवीं शताब्दी में उत्पन्न हुए, तब महाराष्ट्र में मुस्लिम सत्ता का बहुत दबदबा था। जन-जीवन त्रस्त और विवश था। नामदेव तथा उनके वारकरी सम्प्रदाय के प्रचार-प्रसार का प्रभाव जन-जीवन में प्रतिकार की चेतना नहीं जगा पा रहा था। मात्र भक्तिभाव में डूबे सहनशील लोग किसी तरह जीवन-निर्वाह कर रहे थे। एकनाथ के आविर्भाव के पश्चात् जो चेतना का स्फुरण जगा उसे ज्ञानेश्वर और तुकाराम ने कुछ स्थायित्व तो दिया, किन्तु कोई उत्तेजना नहीं दिया।

ऐसे समय में एकनाथ द्वारा जगाई गयी चेतना के साथ रामदास के व्यापक जन-जागरण अभियान के मेल से जो लहर उत्पन्न हुई उस समय महाराष्ट्र की धरती पर महाराज शिवाजी का जन्म हुआ। यह एक अनोखा संयोग था। धार्मिक चेतना के साथ सांस्कृतिक स्वाभिमान और राजनीतिक स्वतन्त्रता-बोध का जुड़ाव सहज ही हो गया। गुरु रामदास ने अपने आराध्य-देव की आराधना हेतु जगह-जगह 'मारुति' मन्दिरों की स्थापना की। इसका मुख्य हेतु 'राजकार्य' के सूत्रों को अपने हाथों में लेने के लिए जन को जगाना–प्रेरित करना था। उन्होंने रामकाज और राजकाज–दोनों को जोड़कर एकसूत्र में बाँध दिया।

उक्त महत्तम कार्य में वेणाबाई बहुत बड़ी सहायिका सिद्ध हुई। जहाँ भी गुरु रामदास जाते वेणाबाई सदा उनके साथ जाती और संगठन कार्य में–राम और राजकार्य के विस्तार में हर प्रकार से सहयोग पहुँचाती रही। दूसरी ओर रामदास के इस अभियान और कार्य की आधार भूमि का सर्वोत्तम उपयोग शिवाजी के उद्देश्यों को मिला तो इसमें परोक्ष रूप में वेणाबाई के त्याग, तप, निष्ठा, लगन और कार्यकुशलता को बड़ा श्रेय जाता है। क्योंकि रामदासजी की यात्राओं, अभियानों में नारियों को अधिकाधिक जोड़ना मडलियों का गठन करना, जाति-पाति के विभेदों को मिटाकर पूरे समाज को सम्मान और समानता के एकसूत्र में बाँधने के काम वेणाबाई को ही देखने-करने होते थे।

वेणाबाई ने प्रेरणाएँ तो अपने गुरु से प्राप्त कीं, किन्तु उसने अपने काव्यों की रचना स्वयं की चेतना के बल पर की। 'सीता स्वयंवर', 'रामायण' तथा अन्य फुटकर काव्यों की रचना में वेणाबाई ने अपनी प्रतिभा का परिचय दिया है। काव्य रचना, जीवन-दृष्टि की व्यापकता तथा एक समाज संगठनकर्त्री के अन्तिम समय में उसके गुरु उसके पास थे। उन्होंने उसके प्रति गहरा आभार एवं होने वाला अभाव व्यक्त करते हुए मानो कहा, 'हे बाई, तुझे बैकुण्ठ जाने की इतनी क्या जल्दी है। उठो मुझे भोजन बनाकर दो। तुम चली जाओगी तो मुझे भोजन बनाकर कौन देगा।' फिर स्वयं की भावुकता को सँभाला और चैत्र वद्य 14, शके 1600 को अपने शिष्यों की सहायता से असंख्य लोगों के साथ उसे विदाई दी। ऐसी सन्त वेणाबाई का स्थान भारत की सन्त नारी परम्परा में अपनी विशिष्ट पहचान रखता है।

सन्त बावरी साहिबा

निर्गुणपन्थी सन्तों में बावरी साहिबा का भी महत्त्व का स्थान है, इनके नाम से बावरी पन्थ प्रसिद्ध हुआ। मुगल सम्राट अकबर के समय इनका जन्म सन् 1542 ई. तथा देहान्त सन 1605 ई के आस-पास माना जाता है। इनके मूल नाम से अधिक प्रचलित प्रसिद्ध नाम बावरी इनकी भक्तिमय चित्त-वृत्ति का भी परिचायक है। यह परमात्मा की भक्ति में अपने होशोहवास खोकर बावरी (पगली) जैसी स्थिति में आ जाया करती थीं। निम्न सवैया इनके द्वारा रचा हुआ माना जाता है, जिसमें इनकी भाव भक्ति एवं सम्प्रदाय की झलक मिल जाती है :

बावरी रावरी का कहिये, मन ह्वै के पतंग भरै नित भाँवरी।
भाँवरी जानहिं सन्त सुजान, जिन्हें हरि रूप हिये दरसावरी।
साँवरी सूरत मोहनी मूरत, दै करि ज्ञान अनन्त लखावरी।
साँवरी सौंह तिहारी प्रभू, गति रावरी देखि भई मति बावरी।

मन कीट-पतंगे की तरह ईश-रूपी ज्योति के चारों ओर भाँवरी लेने को बाध्य हो जाता है, तब इस तुम्हारी पगली की क्या दशा हो जाती है, उसका क्या वर्णन किया जाये। जिन सन्तों को अपने हृदय में आप के दर्शन हो जाते हैं, उनकी भ्रामरी-वृत्ति का क्या बखान किया जाये। तुम्हारी साँवरी सूरत और मन को मोहने वाली मूरत का ज्ञान देकर अनन्त के दर्शन करा दिये हैं। बावरी को तुम्हारी सौगन्ध है कि तुम्हारी झलक पा कर बावरी सचमुच पागल हो गयी है।

बावरी पन्थ में कई प्रसिद्ध सन्त हुए हैं। सन्त यारी साहब (सन् 1668 ई. से 1723 ई.) हुए हैं। इनके शिष्यों में बूला शाह तथा बूलाशाह के शिष्य हुए जगजीवन साहब और गुलाल साहब। इन्हीं गुलाल साहब के शिष्यों में भीखा साहब अधिक प्रसिद्ध सन्त हुए हैं। इस पन्थ में आगे चलकर सन्त पलटू हुए। इस पन्थ के सन्तों में गहरी आध्यात्मिक मस्ती, एक दीवानापन तथा चिन्तन के तल पर अद्वैत दर्शन की अभिव्यक्ति उपलब्ध होती है।

सन्त मुक्ताबाई

महाराष्ट्र की सन्त परम्परा में 'नाम-चतुष्टय' के रूप में विख्यात निवृत्तिनाथ, ज्ञानदेव, सोपानदेव तथा मुक्ताबाई अपनी विशिष्ट उपस्थिति रखते हैं। महाराष्ट्र में बड़े आदर-सम्मान के साथ चारों को स्मरण किया जाता है। एक ही परिवार के चारों सदस्य, चारों ही उच्चकोटि के सन्त। इनके पिताश्री ने लगता है किसी दैवी अनुभूति या प्रेरणा से इनके आध्यात्मिक-प्रतीकात्मक नामकरण किये थे। सांसारिकता से 'निवृत्ति' से लेकर 'ज्ञान' के 'सोपान' चढ़ते हुए 'मुक्त' होने तक की प्रतीकात्मक यात्रा!

मुक्ताबाई अपने बचपन में ही आध्यात्मिक वातावरण में पली। चारों ओर आठों याम अध्यात्म। आत्म और परम-आत्म के संसर्ग में संस्कारित बालिका शीघ्र ही तलहटी से शिखरों की ओर प्रस्थान की उत्साहप्रद प्रेरणाओं के सहारे तीव्र डग भरती हुई। साथ ही तीनों भाइयों का अध्यात्म-अभियान! क्या कहने! विश्व के आध्यात्मिक इतिहास की अनूठी मिसाल! मुक्ताबाई अध्यात्म अनुभूतियों एवं आत्मिक ऊर्जा से ओत-प्रोत अपने व्यक्तित्व को सार्थक करने की दिशा में अग्रसर! उसकी कविताएँ भी नारी मन की कोमलता, कल्पनाशीलता एवं अन्तरायामिता से रू-ब-रू करती हुई। मुक्ताबाई के अभंग मात्रा में भले ही कम हों—गिनती के पचपन, किन्तु उनमें अध्यात्म, भक्ति, नाम स्मरण एवं कीर्तन की उपलब्धियों से प्राप्त 'आनन्द के भाव व्यक्त हुए हैं।

मुक्ताबाई के गुरु सबसे बड़े भाई निवृत्तिनाथ थे। उन्हीं से उसने उपदेश व नाम प्राप्त किया था। तत्पश्चात् अपनी भावना कुछ इस प्रकार व्यक्त की कि 'निवृत्ति जी ने मुझे शक्ति प्रदान कर दी है। मेरे चित्त को अब शान्ति मिल गयी है।

मन उन्मन हो गया है। सारा चराचर संसार और यहाँ दृष्टिगोचर सब वस्तुओं में परम-आत्मा की झलक है। पूरे ब्रह्माण्ड में ब्रह्म चेतना ही व्याप्त है। उससे बाहर कुछ नहीं। सारा संसार मेरे लिए मधुर है। एक से बढ़कर एक उत्तम एवं श्रेष्ठ भाइयों की संगति ने मुझे 'आनन्द' के अलंकारों से विभूषित कर दिया है।' ऐसे अहोभावपूर्ण उद्‌गार मुक्ताबाई के हृदय की मुक्त दशा एवं आनन्दानुभूति का परिचय देते हैं।

मुक्ताबाई के आध्यात्मिक अनुभव बड़े व्यापक थे। एक ओर सगुणोपासना और विट्ठल-प्रेम से युक्त अनुभव तो दूसरी ओर अद्वैत के निर्गुणी प्रभाव, तीसरी ओर योगानुभवों की सम्पत्ति से धनवान! योग ज्ञानानुभव को देखते हुए ही योगी चांगदेव भी मुक्ताबाई के शिष्यत्व को स्वीकार करने को बाध्य हुआ।

मुक्ताबाई आयु में छोटी होते हुए भी कभी-कभी अग्रजा की भूमिका निभाती थी। एक बार की घटना है कि लोक-निन्दा को सहन न कर सकने के कारण ज्ञानेश्वर अत्यन्त क्रोधित होकर एक कमरे में चिटकनी लगाकर स्वयं को भीतर बन्द करके बैठ गये। तब मुक्ताबाई आगे बढ़ी, अपने बड़े भाई ज्ञानेश्वर को सांसारिक-व्यावहारिक ज्ञान देने लगी, किन्तु अत्यन्त स्नेहपूर्ण, विनम्र वाणी में कि इस संसार में सन्त को विरक्त की भाँति ही रहना होता है, लोभ-अहंकार से रहित एवं दयाभावना तथा क्षमाभाव से युक्त होकर। दुनियावी लोगों की निन्दारूपी अग्नि को सन्त जलवत ठण्डा कर देते हैं। आय स्वयं भी तरो और दूसरों को भी तारो। यही सन्त का जीवन और कर्म है।

मुक्ताबाई ने उलटबासियाँ भी लिखी। उनमें से एक तो अति प्रसिद्ध है, जिसमें उसने अपने उत्कट आध्यात्मिक अनुभव को व्यक्त किया है—"चींटी ने आसमान में उड़कर सूर्य को निगल लिया। आश्चर्य देखो, बाँझ औरत ने पुत्र को जन्म दिया। बिच्छू पाताल लोक में गया और शेषनाग ने उसके चरणों पर अपना शीश झुका दिया। मक्खी ने चील को जन्म दिया। इन अद्‌भुत घटनाओं को देखकर मुक्ताबाई को हँसी आयी।" इस उलटबासी में मुक्ताबाई ने योग की रहस्यानुभूतियों को प्रतीकों के माध्यम से व्यक्त किया है। नाथपन्थी योगियों की वाणी में भी यही पद्धति अपनाई जाती थी।

उलटबासी पद्धति से अलग मुक्ताबाई ने ग्राम गीतों की पद्धति भी अपनाई। उसके झूलने के गीत महाराष्ट्र में खूब प्रसिद्ध हैं। इनमें मुक्ताबाई ने ग्राम गीत में 'योगमार्ग' की प्रक्रिया, दशा एवं अनुभव का अनुभूत चित्र प्रस्तुत किया है। मुक्ताबाई में अपने आध्यात्मिक अनुभवों को मधुर एवं सरस वाणी में व्यक्त करने

की क्षमताएँ भी थीं अपने शिष्य चांगदेव को बालक की भाँति मानकर समूचे रूपक के माध्यम से व्यक्त करना—और चांगदेव के लिए उपदेशात्मक अभंगों की रचना करना। इससे मुक्ताबाई के सन्त एवं मातृत्वपूर्ण चरित्र की झलक मिलती है।

कहते हैं शक संवत 1219 वैशाख 12 के दिन जब मुक्ताबाई भौतिक देह से मुक्त हो रही थी, तब प्राकृतिक वातावरण भी बहुत विक्षुब्ध था। आकाश में भयंकर मेघ गर्जन, बिजली का प्रताड़ित आघात। जनमानस की विक्षुब्ध आहत मानसिकता को प्रतिबिम्बित कर रहा था।

सन्त सोयराबाई

सन्त सोयराबाई वारकरी पन्थ के विख्यात सन्त 'चोखामेला' की पत्नी हैं, किन्तु दोनों—पति-पत्नी की भक्ति, सेवा और वारकरी सम्प्रदाय के प्रचार-प्रसार में योगदान को देखते हुए भी वारकरी-रूपक में कोई स्थान नहीं दिया गया। वारकरी रूपक को भक्ति मन्दिर के रूप में—एक भवन माना गया है, जो अपनी सटीक कल्पना के लिए अति विख्यात रहा है। पन्थ में समय-समय पर विख्यात सन्तों के योगदान को इस प्रकार उल्लिखित किया गया है—इस मन्दिर की नींव सन्त ज्ञानेश्वर हैं तो नामदेव इस मन्दिर का परिसर है। एकनाथ इसके स्तम्भ है तो तुकाराम इस का कलश हैं। बहिणाबाई इस मन्दिर के ऊपर फहरती हुई ध्वजा है। कुछ विद्वान सोयराबाई को मन्दिर में होने वाली आरती, कीर्तन, पूजा से उठने वाले 'स्वर' के रूप में देखने की बात कहते हैं। चोखामेला-चोखोबा ने ही अपनी पत्नी को भी भक्ति के पथ की ओर प्रेरित-प्रोत्साहित किया। चोखोबा का परिवार 'मंगलवेढा' गाँव में रहता था। इस पति-पत्नी के जन्मकाल का यों तो कोई सुनिश्चित पता नहीं चलता, हाँ चोखोबा की मृत्यु का समय शालिवाहन शक 1250, वैशाख वदी (वद्य) 5 माना जाता है।

इस तथ्य का उल्लेख सोयराबाई के अभंगों में हुआ है। सोयराबाई सन्तान के लिए पांडुरंग (भगवान) से सदा प्रार्थना करती रहती थी। कहा जाता है कि एक बार पांडुरंग एक ब्राह्मण का रूप धरकर उसके घर पधारे और भोजन करने की इच्छा व्यक्त की। सोयराबाई चिन्ता में पड़ गयी कि स्वयं दलित होते हुए वह ब्राह्मण को भोजन करवाकर उसका धर्म भ्रष्ट करने का पाप कैसे करे और लोग भी देखेंगे तो क्या सोचेंगे। फिर भी ब्राह्मण की भूख का विचार करके, वह दही-भात ले आयी और ब्राह्मण को खाने को दे दिये। ब्राह्मण भोजन पाकर

प्रसन्न हुआ, किन्तु उसने देखा कि सोयराबाई उसकी बची जूठन को खाने में मग्न है। तब ब्राह्मण ने उसे पुत्रवती होने का आशीर्वाद दिया। चोखोबा जब घर आया तो यह भोजन की बात जानकर सोयराबाई पर क्रुद्ध हुआ कि तूने एक ब्राह्मण का धर्म भ्रष्ट कर दिया है। तब सोयराबाई ने एक अभंग में कहा कि 'आप व्यर्थ में ही छूत-अछूत की बात मत करें। हम केवल शरीर से ही वर्ण के विचार में बँधे हुए हैं। आत्मा तो इन सब बातों से परे और मुक्त रहती है। और धर्म तो केवल पूजा-पाठ की पद्धति मात्र है। वास्तविक धर्म तो छोटे-बड़े का भेद नहीं रखता। सोयराबाई ने इस प्रकार जाति-पाँति के विचार को नकार कर एक सजग आध्यात्मिक नारी का अपना परिचय दिया।

एक अन्य चामत्कारिक घटना यह हुई कि प्रसूति को निकट पाकर चोखोबा अपनी बहन को कार्य सम्पन्न करने के लिए बहन निर्मलाबाई के घर चला गया किन्तु इधर अकेली सोयराबाई की टहल करने विट्ठल स्वयं निर्मलाबाई बनकर वहाँ सेवा करते रहे। समय पर पुत्र रत्न उत्पन्न हुआ, जिसका नाम कर्ममेला रखा गया। नामकरण संस्कार के भी प्रायः एक माह पश्चात् जब चोखोबा बहन को लेकर घर पहुँचा तो उससे पूर्व ही विट्ठल वहाँ से जा चुके थे। सारी स्थिति जान कर चोखोबा विट्ठल की कृपा के आगे नतमस्तक हो गया। इसके पश्चात् गाँव के एक छोर पर कुछ हरिजन एक दीवार बना रहे थे कि दीवार अचानक गिर पड़ी। उसके नीचे चोखोबा तथा अन्य कई लोग दबकर मर गये। कहते हैं कि स्वयं नामदेव ने सन्त चोखोबा की समाधि बनायी।

सोयराबाई ने अपने अभंगों में अपने दलित होने की पीड़ा का दर्शन भगवान के प्रति किया है और शिकायत की है कि उसके पति को तो सन्तों की कृपा का प्रसाद मिला, किन्तु मुझे उसकी पत्नी होते हुए भी वंचित रहना पड़ा है।

सोयराबाई के अभंग 'सकल सन्तगाथा' में संकलित है। सांसारिक प्रपंचों के सम्बन्ध में सोयराबाई लिखती हैं कि कितना विचित्र लगता है कि लोग सुख में तो साथ आते हैं, किन्तु दुख में कोई सहायक नहीं होता। सारे पारिवारिक सम्बन्ध—पति, पत्नी, पुत्र-पुत्री, भाई-बहन आदि मात्र सुख के रिश्ते हैं। सबसे बड़ा सत्य, जीवन का, यह है कि अन्तिम समय व्यक्ति अकेला ही रह जाता है। कोई साथ नहीं देता। इस प्रकार सांसारिक जीवन यथार्थ के कई चित्र सोयराबाई ने अपने अभंगों में उतारे हैं। अपनी भक्ति, निष्ठा, निर्भय कथन और सत्यता तथा जाति-पाँति के भेदभाव के विरुद्ध अपने विचार व्यक्त करके सोयराबाई ने जहाँ एक ओर अध्यात्म धर्म निभाया तो वहीं अपना सामाजिक दायित्व-निर्वाह भी किया। इस कारण सन्तों में उसे विशेष स्थान प्राप्त है।

सन्त निर्मलाबाई

सन्त निर्मलाबाई, सन्त चोखोबा की बड़ी बहन अपने भाई की भाँति ही पूरे परिवार के साथ ईश्वर भक्ति में लीन रहने वाली साधिका है। अपने भाई तथा भाभी सोयराबाई के साथ पति और पुत्र के साथ भागवत धर्म की श्रीवृद्धि में अरक्त रहकर अभंग रचना करती रही। भले ही उसने प्रचुर मात्रा में अभंगों की रचना नहीं की। किन्तु उनमें भावों-विचारों की गहनता, व्यापकता में कोई कमी नहीं मिलती। यह बताना भी अनपेक्षित न होगा कि उनका भाई-बहन सम्बन्ध तो था ही साथ ही निर्मला अपने भाई को अपना गुरु भी मानती थी। इसका उल्लेख उनके अभंगों में परिलक्षित होता है।

भक्ति के विषय में अपने विचार व्यक्त करते हुए वह कहती है कि प्रभु की कृपा से ही व्यक्ति उनके नाम का जप और स्मरण कर सकता है। और कि नवधा भक्ति में भगवान का नामस्मरण ही भक्त का कल्याण करने वाला साधन हो सकता है। अन्य सन्तों ने भी कलियुग में केवल नामस्मरण एवं जप को ही पर्याप्त माना है। हाँ, वह शुद्ध मन और गहरे निष्ठाभाव से लिया जाना चाहिए। निर्मला बाई कहती हैं :

शुद्ध भक्तीभाव नामाचे चिन्तन।
हेचि मुख्य कारण परमार्था।।

इस भक्तिभाव में सांसारिक स्वार्थ का कल्मश नहीं परमार्थ की, समर्पण की शुद्धता होनी चाहिए। अन्यथा कोई लाभ सम्भव नहीं है।

अपनी भाभी सोयराबाई की प्रसूति के सन्दर्भ में भाई-बहन का संवाद भी अपने अभंग में निर्मलाबाई ले आयी है। इसका उल्लेख सोयराबाई पर अपने लेख

में हम कर आये हैं। यहाँ इतना ही कि निर्मलाबाई अपने भाई से कहती हैं कि आप भाभी को इस (प्रसूति निकट के समय) दशा में अकेला क्यों छोड़ आये हैं। तब चोखोबा कहते हैं कि तुम इसकी चिन्ता नहीं करो, विट्ठल की कृपा से सब ठीक-ठाक हो जायेगा। किन्तु निर्मलाबाई पुनः सामाजिक-सांसारिक जीवन-व्यवहार की सोच के अधीन कहती है कि हमें अपने सारे कामों का बोझ पांडुरंग पर नहीं छोड़ना चाहिए। इससे निर्मलाबाई की व्यावहारिक जीवन के प्रति सजगता का पता चलता है। एक अन्य अभंग में वह अपने भाई चोखोबा के देहान्त के बाद प्रभु को सम्बोधित करते हुए कहती है कि प्रभु आप ने मेरे भ्राता और गुरु चोखोबा को, उसके सारे अपराध क्षमा कर अपने ऊपर लेकर अपने लोक में बुला लिया। मेरे भाई को तो आप ने अपने में समा लिया, किन्तु मुझे क्यों भुला दिया। भाई तथा गुरु के न रहने पर अब मेरी क्या दशा होगी। इस अभंग में निर्मलाबाई ने अपने मन के बड़े मार्मिक भाव व्यक्त किये हैं।

अन्यत्र एक अभंग में निर्मलाबाई अपने अकेलेपन, उदासी, निराशा की भावनाओं को प्रभु पर व्यक्त करती हुई कहती है कि मैं रात-दिन बड़ी व्याकुल रहती हूँ। बहुत अस्थिर अनुभव करती हूँ। मुझे लगता है कि अब मेरे अस्तित्व का कोई अर्थ नहीं रह गया। इस सांसारिक जीवन से मैं तंग आ चुकी हूँ। मुझे इस स्थिति से आप मुक्ति दिलाएँ। इस अभंग में चोखोबा का उल्लेख भी किया है निर्मलाबाई ने। इस कारण अपने भाई और गुरु को भी एक तरह से वह सम्बोधित करती प्रतीत होती हैं। अपने गहन, मार्मिक कथनों, गूढ़ भक्ति भावों और वारकरी पन्थ की सेवाओं के कारण निर्मलाबाई का नाम भी सन्तों की पंक्ति में महत्त्वपूर्ण हो जाता है।

सन्त जातुकूरि मोल्ला

मोल्ला का दूसरा नाम मोल्लांबा है। वह आन्ध्र प्रदेश के सन्त कवियों-भक्तों में महत्त्वपूर्ण स्थान रखती है। मोल्ला ने तेलुगु भाषा में रामायण की रचना की। मोल्लांबा एक कुम्हार की पुत्री थी। अधिक पढ़ी-लिखी न होने पर भी रामायण की रचना उसने कैसे की, इस सम्बन्ध में उसका कथन है कि 'भगवान श्रीराम ने स्वयं मेरी वाणी के द्वारा लौकिक एवं अलौकिक सुखों के साधन-स्वरूप इस पावन कथा को मुझसे कहलाया है। अतः इसमें विद्वानों को दोषारोपण न करना चाहिए।' मोल्ला का समय ई. सन् 1525 के आस-पास माना जाता है। वह बाल्यकाल में ही विधवा हो गयी थी। उसके पिता का नाम केसन सेठ्ठि था। पिता शिव भक्त थे। अतः मोल्ला को भी बचपन से ही धार्मिक संस्कार मिले। वह गोपवरमु गाँव जो नेलूर जिला में स्थित है, की निवासी थी और श्री कंठ मल्लेश्वर की आराधना करती थी। श्री मल्लेश्वर की कृपा से उसमें काव्य रचने की योग्यता उत्पन्न हुई, ऐसा उसका विश्वास था।

मोल्ला ने एक पद में कहा है कि 'भगवान श्रीराम जैसे नरपालक की स्तुति करने के लिए अभ्यस्त यह जिह्वा साधारण राजाओं की स्तुति कैसे कर सकती है? अतः रामभक्त मोल्ला एकनिष्ठ एवं परमात्म-निष्ठ रहकर रामकथा का गुणगान करती हुई कहती है कि बड़े-बड़े विद्वान एवं पण्डित ही नहीं विद्या-विहीन व्यक्ति भी भगवान के गुणगान कर सकता है, बस राम की कृपा उस पर होनी चाहिए। जिसमें राम के प्रति अनन्य भक्ति है, वह ही भगवान की कृपा का पात्र हो सकता है।

मोल्ला की 'रामायण' तेलुगु साहित्य में विशिष्ट स्थान रखती है। कुछ विद्वानों का कहना है कि यह तेलुगु भाषा की प्रथम रामायण है, किन्तु कुछ अन्य विद्वान अन्नमाचारी की पत्नी तिरुमलांबा को प्रथम रामायण की रचयिता मानते हैं। मोल्ला कृत रामायण युद्धकाण्ड तक की कथा कहती है, आगे की कथा अपने इष्ट के क्लेशों के दुःसह-वियोग के कारण उसने छोड़ दी। सरल, सुबोध भाषा तथा चम्पू शैली में लिखी यह अद्‌भुत रामायण है।

सन्त हब्बा ख़ातून

सोलहवीं शताब्दी की कश्मीरी कवयित्री हब्बा ख़ातून यों सीधे-सीधे सन्त परम्परा में नहीं आतीं, वह एक गीत-सम्राज्ञी के रूप में सदा-सर्वदा के लिए जन-मानस में विराजमान हो गयी हैं। इस भोली-भाली ग्रामीण बाला ने अपनी उपेक्षाओं, वेदनाओं में जिस प्रकार खुदा को पुकारा है, उस पुकार का कारण भले ही उसका पति-प्रेम में, विरहाग्नि में दग्ध होना है, किन्तु उस बाला हब्बा ख़ातून की आत्मा की चीत्कार सिर्फ़ परम-आत्मा ही सुन सकता है या परमात्मा की बनायी हुई सृष्टि के लोग और शेष प्राणी जगत। वह पुकारती है :

गुनाह मेरे माफ़ करना, या खुदाया,
क्या मिलेगा तुझे भला मेरी मौत से?

जा रही हूँ पीड़ा में
गुज़रेंगे कैसे ये दिन?

हृदय में जो आग की लपटें हैं, उनमें जल-झुलस कर उसका मन कुन्दन सरीखा हो गया है। अपने मूल स्वरूप—अपनी आत्मा की पहचान स्पष्ट हो आयी है। तब आत्मा के सामने परमात्मा के सिवा और कौन साक्षी हो सकता है? हब्बा ख़ातून क्योंकि विरह भाव की विभिन्न दशाओं को गहन अनुभूति शीलता में तल्लीन होकर गाती है, पागलपन—दीवानगी की हदों को छूती हुई गाती है। ऐसी दशा को विद्वान आलोचक श्याम लाल साधू उसकी तुलना सन्त कवयित्री मीराबाई से करना उपयुक्त समझते हैं, "गुणात्मक भेद के बावजूद हब्बा ख़ातून की तुलना उसकी समकालीन वरिष्ठ कवयित्री राजस्थान की मीराबाई से की

जा सकती है। अपने समकालीन दो महाकवियों–सूर और तुलसी की तुलना में मीरा का काव्य परिमित है। उसके काव्य का प्रधान कथ्य गिरधर गोपाल के प्रति समर्पित तथा उत्सर्गित अनन्य-प्रेम अनुभूति है, जिसे मीरा अपने जीवन की सफलता का चरम ध्येय मानती है। इसके अतिरिक्त जीवन के किसी भी अन्य क्षेत्र में उसकी रुचि नहीं है। अपने आराध्य देव (परम-प्रिय) में उसका अडिग विश्वास है। इसी कारण वह प्रसन्न है, सन्तुष्ट है और कभी-कभी परमानन्द को भी प्राप्त हो जाती है; हब्बा ख़ातून अपने गीतों में एक ऐसी प्रेमिका के रूप में उभरकर आती है जो हाड़-माँस के बने अपने लौकिक प्रेमी को अपनी ओर फेरने तथा उसमें प्रेम की ज्योति जगाने के लिए याचना, अनुनय-विनय, अनुरोध आदि का सहारा लेती है–

"काश, एक बार तुम आ जाते
उसके रूप से अँधेरा मिट जाय,
काश एक बार तुम आ जाते।"

(हब्बा ख़ातून, साहित्य अकादमी, पृ. 48, 49)

हब्बा ख़ातून की सबसे बड़ी विशेषता है उनकी विरह-वेदना। यह विरह-वेदना ऐन्द्रिकता की हदें पार करके आत्मिक हदों में पहुँच गयी है। मूल नाम 'जून' से जानी-पहचानी जाने वाली यह ग्राम-बाला गाँव के परिवेश से निकल जब अचानक महलों की रानी बन जाती है और फिर से जिन विरह-वेदनाओं के समुद्र में धकेल दी जाती है, वे नये नाम से–हब्बा ख़ातून नाम से जो विरही गीत अलापती हैं, वे स्वर समुद्री पक्षी की भाँति चारों ओर अपनी कारुणिक ध्वनियाँ छिटक देते हैं। अपने से पूर्व हुई कश्मीर की कवयित्रियों–सन्त कवयित्री ललद्यद, सन्त कवयित्री–रूपभवानी तथा अठारहवीं सदी में हुई कवयित्री-कोकिला अरणिमाल आदि की भाँति विरह-विदग्ध होकर अपने पावन भावना रूपी फूलों से जो गुलदस्ता बनाती है उस गुलदस्ते का मूल्य किसी भी प्रकार आध्यात्मिक-अक्षय कोश से कम नहीं। उसकी आब भी कैसी अद्वितीय है, हब्बा कहती है :

"गुलदस्ता सजाया है मैंने तेरे लिए रे,
मेरे खिले अनार-पुष्पों का आनन्द ले ले।
मैं हूँ तेरी धरती–
तू आकाश है मेरा
आवरण भी तू ही है मेरे रहस्यों का।"

(वही, पृ. 19)

यह तथ्य भी छिपा हुआ नहीं कि लौकिक प्रेम ही विकसित होकर आध्यात्मिक प्रेम में परिणत हो जाता है। अतः रहस्यों के जिस आवरण का उल्लेख उक्त पंक्तियों में हब्बा ख़ातून करती हैं, वह अध्यात्म क्षेत्र का ही मूल्य-मान है। सभी सन्तों की यह मान्यता रही है कि व्यक्ति को अपनी अन्तरआत्मा को जगाना चाहिए, फिर जगी हुई आत्मा ही से परम-आत्मा का साक्षात्कार किया जा सकता है। सूक्ष्म (आत्मा) से ही अति सूक्ष्म (परम आत्मा) का योग (मिलन) हो सकता है, देह या मन से नहीं। अतः विरह-अग्नि में दग्ध होकर सूक्ष्म, पावन हो चुकी लौकिकता से अपूर्व अलौकिता का उद्‌भूत होना सन्तों की अवधारणाओं के साथ मेल खाता है। अन्यथा सदियों के कालखण्ड के पार आने वाले हब्बा ख़ातून के ये स्वर कोई मनों-वेगों-मात्र पर सवारी कर के यहाँ तक नहीं आये। ये आत्मिक अनुभूतियों के स्वर हैं, जो परम-आत्मिक बेधकता लिए हुए हैं और काल की सीमाओं को लाँघकर, बेधकर सदियों के पार आ रहे हैं। हब्बा ख़ातून ने अपनी मनो-भावनाओं को व्यक्त करने के लिए गीत विधा को चुना और उसे गेयता, मार्मिकता, वेदना की चरम स्थिति तक पहुँचाया।

यह भी ध्यान देने वाला तथ्य है कि हब्बा ख़ातून ने सीधे-सीधे अध्यात्म को न भी स्वीकार किया हो, पर परोक्ष रूप में उसी दिशा की यात्री बनी, जिसे सन्तों ने अपनाया। इस सन्दर्भ में श्याम लाल साधू लिखते हैं, "यों हब्बा ख़ातून ने मानव-जीवन की नश्वरता एवं आत्म-दमन अथवा विषय-विमुखता के लिए धर्मोपदेश की सार्थकता को पूर्णरूपेण नकारा भी नहीं। अपने एक गीत 'गिन्दने द्रायस' में कवयित्री उस रहस्यवादी अनुभूति से प्रभावित लगती है, जिसके अनुसार प्रायः यह स्वीकार किया जाता है कि इस क्षण-भंगुर संसार में 'स्व' का चिन्तन-मनन असारता के सिवा और कुछ भी नहीं है।"

(वही, वही, पृ. 47)

हब्बा ख़ातून (जन्म नाम ज़ून) के जन्म स्थान तथा कुछ अन्य घटनाओं को लेकर विद्वानों के कई मत हैं, किन्तु प्रमुख रूप में श्रीनगर के दक्षिण में पांपोर के निकट चंदहरर में इनका जन्म माना जाता है। ज़ून को कश्मीरी भाषा में चन्द्रमा कहा जाता है। ज़ून के पिता आबदी राथर अच्छे खाते-पीते धनिक किसान थे। उन्होंने ज़ून को अच्छी शिक्षा दिलाई और अज़ीज़ नाम के युवक से विवाह कर दिया। अज़ीज़ यों तो एक कुलीन परिवार से था, परन्तु अशिक्षित और उजड्ड-गँवार देहाती था। पति और उसकी माँ के द्वारा हब्बा ख़ातून को घोर यातनाएँ दी जातीं। सभी प्रकार के श्रमसाध्य कार्यों में उसे झोंके रखा जाता।

परन्तु वह अपने पति को बेहद चाहती और सोचती कभी तो वह उसे चाहने, प्यार करने लगेगा, जो सम्भव न हो सका। हब्बा ख़ातून अपनी पीड़ा को गाती और पति को मनाने के हर सम्भव उपाय करती। उधर सास और पति उसे हर बहाने से डाँटते-फटकारते रहते। निर्दयी पति और क्रूर सास से अत्यन्त दुखी हब्बा ख़ातून एक बार वन में एक अत्यन्त मार्मिक एवं दर्दभरा गीत गा रही थी, जिसे कश्मीर के राजकुमार यूसुफ़शाह चक ने सुना और वह खिंचता हुआ हब्बा ख़ातून के निकट पहुँच गया। इस अनिन्द्य सौन्दर्य को देख वह इतना प्रभावित हुआ कि उसने हब्बा ख़ातून को अपनी संगिनी बनाने का प्रस्ताव रख दिया, जिसे उसने स्वीकार कर लिया। सन् 1570 ई. में वह राजमहल की शोभा बन गयी। यूसुफ़शाह के साथ नये जीवन सफर में बड़े सुख से समय व्यतीत हो रहा था। वह 1579 ई. में तख़्त पर बैठा था कि एक वर्ष दो महीनों के बाद ही उससे तख़्त छिन गया। हब्बा ख़ातून का भाग्यचक्र फिर दुःखों को उसके लिए लेकर आ धमका। यूसुफशाह ने प्रयत्न किये ताकि राज वापिस पा सके, किन्तु सभी व्यर्थ हुए। अन्त में, वह मुगल सम्राट अकबर के पास सहायता पाने के लिए पहुँचा। अकबर स्वयं ही कश्मीर पर आँख गड़ाए बैठा था। उसने कूटनीति चालों से यूसुफ को सात वर्षों तक उलझाये-फँसाये रखा। इधर हब्बा ख़ातून ने पहले से भी अधिक गहरी चोट खायी और गीत लिखे-गाये। माना जाता है कि बिहार के बसोक नामक स्थान पर 1592 ई. में उसका निधन हो गया। यूसुफशाह के कश्मीर छोड़ने के पश्चात् बीस वर्ष तक दर-दर भटकती, जीवित रही। फिर प्रियतम की विरह में सदा के लिए दुनिया से विदा हो गयी।

सन्त बहिणाबाई

सत्रहवीं सदी के मध्य में अपनी अपूर्व अध्यात्म-निष्ठा के कारण विख्यात महाराष्ट्र की सन्त कवयित्री बहिणाबाई सन्त तुकाराम की शिष्या है। सुविख्यात एवं विशिष्ट सन्त परम्परा वारकरी को एक रूपक देने, विशाल मन्दिर मानने वाली बहिणाबाई स्वयं उस भव्य भवन के ऊपर लहराती हुई ध्वजा हैं। उन्होंने मराठी और हिन्दी दोनों भाषाओं में वाणी की रचना की है। तीस वर्ष के अधेड़ व्यक्ति से इनका तीन वर्ष की अवस्था में विवाह हुआ। बहिणाबाई अपने पति के जुल्मों का शिकार बनी, लेकिन फिर भी उसने पति को त्यागा नहीं। सन्त तुकाराम जाति के शूद्र थे, उनकी शिष्या होने के जितने भी उलाहने, अत्याचार, अपमान आदि मिले उन्हें बहिणाबाई ने हँसते हुए स्वीकार किया। बहिणाबाई जाति की ब्राह्मण थी। उनका तुकाराम की शिष्या होना किसी को भी असहाय नहीं हुआ। बहिणाबाई का जन्म शक सं. 1551 में महाराष्ट्र के बैजपुर तालुका के देवगाव नामक गाँव में हुआ था। एक दिन हिरंभट नामक व्यक्ति को स्वप्न में आदेश हुआ कि तुम्हारे पास एक गाय और बछड़ा है, उसे बहिणाबाई के पति रत्नाकर को दे दो। हिरंभट ने ऐसा ही किया उसने गाय और बछड़ा रत्नाकर को सौंप दिया। बहिणा और गाय के बछड़े में एक प्रकार की भावात्मक तन्मयता जाग उठी। वह जहाँ कहीं भी जाती तो बछड़ा उसके साथ-साथ रहता। एक दिन कोल्हापुर के मन्दिर में जयराम स्वामी का कीर्तन चल रहा था। बहिणाबाई भी अपने बछड़े को लेकर कीर्तन सुनने गयी थी। बछड़ा भी अन्य श्रोताओं की तरह तन्मयता के साथ कीर्तन सुन रहा था। इतना ही नहीं, आरती के बाद श्रोतागण कीर्तनकार के चरणों पर मत्था टेकते थे। उस समय बछड़ा भी उनके चरणों में माथा टेकता था।

अगली बार बहिणाबाई अपने बछड़े को लेकर मन्दिर में भजन-कीर्तन सुनने के लिए गयी। मन्दिर में श्रोताओं की संख्या बढ़ रही थी और मन्दिर में लोग एक-एक इंच स्थान के लिए तरस रहे थे। लोगों ने देखा कि बछड़ा चार व्यक्ति की जगह घेरकर बैठा हुआ है, लोगों ने उसे उसी क्षण बाहर कर दिया। बहिणाबाई को जब पता चला तो विलाप करने लगी। जयराम स्वामी ने भजन बीच में ही रोककर कहा—यह क्यों रो रही है। बाहर उन्हें बछड़े का स्वर सुनाई दिया वह भी रो रहा था। जयराम स्वामी ने बछड़े को भीतर लाने का आदेश दिया। इसके बाद दोनों का रोना थम गया। जयराम स्वामी ने हरि कीर्तन पुनः प्रारम्भ करते हुए कहा—

कथेलागी जीव होतों कासाबीस।
पशु की तयास म्हणो नये।।

हरिकीर्तन समाप्त होने पर सभी लोग जयराम स्वामीजी के चरणों पर माथा टेक कर एक-एक करके जाने लगे। पीछे-पीछे बछड़ा भी आया। उसने अपने अगले दोनों पैर झुकाकर स्वामीजी को नमस्कार किया। जयराम स्वामी की आँखों से आँसू बहने लगे। उन्होंने ममता से बछड़े को सहलाया। सुबह जब रत्नाकर भट गंगा स्नान करने के लिए जा रहे थे तो रास्ते में मीराबाई नाम की एक स्त्री ने रत्नाकर भट को रोककर बहिणाबाई के विषय में गलत-गलत बताया कि वह मन्दिर में कीर्तन सुनने नहीं जाती है। जब वह जयराम स्वामी के चरणों के आगे मस्तक रखती है तो वह बहिणाबाई की पीठ सहलाते हैं। क्या यह एक स्त्री को शोभा देता है। इतना सुनने के बाद रत्नाकर भट का पारा चढ़ गया, वह वापस घर आ गया और उसने कोमल बहिणाबाई को इतना मारा कि वह तीन दिन तक बेहोश रही। बहिणाबाई की चीख-पुकार सुनकर बछड़े और गाय ने भी दाना-पानी छोड़ दिया। दाना-पानी न खाने के कारण बछड़े में खड़े होने की शक्ति न बची थी। पैरों में जान न होने के कारण वह गिर पड़ा। बहिणाबाई ने बैठकर बछड़े का सिर अपनी गोद में ले लिया। इसे देखकर गाय की आँखों में आँसू आ गये। कुछ देर बाद बछड़े की साँसें चलना बन्द होने लगीं। आँखें बन्द होने से पहले बछड़े के मुँह से निकला—

यत्कृपा तमहं वंदे परमानन्द माधवम्।

यह कहकर बछड़े ने आँखें मूँद लीं। गाय कभी बछड़े को और कभी बहिणाबाई को देख रही थी। बछड़े की मृत्यु के बाद, सातवें दिन अर्थात् रविवार कार्तिक वदी पंचमी के दिन, शक संवत् 1569 को तुकोब ने दर्शन दिया। उसके माथे पर हाथ रखकर उन्होंने गुरुमन्त्र दिया। रत्नाकर भट कर्मठ वेदान्ती था।

बहिणाबाई तुकाराम की शिष्य बने यह रत्नाकर को स्वीकार न था। वह कहता था क्षुद्र तुकाराम को किसने यह अधिकार दिया कि एक ब्राह्मणी उसके चरणों पर मत्था टेके और उसका गुरुत्व स्वीकार करे! लोग बहिणाबाई के दर्शन करने के लिए आते थे इसे। देखकर उसे जलन होती थी। एक दिन रत्नाकर भट के शरीर में जलन शुरू हो गयी। वैद्य दवा दे-देकर थक गये, लेकिन रत्नाकर सही ही न हो रहा था। जब उन्होंने तुकाराम का स्मरण किया तो उन्हें इस पीड़ा से राहत मिली। थोड़े ही दिनों में रत्नाकर भट के स्वास्थ्य में सुधार होने लगा। उसने बहिणा से कहा—भगवान ने ही ब्राह्मण के भेष में आकर हमें हमारे भावी जीवन की दिशा दिखायी है। वेदान्ती ब्राह्मण होने के कारण मैं अब तक व्यर्थ का अहंकार कर रहा था। मैंने अब हरि भक्ति में ही जीवन व्यतीत करने का निश्चय किया है।

बहिणाबाई के मन में एक ही प्रश्न आ रहा था कि सच्चा ब्राह्मण कौन है? तुकोबा जैसे परमार्थ प्रवृत्ति में रचे-बसे महामानव को शूद्र कहकर दूर ढकेलना तथा केवल जन्म से ब्राह्मण होने के कारण तुकोबा के सामने नतमस्तक न होना कहाँ तक उचित है। जिस समय बहिणा के मन में यह प्रश्न आ रहा था, उसी समय उन्हें 'वज्रसूचिकोपनिषद्' नामक एक पोथी उनके हाथ लगी। इस पोथी का लाभ यह हुआ कि बहिणाबाई जिस मानसिक वेदनाओं से छटपटा रही थी, उनसे मुक्ति की राह मिली। उन्होंने अपने अभंगों के माध्यम से अपने इस दुःख को व्यक्त किया है। उसमें व्यथा तो उसकी अपनी थी, लेकिन उसका कारण उन्हें वज्रोपनिषद् में मिला। केवल निम्नवर्ण में जन्म लेने के कारण ही तुकोबा जैसे परमार्थी पुरुष की उपेक्षा करना आदि अनेक प्रश्नों का उत्तर उन्हें वज्रोपनिषद् में मिला। ऐसे महत्त्वपूर्ण ग्रन्थ का अनुवाद कर उन्होंने अपने जैसे अनेक शोषितों की सेवा की। बहिणाबाई ने कृष्ण भक्ति के सम्बन्ध में अनेक निबन्ध लिखे हैं। उसका कहना है कि भक्त को पतिव्रता स्त्री की तरह अपना हृदय पति रूपी परमेश्वर को अर्पित करना चाहिए। तुकोबा की कृपा से उनका जीवन सार्थक हुआ। तुकोबा के बैकुण्ठवास के बाद उसे वहाँ रहने की इच्छा नहीं रह गयी थी। इसलिए अब पूरा परिवार सिऊर आ गया। बहत्तर वर्ष की आयु का अपना शेष भाग उसने यहीं व्यतीत किया।

बहिणाबाई का लड़का विट्ठल घर-गृहस्थी में रम गया था और एक अच्छे कीर्तनकार के रूप में प्रसिद्ध था। उसकी पत्नी का निधन बहिणाबाई के निर्वाण से 18 दिन पूर्व हुआ था। तभी बहिणाबाई का पत्र आया—

तेरही से निवृत्त होते ही यहाँ तुरन्त चले आओ। मेरे जीवन का अन्तिम दिन आश्विन शुद्ध प्रतिपदा है। बहिणाबाई ने अपने पुत्र को प्यार से सहलाया उसके बाद वह इस लोक से चली गयीं। सन्त बहिणाबाई के 740 मराठी पद भक्त जनों की अमूल्य निधि हैं। उनके प्राप्त बाईस हिन्दी पदों में मराठी पदों की सरसता भले ही न हो, परन्तु उनमें प्रचलित सधुक्कड़ी भाषा शैली में प्रदर्शित जीवनानुभव की चमक अवश्य ही भक्त हृदय को प्रभावित करती है।

फूल बिना फल, जल बिना अंकुर, बिन पुरुष नहीं छाया।
जल बिन कमलिनी, रवि बिन तेज,
है दीप के पास प्रकाश।
नर तहाँ नारी, पुण्य तहा अविनाश
बहिणी कहे जिसकू हरि भावे, वोहि है पुण्य की रास।
शान्ति क्षमा इसके घर सोवे, सबहि सम्पत्ति दास।।

सन्त बहिणाबाई की एक महत्त्वपूर्ण विशेषता यह है कि उन्होंने विस्तार से अपनी आत्मकथा जिज्ञासुओं के लिए प्रस्तुत की है। उन्होंने बड़े निःसंकोच भाव से अपने को वारकरी सम्प्रदाय के मन्दिर की ध्वजा माना है।

सन्त जनाबाई

महाराष्ट्र की सन्त परम्परा में सन्त जनाबाई का अपना एक विशिष्ट स्थान है। जिस प्रकार फूल की सुगन्ध से उस स्थान की मिट्टी भी महक उठती है उसी प्रकार नामदेव के साथ रहकर जनाबाई की जन्मजात प्रतिभा का विकास हुआ। जनाबाई के अभंगों पर नामदेव और ज्ञानेश्वर की वाणी की छाप स्पष्ट रूप से दिखायी देती है। इनके अभंगों में दोनों का माधुर्य तो है ही, साथ ही उसमें जनाबाई के अपने अन्तर की मिठास भी है।

जनाबाई कहती हैं—जिस प्रकार विवाह समारोह में सभी को मिठाई खाने को मिलती है, उसी प्रकार नामदेव की दासी बनने से मुझे श्री विट्ठल की प्राप्ति हुई। नामदेव जब नदी किनारे रेत पर कीर्तन करते थे, उस समय जनाबाई हाथ में करताल लेकर बजाया करती थी। नामदेवजी जब कीर्तन करते थे, उस समय साक्षात् पांडुरंग उनके आगे नृत्य करते थे। प्रेम का यह अद्भुत दृश्य जनाबाई ने अपनी आँखों से देखा था। नामदेव की दासी के रूप में अपनी अलग पहचान बनाने वाली जनाबाई नामदेव के घर के सदस्य के रूप में ही थी। जनाबाई का जीवन नामदेव से इतना अधिक जुड़ा हुआ था कि उनके सम्बन्ध में जो भी जानकारी प्राप्त है, वह नामदेव के जीवन से ही प्राप्त होती है। दामाशेटी परिवार के सान्निध्य से जनाबाई के हृदय में भी भगवद्भक्ति की ज्योति जगी। नामदेव को अपना आधार मानकर उनकी शरण में रही। एक आख्यायिका के अनुसार, नामदेव को वह चन्द्रभागा नदी के किनारे रेत पर पड़ी मिली। एक यह भी आख्यायिका है कि एक बार पंढरपुर जाने पर जनाबाई के माता-पिता की अचानक मृत्यु हो गयी और पांडुरंग के मन्दिर में अनाथ पड़ी रही। इस अभागी लड़की

को दामाजी नामक दर्जी अपने घर ले आया और इसकी परवरिश की। जनाबाई को प्रसन्न रखने के लिए पांडुरंग अनेक चमत्कारों की सृष्टि करते थे। नामदेव का परिवार बहुत बड़ा था। जनाबाई घर का काम करते-करते थक जाती थी। लेकिन जनाबाई के लिए पांडुरंग घर में झाड़ू व कूड़ा उठाते थे। जनाबाई जंगल में ईंधन बटोरने के लिए जाती थी, उस समय भगवान उसके पीछे-पीछे जाते थे—

रानागेली शेणी साठी। मागे विट्ठल पाठी ॥

जनाबाई के सम्बन्ध में एक और कथा प्रसिद्ध है। एक बार जनाबाई पर भगवान का पदक चुराने का आरोप लगा था। उसे सूली पर चढ़ाने के लिए सैनिक आये। जनाबाई ने विट्ठल को पुकार लगायी। देखते ही देखते सूली का रूपान्तर पानी में हो गया। एक दिन विट्ठल जनाबाई के केश सँवार रहे थे तो बालों में से काली जूँ के ढेर जमीन पर गिरने लगे। भगवान एक-एक जूँ को मारते और वह जूँ दिव्य रूप धारण करके बैकुण्ठ की ओर चली जाती।

जनाबाई की जन्म की तारीख, उसने विवाह किया था या नहीं आदि बातों की कोई जानकारी प्राप्त नहीं है। लेकिन जनाबाई नामदेवजी के साथ अपना सम्बन्ध बहुत पुराना मानती हैं। जनाबाई के अनुसार, हिरण्यकश्यप के कुल में नामदेव प्रह्लाद थे और वे पद्मिनी नाम की उनकी दासी थीं। दूसरे जन्म में नामदेव रामभक्त अंगद थे और वे मंथरा थीं। द्वापर युग में नामदेव ने कृष्ण के सेवक उद्धव का अवतार लिया था, उस समय जनाबाई कुब्जा नाम की दासी थीं। कलियुग में नामदेव विट्ठल भक्त हो गये और जनाबाई उनकी दासी।

जनाबाई का ईश्वर भक्ति शरीर से परे है। ईश्वर तो उनके प्रतिदिन के कार्यों में मदद करता है। आज तक अनेक भक्तों ने ईश्वर की सेवा की होगी, लेकिन अराध्य से सेवाभाव लेने वाली जनाबाई अकेली है। जनाबाई का स्त्री होना ईश्वर भक्ति के मार्ग में आड़े नहीं आया। अनेक सन्तों ने भक्ति करते समय स्वयं स्त्री की कल्पना की है। कबीरदासजी ने तो स्वयं को 'राम की बहुरिया' कहा है। लेकिन जनाबाई ईश्वर की भक्ति करते समय यह भूल जाती है कि वह स्त्री है। जनाबाई विट्ठल को 'माउली (माँ) कहती है या 'प्रिय सखी विठाबाई' के नाम से पुकारती है। कभी वह भगवान से प्यार से बात करती है तो कभी उसका स्वर कठोर हो जाता है। जनाबाई के अभंगों में मोगरा की सुगन्ध होने के कारण उन्हें शब्द-सुमनों की सेज कहा है। जनाबाई ने अपने प्रिय सन्तों को विठुमाई (भगवान) के शरीर पर खेलने की अनुमति प्रदान की है। जनबाई कहती हैं—कन्धे पर निवृत्ति बैठे हैं, सोपान हाथ थामे हुए हैं। ज्ञानेश्वर अपने ही पैरों से

बड़े ही आत्मविश्वास से चल रहे हैं। मुक्ताबाई उनके पीछे चल रही हैं। नामदेव ने विठूमाई की कानी उँगली पकड़ी हुई है। इस ठाठ से विठूमाई अपने भक्तों को निजधाम ले जा रही हैं।

जनाबाई ने अपने काव्य की रचना साधारण रूप से की हैं। इसलिए कविता में बाह्य सजावट या आलंकारिता दिखायी नहीं देती। जीवन के यथार्थ, जो उन्होंने भोगा था, उसे कविता के रूप में प्रस्तुत किया है, जिसमें शीतलता, माधुर्य, प्रेम, थके हुए व्यक्ति को तृप्त करने का सामर्थ्य है। जना जीवन भर माता-पिता के प्रेम के लिए तरसती रही। माता-पिता की तड़पन ने उसे जीवन भर जलाया। नामदेव के प्रति जनाबाई का आदर भाव महान है। जीवन भर दासी के रूप में रहकर विट्ठल को पुकारा। ज्ञानेश्वर जैसी विभूतियों की पूजा आदि अनेक भाव उसकी कविता में अभिव्यक्त हुए हैं। वह अपने मनोभावों को बड़ी तरलता से व्यक्त करती हैं।

जनाबाई के हृदय में मातृत्व की भूख इतनी तीव्र थी कि वह स्वप्न में गोकुल के कान्हा के साथ खेलती है, और जब नामदेव को पुत्र रत्न की प्राप्ति होती है तो वह आनन्द-विभोर हो जाती है। जनाबाई ने अपना सम्पूर्ण जीवन दासी के रूप में बिताया। जनाबाई हर समय विट्ठल की छवि को निहारा करती थी।

सन्त ताज बीबी

कृष्ण भक्ति में मतवाली हुई, मुस्लिम परिवार में जन्मी, ताज ने मीराबाई की तरह बहुत ऊँचा पद प्राप्त किया है। वह कृष्ण की रूप माधुरी पर ऐसी रीझी कि अपने जन्म-जात धर्म को कृष्ण के ऊपर न्यौछावर कर दिया। वह तो एक तरह से मीरा से भी आगे बढ़ गयी। मीरा ने तत्कालीन अपने राजपरिवार की मर्यादाओं का परित्याग करके हिन्दू पुरुष समाज की नारी पर लगाई गयी पाबन्दियों को छोड़ा और बदनामी सही : साधु-सन्तों के सत्संग में बे-रोक-टोक नाची और कृष्ण को अपना पति घोषित कर निर्द्वन्द्व होकर विचरण करती रही; किन्तु ताज ने तत्कालीन शासकों के वर्चस्वी मुस्लिम धर्म-समाज, कलमा-कुरान आदि तथा अपने मुगलानी धर्म की आन-बान को कृष्ण पर कुर्बान करके हिन्दुआनी बनना स्वीकार किया। इस कारण हुई बदनामी को शिरोधार्य किया और मुक्त कण्ठ से गाया :

सुनो दिलजानी, मेरे दिल दी कहानी तुम।
दस्त ही बिकानी, बदनामी भी सहूँगी मैं।।
देवपूजा ठानी मैं, निवाजहू भुलानी, तजे।
कलमा कुरान साड़े, गुननि गहूँगी मैं।।

सांवला सलोना सिरताज, सिर कुल्ले दिये।
तेरे नेह दाग में, निदाघ ह्वै दहूँगी मैं।।
नन्द के कुमार, कुरबान तेरी सूरत पै।
हूँ तो मुगलानी, हिन्दुआनी ह्वै रहूँगी मैं।।

भगवान कृष्ण की बाँसुरी में कैसी आत्म-बेधक मिठास रही होगी। धुन में कैसी स्वर्गीय मादकता रही होगी कि ताज अपनी सुध-बुध ही भूल गयी। इसने अपनी अनन्य भक्ति से सभी भक्तों को ऐसा मोहा, ऐसा जादू कर दिया कि सबने ताज को अपना सिरताज बना लिया। अपने हृदय-पटल पर बैठा लिया। कृष्ण के हाथों बिक कर समूचे ब्रजमण्डल को, गोप-गोपियों को बिन मोल खरीद लिया। ताज का नाम अमरता पा गया। वस्तुतः बाँसुरी का स्वर वह अनहदनाद है जो ब्रह्माण्ड में ध्वनित हो रहा है। यही कण-कण में निनादित है और समूची प्रकृति में अनुगुंजित है। वही करील के कुंजों में, यमुना-तट पर गूँज रहा है तथा धरा-आकाश को स्पन्दित किये हुए है जिससे पशु-पक्षी भी मुग्ध हैं। तब ताज अपनी उत्कट भक्ति भावना में कैसे बच सकती थी। कृष्ण की रूप-माधुरी भी कैसी गहरी आसक्ति उत्पन्न करने वाली है। अब तो ताज उसकी विरह-अग्नि में जलने को तैयार है।

कृष्ण की भक्ति परम्परा में कृष्ण से सम्बन्धित स्थान, प्रतीक, चिह्न, विशेषकर कालिन्दी का तट और कदम्ब की कुंजों के वर्णन के साथ वहाँ रची हुई कमल-सेज की शोभा का वर्णन करती आसक्त ताज कहती हैं :

कालिंदी के तीर नीर, निकट कदम्ब कुंज।
मन कुछ ईच्छा कीनी, सेज सरोजन की।।
अन्तर के यामी कामी, कंवल के दल लेके।
रची सेज तहाँ शोभा, कहा कहौ तिन की।।

तिहि सम 'ताज' प्रभु दम्पति मिले की छबि।
बरन सकत कोऊ, नाहिं वाहि छिन की।।
राधा की चटक देख, अँखियाँ अटक रहीं।
मीन को मटन नाहिं साजत बा दिन की।।

कृष्ण के साथ ही राधा की चटकीली, लुभावनी छवि पर आँखें अटक जाती हैं। उस क्षण और उस दिन की स्मृति मानव-जीवन की मोक्षदायिनी संघटना है। उसका वर्णन शब्दों में नहीं किया जा सकता। केवल अनुभूति की जा सकती है। क्योंकि यह आत्मा का विषय है, मन-बुद्धि का नहीं।

ताज का जन्म संवत् 1700 के आस-पास माना जाता है। करौली ग्राम में वह जन्मी। वह मुस्लिम परिवार में जन्मी-पली किन्तु हृदय पर वैष्णव धर्म के, भागवत भक्ति के गहरे अध्यात्म रंग में ऐसी रंगी कि कृष्ण भक्तों में अद्वितीय

नारी सन्त मीराबाई से होड़ लेने लगी। आत्म और स्वत्व को न्यौछावर कर अपना सामाजिक, धर्म-सम्प्रदायगत, जन्मजात सर्वस्य गँवा देने को आतुर। कवित्व में भी अद्वितीय। अनोखी चटख लिए।

कहते हैं ताज प्रतिदिन प्रातः स्नान करके ठाकुरजी के दर्शन-पूजन करने मन्दिर में जातीं। दर्शन के उपरान्त भोजन करतीं। यह उसका नित्यक्रम था। एक दिन पुजारियों ने यह पता चलने पर कि ताज मुसलमान है, उसे मन्दिर में प्रवेश करने से रोक दिया। ताज अत्यन्त दुखी हो गयी। उसने दर्शन न कर पाने के कारण अन्न-जल त्याग दिया और मन्दिर के आँगन में ही बैठ गयी। वहीं बैठकर अपने प्राणप्रिय भगवान कृष्ण के नाम का जाप करने लगी। पूरा दिन निराहार ही बीत गया। रात हो गयी। कहते हैं जब सब कहीं रात का सन्नाटा पसर गया तब कृष्ण स्वयं मनुष्य के रूप में आये। भोजन का थाल हाथ में लिए हुए। ताज के निकट आकर बोले, ताज! 'तुम आज पूरा दिन भूखी रही हो। प्रसाद भी नहीं खाया। लो! प्रसाद खा लो।' ताज ने भगवान के हाथों से दिया प्रसाद खाया। भगवान ने ताज से यह भी कहा कि प्रातःकाल जब पुजारी एवं भक्त जन मन्दिर में आयें सो उन्हें यह सारी घटना कह सुनाना तथा कहना कि भगवान कह गये हैं कि ताज को कोई मन्दिर-प्रवेश से न रोके और प्रसाद भी लेने दे। ऐसा न करने से भगवान रुष्ट हो जायेंगे। तथा दण्ड भी देंगे।

प्रातःकाल जब सब लोग आये। मन्दिर खोला तो ताज को वहीं बैठे पाया। ताज ने उन्हें रात की सारी बातें कह दीं। वे लोग बहुत चकित हुए। सभी ने अपने व्यवहार के प्रति ताज से क्षमा माँगी। तब से ताज का श्रेष्ठ वैष्णव भक्त की भाँति सम्मान होने लगा। ताज सबसे पहले मन्दिर में प्रवेश कर दर्शन करती, उसके पश्चात् सारे भक्त लोग दर्शन करते। पहले ताज प्रसाद ग्रहण करती, बाद में अन्य लोग प्रसाद ग्रहण करते। ताज को भगवान की कृपा से तो काव्य सृजन की प्रेरणा मिली, उससे भी ताज की प्रतिष्ठा अधिक बढ़ गयी। उसने भगवान कृष्ण के रूप, शृंगार, शक्ति और उनके प्रति अपनी भक्ति के उद्‌गार बड़े रसपूर्ण शब्दों में व्यक्त किये हैं। अपनी एकनिष्ठ, अनन्य भक्ति को व्यक्त करती हुई ताज कहती हैं :

कोऊ जन सेवै शाह, राजा राव ठाकुर को।
कोऊ जन सेवै भैरो, भूप काज सार है।।
कोऊ जन सेवै देवी, चंडिका प्रचण्ड ही करें।
कोऊ जन सेवै ताज, गनपति सिरभार है।।

कोऊ जन सेवै प्रेत, भूत भवसागर को।
कोऊ जन सेवै जग, कहूँ बार-बार है।।
काहू के ईस विधि, संकर को नेम बड़ो।
मेरे तो अधार एक, नन्द के कुमार है।।

लोग भिन्न-भिन्न देवी-देवताओं की सेवा करते हैं। राजा राव आदि या गणपति गणेश की पूजा या चंडिका देवी की ज्योति प्रचण्ड करते हैं। या फिर कोई भक्त शंकर की आराधना में नेम-व्रत निभाते हैं, किन्तु ताज के प्राणाधार, भक्ति के आधार मात्र नन्द बाबा के पुत्र कृष्ण हैं।

वैसे गहरे आशयों, प्रतीक वृत्तों में झाँका जाये तो प्रकृति-निःसर्ग में गूँजने वाला नाद-अनहद नाद ही कृष्ण की बाँसुरी का स्वर नहीं! यह नाद बाहर प्रकृति-परिवेश में भी और व्यक्ति के भीतर भी अनुगुंजित हो रहा है। इसे जो भी अन्तश्चेतना में थोड़ा भी ध्यानपूर्वक सुनेगा, वह दीवाना हुए बिना कैसे, क्योंकर रह पायेगा। पशु-पक्षियों पर, पौधों, वनस्पतियों पर यह नाद अपना चमत्कारी प्रभाव दिखाता है। तब ताज जैसी संवेदनशील, स्वभाव से ही भावुक नारी कैसे बच सकती है।

सन्त इन्द्रामती

सन्त इन्द्रामती प्रणामी सम्प्रदाय के संस्थापक सन्त प्रवर महामति प्राणनाथ की पत्नी थीं। उसने पति द्वारा स्थापित पन्थ के प्रचार-प्रसार में महत् योगदान दिया। आरम्भ में इस पन्थ का नाम धामी पन्थ था। विक्रमी सत्रहवीं शताब्दी के आसपास जब ईसाई भारत में आये तो उससे पूर्व मुसलमानों का राज तथा मुस्लिम सम्प्रदाय भारत में खूब फैल चुका था। पन्ना के निवासी प्राणनाथ ने हिन्दू-मुस्लिम-ईसाई—इन तीनों को एक ही ईश्वर-अल्ला-गॉड की सन्तान होने के कारण एकता के सूत्र में बाँधने की खातिर धामी पन्थ के माध्यम से अभियान छेड़ा। उन्होंने स्वयं भारतीय धर्म-ग्रन्थों का अध्ययन ही नहीं किया, कुरान और बाइबल का भी गहन अध्ययन किया। और धार्मिक एकत्व की गम्भीर पहल की। प्रेम-भावना का प्रचार किया तथा स्वयं को मेहदी, मसीहा और कल्कि—एकरूप घोषित किया। इस सारे अभियान में उसकी पत्नी इन्द्रावती का स्वर भी महत्त्वपूर्ण ढंग से मिला हुआ देखा जा सकता है। क्योंकि इन्द्रामती ने पन्थ-प्रचार को विस्तार देने के लिए कई ग्रन्थों की रचना की। धामी पन्थ के वृहद आकार वाले ग्रन्थ में इन्द्रामती के रचे ग्रन्थ भी संकलित हैं। पन्ना नरेश छत्रसाल का जन्म सन् 1649 ई. तथा मृत्यु सन् 1726 ई. स्वीकार किया जाता है और प्राणनाथ छत्रसाल के समकालीन सन्त हैं। अतः इन्द्रामती का काल भी यही जाना जाता है। धामी पन्थ के महाग्रन्थ की हस्तलिखित प्रति (नागर प्रचारणी सभा ग्रन्थागार) में संकलित विभिन्न ग्रन्थों में इन्द्रामती की वाणी के पद भी हैं तथा पृथक् ग्रन्थ भी हैं।

'ऋट् ऋतु' ग्रन्थ में छः ऋतुओं के वर्णन के साथ वियोग शृंगार का वर्णन है। सभी पदों के अन्त में कवयित्री के नाम की छाप भी अंकित है। इसी के साथ 'षट् ऋतु नो कलस' भी प्रेम-विरह के व्यापक भावों को समर्पित ग्रन्थ है। यह भी पूरा इन्द्रामती द्वारा रचित है। प्राणनाथजी ने अपने मन से इन्द्रामती को उसके साथ के लिए जो बताया इन्द्रामती ने लिखा है :

साथ के सुख कारने इन्द्रामती को मैं कह्या।
ता थें मुख इन्द्रामती से स्रवण कर भया।।

एक अन्य ग्रन्थ 'बारहमासी' भी कृष्ण को सम्बोधित करके विप्रलम्भ शृंगार का वर्णन है। वर्षा ऋतु में किशोरियाँ अपने प्रियतम के स्नेह में डूबी हुई हैं। किन्तु बेचारी विरहणी दूसरों की सुखानुभूति तथा प्रवृत्ति के उद्दीपन से कष्ट झेलती और अपनी असमर्थता का अनुभव करती हुई कहती है :

हूँ तो बाला जी बिना
सोभा लिए वणराय, रुचे बरस्यां मेघ।
तेंडी मीडयो अंगनाये, घर आय कियो शृंगार।
...ऐ नीर तेरे आधार
छेम दीजिए।
एने बचण इन्द्रामती-अंग बाला तेडी लीजिए।

अन्य युवतियाँ तो चोवा, चन्दन और अरगजा लेपन कर अपने अंगों को शोभित करती हैं किन्तु विरहणी प्रेमी के अभाव में विरह में तड़पती है।

'रामत रहस्य' भी सम्पूर्ण इन्द्रामती का ही लिखा हुआ लगता है। 'खिलवत' 'कीर्तन' तथा 'आठों सागर' आदि में भी इन्द्रामती के पद मिलते हैं। इस प्रकार सभी सम्प्रदायों में एकता के महा प्रयास में इन्द्रामती के स्वरो, विचारों का पूर्ण सहयोग रेखांकित किया जा सकता है, जो इस सन्त नारी के योगदान को सन्त नारी परम्परा में महत्त्वपूर्ण बनाता है।

सन्त सहजोबाई

जो मुक्त होगा, वह सहज भी होगा। मुक्ति सहजता का पर्याय है। बड़े-बड़े सन्त, भक्त मुक्त हैं, इसीलिए सहज हैं। मनुष्य-सभ्यता के बड़े भाव एवं कलाएँ भी हमें मुक्त करके सहज बनाते हैं। वे अपनी मूल प्रकृति में स्त्रैण हैं। भक्ति, करुणा, दया हो या फिर कविता, संगीत, नृत्य। ये मुक्तिमुखी हैं, इसी कारण स्त्रैण भी हैं। हिन्दी और उर्दू में भी इसी अन्तर को गहरे में देखा जा सकता है। जैसे स्त्री-पुरुष अपने बाहरी रूप में भिन्न हैं, ऐसे ही हिन्दी और उर्दू भी। हिन्दी मूलतः और बाह्यतः एक जैसी है। उभयपक्षी स्त्रैण है। हाँ, उर्दू शायरी, जो बाह्यतः पुरुषता लिए होती है, अपनी गहरी-ऊँची शायरी के अन्तिम सोपानों पर, परिणति पर स्त्रैण ही होती है। जैसे नारी-पुरुष जन्म से पहले भी एक ही उत्स से जुड़े हुए अभिन्न होते हैं और मृत्यु के बाद भी एक ही विराट से जुड़कर पुनः अभिन्न हो जाते हैं। सूफी मत में, पुरुष सन्तों में, पुरुषभाव होता है। किन्तु इसी मत की नारी सन्तों में स्त्रैणभाव मिलता है, उनकी शायरी में अन्तरतम का अन्तरयामी भाव तो स्त्रैण ही होगा। इसी धरातल पर कलाएँ आनन्द का द्वार खोलती हैं, जहाँ व्यक्ति-मानव स्वयं के देश-काल का अतिक्रमण करके पहुँचता-डूबता-उतराता है।

हिन्दी की नारी सन्तों में सर्वाधिक ख्यात नाम मीराबाई का है। वैसे दक्षिण में आंडाल, बहिणाबाई और कश्मीर में लल्लेश्वरी के नाम भी कम ख्यात नहीं। ये सन्त कवयित्रियाँ अपने मूल से, प्रकृति-स्वभाव से ही स्त्रैण होकर भारतीय मूल की अध्यात्म-अनुभूति से, जिस प्रगाढ़ता से जुड़ी हैं, वह उन्हें मुक्ति की सहज अन्तःप्रकृति की हिलोर पर आरूढ़ कर देती है। कबीर, तुलसी, सूर को जो आयाम, भक्ति में, गहरे डूबकर प्राप्त हुए, वे नारी सन्तों को, जन्मतः ही उपलब्ध

हो जाते हैं। हाँ, आध्यात्मिकता की सहजता, सहजावस्था उन्हें भी अर्जित करनी पड़ती है; तभी मुक्ति भी सम्भव होती है।

प्रेम, संसार का सार है। प्रेम पा जाओ, सौभाग्य से, तो समझो संसार पा गये। प्रेम, अन्ततः परम-आत्म का ही स्वरूप है। नारी के लिए प्रेम सहज है। प्रेम क्योंकि भाव है, इसलिए नारी को अति सहज है। प्रेम नारी का स्वभाव है। प्रेम में समग्रता है, जो नारी के लिए सहज है। नारी का स्वभाव समग्रता के प्रति अति अनुकूल है। वह संसार को भी समग्रता में पकड़ती है। खण्डों या अंशों में नहीं। इसलिए घर-गृहस्थी के प्रति नारी का मोह, पुरुष से कहीं गहरा और समग्र होता है, क्योंकि इसी पर सांसारिकता की धुर्री टिकती है। इसी से माया (संसार) का प्रसार सम्भव है। यह सब प्रेम का ही प्रसार है। उसके आस-पास का फैलाव है। फिर यह व्यक्ति-प्रेम ही, सांसारिक प्रेम ही और गहरा होकर परम-आत्मिक प्रेम में विकसित हो जाता है। अति सहज है। मीरा, लल्लेश्वरी, आंडाल नारी सन्तों के लिए भी सहज और सुलभ हुआ है और सहजोबाई के लिए भी।

सहजोबाई के साथ कुछ अजीब घटना हुई। वह आरम्भिक शिक्षा पूरी कर चुकी थी। माता-पिता ने 11-12 वर्ष की आयु में ही सहजो का विवाह भार्गव कुल के एक सम्पन्न परिवार में निश्चित किया। विवाह के अवसर पर सजी-सँवरी बैठी सहजोबाई को आशीर्वाद देने के लिए उसके मामा के पुत्र एवं प्रसिद्धि पा चुके सन्त चरणदास आये और सहजो को देखकर कहा :

सहजो तनिक सुहाग पर, कहा गुंदाए शीस।
मरना है रहना नहीं, जाना बिस्वे बीस।।

उक्त शब्द सुनकर सहजो की चेतना पर प्रहार हुआ। उसने कहा मैं विवाह नहीं करूँगी। प्रभु-भक्ति करूँगी। तभी बाराती रोते हुए पहुँचे और बताया कि आतिशबाजी से अकस्मात् घोड़ी भड़ककर भागी और वृक्ष से टकरा गयी जिससे वर की मृत्यु हो गयी। इस दुखद घटना से शोकाकुल हो तथा चरणदासजी की त्रिकालज्ञता से प्रभावित होकर सहजो के पिता हरिप्रसाद तथा माता अनूपीबाई अपने चारों पुत्रों एवं पुत्री सहित उनके शिष्य हो गये।

सहजोबाई का जन्म ढूसर भार्गव कुल में संवत् 1782 वि. की श्रावण पंचमी, तदनुसार रविवार 15 जुलाई, सन् 1725 ई. को दिल्ली के परीक्षित पुरा नामक स्थान पर हुआ। इनका एक मात्र वाणी-ग्रन्थ 'सहजप्रकाश' उपलब्ध है। दयाबाई इनकी गुरु-बहन थीं। माघ शुक्ल 5 सं. 1862 वि. तदनुसार दिनांक 24 जनवरी, 1805 को सहजोबाई ने देह त्याग दी। धर्म-प्रचार हेतु इनके द्वारा स्थापित मुख्य

गद्दी पर क्रमशः श्याम विलास, परमेश्वरीदास, मुकुंददास, जमुनादास, रामजीदास एवं गंगादास आसीन हुए। वर्तमान में महंत घनश्यामदास आसीन हैं। सहजोबाई को अट्ठारहवीं सदी की मीरा कहा जाता है। किन्तु मीरा की भाँति कृष्णभक्त होने का साम्य रखते हुए भी कुछ विशेष भिन्नताएँ भी उल्लेखनीय हैं। मीरा विवाहिता थीं, जबकि सहजोबाई ब्रह्मचारिणी थीं। मीरा सगुण से निर्गुण तक पहुँची थीं, किन्तु सहजो सगुण को ही निर्गुण की प्राप्ति का आधार मानकर राधा-कृष्ण के युगल रूप की उपासिका थीं, गुरु चरणदास ने सहजोबाई को अष्टांग योग, नवधा भक्ति का ज्ञान दिया, तथा योगाभ्यास की विधि बताई; सहजोबाई ने पाँच वर्षों तक अखण्ड समाधि में रहकर साधना की। मीरा समाज को त्यागकर वैराग्य में लीन हो गईं, किन्तु सहजो समाज में रहकर समादृत हुईं। मुगल बादशाह शाहआलम द्वितीय ने 1100 स्वर्ण मुद्राएँ तथा वंथला नामक ग्राम जागीर में देकर सहजोबाई को समादर दिया। यह ग्राम तहसील गाजियाबाद में स्थित है। सन्त चरणदास के संवत् 1839 में स्वर्गारोहण के पश्चात् 23 वर्ष तक महाराज के उपदेशों का प्रचार करती रहीं, आठ शिष्य व दो शिष्याओं को तभी दीक्षित कर प्रचार में लगा दिया था। सहजप्रकाश में उनके नाम इस प्रकार मिलते हैं—1. श्याम विलास, 2. कर्तानन्द, 3. अगमदास निर्मोही, 4. गुरु निवास, 5. राम प्रसाद, 6. सन्त हजूरी, 7. हरनाम दास, 8. रघुनाथ स्नेही, 9. लक्ष्मीबाई, 10. सुमतिबाई।

सहजोबाईजी के उक्त शिष्य तथा अन्य प्रशिष्यों के थाम्भे (स्थानों) के उल्लेख भी मिलते हैं। उनमें कुछ का उल्लेख—1. श्री अगमदास की दिल्ली की गद्दी। इनके 'भक्तिसागर' की पांडुलिपि भी मिलती है। सिरकीवालान मुहल्ला में इन्होंने अपना स्थान बनाया था। कई शिष्यों के अतिरिक्त दो शिष्याएँ भी थीं—क. लाडोबाई, ख. कुंदनबाई। 2. कर्तानन्दजी की नरेला की गद्दी। 3. मलनीबाईजी का बादली का थाम्भा। इनकी दो शिष्याएँ भी थीं—क. गंगाबाई और ख. नलनीबाई। 4. श्री गुरुनिवास का मादीपुर में थाम्भा। यह भी वृहत्तर दिल्ली का ही स्थान था। 5. श्री रामप्रसादजी का शाहजहाँपुर का थाम्भा। 6. लक्ष्मीबाई और सांरों का थाम्भा। 7. वंथला का थाम्भा—गाजियाबाद जिला में स्थित था। 8. सन्त हजूरीजी का बुढ़ाना का थाम्भा। इन थाम्भों के महन्तों की अपनी शिष्य परम्पराएँ भी थीं। कुछ थाम्भे न बनाकर स्वतन्त्ररूप से घूम-फिर कर चरणदासी-सहजोबाई के विचारों का प्रचार किया करते थे। इस प्रकार हम देखते हैं कि सहजोबाई ने (चरणदासी) शुकदेव-परम्परा का पर्याप्त विकास किया।

सहजोबाई को कविता पारिवारिक विरासत के रूप में प्राप्त हुई। इनके पिता श्री हरप्रसाद स्वयं उच्च कोटि के कवि थे। सहजोबाईजी के चार भाई 1. राम कृष्ण जी, 2. गंगाविष्णु जी, 3. दासकुंवर जी, 4. हरिनारायणजी भी कवि थे। माता-पिता सहित सभी बहन-भाइयों ने सन्त चरणदास से दीक्षा ली थी।

सहजोबाई की वाणी में गुरु का बड़ा माहात्म्य बखान किया गया है। कबीर, रैदास, नानक आदि से भी आगे बढ़कर सहजो गुरु को परमात्मा से भी ऊँचा और बड़ा मानती हैं। बल्कि उसे तो एक तरह से परमात्मा की आवश्यकता ही नहीं है। उसकी मौलिक सोच और तर्क पद्धति बड़ी सटीक और अकाट्य है। यहाँ पूरा पद देना उचित होगा :

राम तजूँ पै गुरु न बिसारूँ। गुरु को सम हरि को न निहारूँ।।
हरि ने जन्म दियो जग माहीं। गुरु ने आवागमन छुटाहीं।।
हरि ने पाँच चोर दिये साथा। गुरु ने लई छुड़ाय अनाथा।।
हरि ने कुटुम्ब जाल में गेरी। गुरु ने काटी ममता बेरी।।
हरि ने रोग भोग उरझायौ। गुरु जोगी कर सबै छुटायौ।।
हरि कर्म भर्म भरमायौ। गुरु ने आतम रूप लखायौ।।
हरि ने मोसूँ आप छिपायौ। गुरु दीपक दै ताहि दिखायौ।।
फिर हरि बाँध मुक्ति गति लाये। गुरु ने सब हि भर्म मिटाये।।
चरणदास पर तन मन वारूँ। गुरु न तजूँ हरि को तज डारूँ।

सहजो गुरु के सामने हरि को त्यागने को तैयार है। है न अद्‌भुत बात। भारतीय दर्शन में गुरु के महत्त्व की स्थापना तो त्रेता से अक्षण्ण रही है, किन्तु ऐसी उत्कट गुरु भक्ति एवं तर्कना सहजो में अपूर्व है। उसकी तर्कशीलता अन्त तक आते-आते हरि की आवश्यकता को ही नगण्य सिद्ध कर देती है। किन्तु बड़ी प्रीतिकर शब्दावली में, बड़ी गूढ़ गरिमायुक्त भाषा में। जिसे सुनकर हरि भी मुग्ध हो जायें! यह सहजो के ही बस की बात है। क्योंकि सहजो ने हरि से और गुरु से और संसार से एक साथ प्रेम किया है। वह प्रेम में गहरी डूबी है। सहजो ने गुरु की गुरुता तो गायी है और साथ ही गुरुपन की चार कोटियाँ भी गिनाई हैं। गुरुपन के चार भिन्न प्रकार बताने में सहजोबाई पुनः बहुत सजग, तर्कशील एवं तथ्यान्वेषी रही हैं :

गुरु हैं चार प्रकार के, अपने अपने अंग।
गुरु पारस दीपक गुरु, मलयागिरि गुरु भृंग।।

लोहे के समान शिष्य को, पारस गुरु सोने के समान श्रेष्ठ बना देता है।

किन्तु एक निकृष्ट धातु को उत्कृष्ट धातु में बदलने के सिवा वह और कुछ नहीं कर सकता। यह शिष्य की ही नहीं, गुरु की भी सीमा है। दूसरा गुरु शिष्य में, उसकी चेतना में प्रकाश भरकर उसे प्रदीप्त कर देता है। तीसरा मलयागिरि गुरु है। मलय पर्वत पर चन्दन के वृक्ष होते हैं। उनसे छनकर आयी वायु सुगन्ध फैला देती है। अतः मलयागिरि गुरु-शिष्य के भीतर सोयी उसकी आत्मगन्ध को उद्‌बुद्ध कर उस शिष्य को देश-काल को आत्मगन्ध से पूरित करने, महकाने की योग्यता देता है। और चौथा गुरु भृंग कीटवत अपने शिष्य को बाहर-भीतर अपने जैसा बना लेता है। उसका सम्पूर्ण कायाकल्प कर अपना रूप-रंग दे देता है।

भृंगकीट को थोड़ा जान लें। यह कीट चीकनी मिट्टी को लाता है ढूँढ कर, कहीं से भी, कितनी भी दूरी से। एक-एक कण लाकर दीवार पर लगाता-जमाता रहता है। एक सुन्दर-सा गोल घर बनाता है। एक गोल छिद्र छोड़ देता है। फिर एक जीवित कीट को लाकर, उस छेद से उसे भीतर प्रवेश करा के छिद्र को ढँक देता है। तथा घण्टों-पहरों-दिनों उस गोल घर के चारों ओर उड़ान भरता हुआ गुंजार करता रहता है—भृंग-भृंग-भृंग...।

अपनी इस विशिष्ट ध्वनि के साथ अपनी ध्वनि-तरंगों के माध्यम से अपने रंग भी भीतर प्रक्षेपित करता रहता है। फिर छिद्र खोलकर भीतर बन्द किये कीट को निकालता है, जो भृंग कीट के रंग-रूप का बन चुका होता है। यह चौथा प्रकार है गुरु का। किन्तु सहजो यहाँ पर भी रुकती नहीं; इसके आगे कहती हैं :

चरणदास समरथ गुरु, सर्व अंग तिनमाहिं।
जैसे को तैसा मिले, रीता छोड़े नाहिं।।

सहजो कहती हैं—गुरु चरणदास इतने सामर्थ्यवान गुरु हैं कि उनके भीतर चारों प्रकार के गुरुओं का कौशल है। जैसा भी शिष्य मिल जाये उसे, उसी की योग्यता-सम्भावना से उत्तीर्ण कर देते हैं। किसी को खाली हाथ नहीं जाने देते। सहजो स्वयं यदि गुरु के प्रति ऐसी सजग-तीखी नज़र रखती है, तो परमात्मा के प्रति भी न स्वयं अन्धविश्वासी हो सकती है, न दूसरों को अन्धविश्वासी बना सकती हैं। ऐसी सजग-सचेत सन्त हैं सहजोबाई।

सहजोबाई कहती हैं—गुरु के समर्थवान होने के उपरान्त भी यदि चेले में समर्पणभाव की कमी हो या योग्यता न हो तो गुरु भी उसका कुछ भला नहीं कर सकता :

सिख माटी सिख पाथरा, सिख लकड़ी सम जोय।
सहजो गुरु पारस मिले, कैसे कंचन होय।।

यदि शिष्य में माटी, पत्थर या लकड़ी के तुल्य समर्पण भाव हो, लौह जैसी पुख्ता धातुई भक्ति न हो तो पारस गुरु भी उसे अपनी शक्ति-स्पर्श से अध्यात्म-ज्ञान के गुण से स्वर्ण नहीं बना सकता। माटी, पत्थर या लकड़ी को स्पर्श द्वारा पारस, कंचन बनाने में कारगर सिद्ध नहीं होता।

सहजोबाई भक्ति-पद्धति सिखाती हुई कहती हैं :

ज्यों तिरिया पीहर बसे, सुरत रहे पिव माहिं।
ऐसे जन जग में रहें, गुरु को भूले नाहिं।।

अर्थात् विवाहिता नारी मायके में आकर जैसे पति का ध्यान नहीं भूलती, उसे क्षण-क्षण याद करती है, उसी प्रकार सांसारिक व्यक्ति को अपने सद्गुरु को, परमात्मा को स्मरण रखना चाहिए। जग में आकर उसे भूल नहीं जाना चाहिए। इतना ही नहीं सहजो को सांसारिक जीवन के कितने तिक्त-दुखद रूप का कैसा गहन अहसास है, वह कहती है—एक मौलिक रूपक के माध्यम से कि जैसे जलती-दहकती भट्ठी में, लोहे की संडसी कसे एक क्षण पानी में डाला जाता है और दूसरे क्षण भट्ठी में जलती आग में, किसी वस्तु को उठाने को डाला जाता है, ऐसी ही जलती हुई भट्ठी के समान यह दुनिया है और व्यक्ति संडसी के समान है। उसे एक क्षण दुख है तो एक क्षण सुख। अतः इस दुनिया रूपी भट्ठी से व्यक्ति को भाग जाना चाहिए। किनारा कर लेना चाहिए।

जैसे संसडी लोह की, छिन पानी छिन आग।
तैसे दुख सुख जगत के, सहजो तू तज भाग।।

इसके लिए उपाय भी बताती हैं सहजोबाई। वह उपवन-बाड़ी के रूपक के माध्यम से कहती है कि बसन्त ऋतु बार-बार नहीं मिलती। अर्थ मनुष्य जीवन बड़ा दुर्लभ है। अब यह जीवन मिला है, अवसर प्राप्त हुआ है, तो भक्ति के बीज हृदय-रूपी धरती में बोवो। सतसंगति-रूपी पानी से उसे खींचो। गुरु की शिक्षानुसार उसकी सेवा करो। हित-चित लगाकर उसकी रखवाली करो। खोट और कपट रूपी पक्षियों को भगाओ। मोह-प्यास को जला डालो। जब नौ रंगों में सँभल जाय यह बाड़ी तब रंग-रंग के प्रेम के फूल खिलेंगे। उन फूलों को गूँथकर माला बना लो और वह माला आदि पुरुष-परमात्मा को चढ़ा आना। इस प्रकार ऐ मनुष्य तेरे मन की सभी आशाएँ पूरी होंगी।

सहजोबाई क्योंकि निर्गुणपन्थी, निराकार की उपासिका है, भले ही वह राधा-कृष्ण के युगल रूप को आधार बनाकर चली है, तथापि वह अपने दर्शन को,

निर्गुणिया सन्तों की भाँति 'सुन्न समाधि' पर टिकाती है। उसका कहना है, इसी भाँति जीव सुखी हो सकता है :

ना सुख विद्या के पढ़े, ना सुख बाद बिबाद।
साध सुखी सहजो कहे, लागी सुन्न समाध।

अतः विद्या, ज्ञान और वाद-विवाद आदि में जीव को सुख नहीं है। उसे ध्यान, अन्तरमुखी साधना करते हुए शून्य में समाधि लगानी चाहिए, तभी वास्तविक सुख और शान्ति उसे प्राप्त हो सकती है। इससे उसके भीतर बिना बादलों के वर्षा की अनुभूति होगी तथा ऐसा अनुभव होगा :

रोम रोम सूं प्रेम उठि, भींज गयी सब देह।

सन्त हेलवनकट्टे गिरियम्मा

कर्नाटक में यों तो ग्यारहवीं शताब्दी में वीर शैव मत पुनः अपनी रौ में आया, किन्तु विद्वानों का मत है कि महाभारत काल में शिवागमों में शैव मत के उल्लेख मिलते हैं। वीर शैव मत के साथ ही कर्नाटक में वैष्णव सम्प्रदाय भी विद्यमान रहा है। कर्नाटक में दोनों परम्पराएँ चलती रही हैं। अक्क महादेवी वीर शैव मत की सन्त रही हैं तो हेलवनकट्टे गिरियम्मा हरिदास परम्परा (वैष्णव परम्परा) की मान्य सन्त थीं। इनका जन्म धारवाड़ जिले में 'राणेबेन्नूर' नाम के स्थान में हुआ। अनुमानतः माना जाता है कि सन् 1700 ई. के आसपास उनका जन्म हुआ। वह महान सन्त विजयदास की समकालीन सन्त हैं। गिरियम्मा का विवाह हरिहर जिले के निवासी कुलकर्णी तिप्परस से हुआ किन्तु बचपन से ही हरि के प्रेम में निमग्न रहने वाली गिरियम्मा कुलकर्णी जीवन को कैसे निभाती। पति से सांसारिक जीवन निर्वाह न कर पाने को, कहते हैं उसके पति ने भी स्वीकार कर लिया। मीराबाई की भाँति गिरियम्मा भी हेलवनकट्टे नामक गाँव के मन्दिर में जाकर श्रीरंगनाथजी की पूजा-अर्चना करती। इस कारण उसके नाम के साथ गाँव का नाम भी जुड़ गया। इष्ट को रिझाने के लिए भाँति-भाँति की रंगोलियाँ सजाती। उसने अपने इष्ट के कई मन्दिर भी बनवाये। प्रभु की भक्ति में विभोर होकर बड़े ही रसपूर्ण पदों की रचना की। उसकी दो काव्य-रचनाएँ उपलब्ध होती हैं—'चन्द्रहास' तथा 'कालियमर्दन'। दोनों ही गीतकाव्य हैं, जो कर्नाटक में बहुत प्रसिद्ध हैं। कर्नाटक के लोगों में गिरियम्मा के चमत्कार भी प्रसिद्ध हैं। कहते हैं उसकी भक्तिभावना से प्रसन्न होकर हरि बालक के रूप

में प्रकट हुए और उसे दर्शन दिये। इससे गिरियम्मा को लोग यशोदा माता का अवतार मानते हैं और एक बार वर्षा न होने से अकाल जैसी स्थिति उत्पन्न हो गयी। गिरियम्मा के भगवान से प्रार्थना करने से वर्षा हुई। लोगों का कष्ट मिटा। इस प्रकार गिरियम्मा कर्नाटक में विख्यात सन्त मानी जाती हैं।

सन्त उमा

सन्त उमा भी ऐसी ही सन्त कवयित्री हैं, जिसके जन्म-मृत्यु के काल की तथा गुरु के सम्बन्ध में भी कुछ जानकारी उपलब्ध नहीं होती। डॉ. सावित्री सिन्हा ने अपने ग्रन्थ 'मध्यकालीन हिन्दी कवयित्रियों' में उमा पर लिखते हुए कहा है कि "उमा भी किसी सन्त को गुरु बनाकर उनसे सतगुरु का भेद जानने की जिज्ञासु कोई शिष्या प्रतीत होती है। नागरी प्रचारिणी सभा की अप्रकाशित खोज-रिपोर्ट में उनका उल्लेख है, तथा उनके पद वहाँ के संग्रहालय में एक हस्तलिखित ग्रन्थ में संकलित हैं।"

सन्त उमा के पदों में ब्रह्म की जैसी विवेचना हुई है तथा सूफ़ीमत के संकेतों से उनका काल मध्य युगीन सन्तों का काल ही प्रतीत होता है तथा वह ब्रह्म को निर्गुण-निराकार मानती हैं। उमा के पदों में उसकी तीव्र आध्यात्मिक अनुभूतियों और भावों के वेग को रेखांकित किया जा सकता है। वह अपना आत्म सतगुरु के आत्म में मिला देना चाहती है उसमें एक व्याकुलता, अपने को मिटा देने की तीव्र चाह है। सतगुरु का सैन-संकेत प्राप्त करके वह पुकार उठती है :

सहेल्या है भारो बहुत सुधारो, सतगुरु सैन मिलायो।
राम तमारा नाम मै को रैण-दिवस तलफायो।।

राम के नाम ने उसके भीतर एक तड़पन उत्पन्न कर दी है। लगातार एक बेबस बेचैनी पैदा कर दी है। अब तो सतगुरु में विलीन होकर ही, पूर्ण ब्रह्म में समा कर ही चैन आ सकता है :

सतगुरु मैं लय जाइया हो मिलिया पूरन ब्रह्म माह।

अपने एक अन्य पद में पाँच तत्त्वों से बने शरीर को उद्यान के रूप में

अंकित करती है। प्रेम की पिचकारी तथा ज्ञान के गुलाल से फाग खेलने का चित्र उकेरा है। 'ब्रह्म' का निर्गुण रूप है। उनके इस पद से उमा के योग और ज्ञान का भी पता चलता है :

ऐसे फाग खेले राम राय।
सुरत सुहागण सम्मुख आय।।
पंच तत को बन्यो है बाग।
जामें सामन्त सहेली रमत फाग।।
जहं राम झरोखे बैठे आय।
प्रेम पसारी प्यारी लगाय।।
जहाँ सब जनन को बन्यो है, ज्ञान-गुलाल लियो हाथ।
केसर गारो जाय।।

इस निर्गुण ब्रह्म से ऐसी अद्‌भुत फाग खेलने की उमा की चाहना है। वह सन्तों से, सद्‌गुरु की ऐसी एक अनोखी फाग की याचना कर रही है, जिसमें जीवन के आध्यात्मिक रंगों में डूबने-भीगने की तीव्र, उद्वेगी आकांक्षा छलक रही है :

सतगुरु जी फगवा बगसाव उमा की अरदास सुनो।

उमा एक सांसारिक व्यक्ति के जीवन की स्वाभाविक कमियों का उल्लेख करती हुई कहती है कि कामी, कपटी, क्रोधी मेरा मन अनेक प्रकार के लोभों में लीन है, किन्तु आप तो अधम व्यक्तियों का उद्धार करने वाले के नाम से प्रसिद्ध हैं, अतः मुझ पर भी करुणा करके, दया करके मेरा भी उद्धार करो, यही मेरी अरज है :

सैयां हो मेरी सब ही न बीरी हों गुनो।
करुणानन्द सामी अरज सुनो।।
कामी, कपटी, क्रोधी बसु लालच में अति लीन।
अधम उधारन विरद तुम्हारो सो क्यों होवेगा दीन?
जो तुम तारी सन्तन का हो मेरी समारत नाहिं।
अधम उधारन नाम सुनो हो, ख़ुशी रहुं मन माँह।

ज्ञान और भक्ति, निर्गुण और सगुण में उमा भेद को इस कारण मिटाती-सी प्रतीत होती है, क्योंकि ज्ञान की रूक्षता के सामने भक्ति की सगुणता-सरसता अधिक आश्वस्तीकर लग सकती है। भक्तों ने भी तो आख़िरकार अधम उधारन प्रभु के हाथों उद्धार पाया था। अतः वह ब्रह्म के सगुण रूप को अपनी अरज सुना रही है। सम्भव है वह इसी रूप में कृपा बरसा देवें!

सन्त दयाबाई

सन्त चरणदास की शिष्या सहजोबाई की गुरुबहन दयाबाईजी की जन्म तिथि भी निश्चित रूप में नहीं प्राप्त होती। यह सहजोबाई की सम्बन्धी भी मानी गयी हैं। और उनसे आयु में कुछ छोटी भी। अतः अनुमान के अनुसार, संवत् 1785 वि. के आसपास इनका जन्म माना जाता है। यह भी अपने गुरु चरणदास तथा गुरुबहन की भाँति ढूसर भार्गव वंशीय हैं। उच्चकोटि की कविता करके इन्होंने भी बड़ी ख्याति अर्जित की। 'दयाबोध' नामक ग्रन्थ की रचयिता ब्रह्मचारिणी दयाबाई का जन्म डेहरा गाँव (मेवात-राजस्थान) में हुआ। इनकी जीवन लीला का अन्त संवत् 1830 वि. में हुआ स्वीकार किया गया है। इन्होंने 'दयाबोध' ग्रन्थ चैत्र सुदी 7, 'संवत् 1818 को समाप्त किया। दोहा और चौपाई छन्दों में गुरुमहिमा, सुमिरन, सूरातन, प्रेमभक्ति, वैराग, साधु, अजपा आदि अंगों की रचना की। उक्त सात अंगों में कुल 136 साखियों की रचना की। यह संख्या और उल्लेख दयाबाई के गुरु भाई जागेजीत ने अपने ग्रन्थ लीलासागर में किया है :

दयाबोध शुभ ग्रन्थ बनायो। सन्त महंतन के मन भायो।
दोहा चौपाई की रचन। अमृत मई मनोहर बचना।।

नागरी प्रचारिणी सभा ने 'दयाबोध' के अतिरिक्त एक अन्य ग्रन्थ 'विनय मालिका' को भी दयाबाई की रचना माना है। 'विनय मालिका' दयाबाई के स्फुट पदों का संग्रह है। इस ग्रन्थ में श्रीकृष्ण और राधा के लीला गान सम्बन्धी पद संकलित हैं। शृंगार-विरह का एक पद दृष्टव्य है :

श्याम रंग अरु नयन सलोने अलक रही बल खाई।
मोर मुकुट सिर अधिक बिराजे मुरली मधुर बजाई।।

मुक्ताहल नासा बिच राजे लाल अधर पर वारी।
दासी दया दरस की प्यासी किरपा करो बिहारी।।

यह भी माना जाता है कि दयाबाई अपनी साधना में इतनी सिद्धि प्राप्त कर चुकी थीं कि 'अजपा जाप' अपने उत्कट रूप में उन्हें सिद्ध था :

कर माला मुख की करी, ता से ना कछु काम।
लगी रहै इक रस सरस, निस दिन आठो याम।।

इनका कार्य एवं साधना क्षेत्र प्रमुख रूप में कानपुर, बिठूर, प्रयाग आदि रहा है। कानपुर के पास रमेल नामक स्थान पर इनकी समाधि बनी हुई है। इनके शिष्यों ने कई स्थानों पर मन्दिर, मठ और उपासना-स्थल निर्मित किये, जिनमें बिठूर तथा उसके निकटवर्ती इलाकों में बाँके बिहारी का मन्दिर, धर्मशाला शाह जी, शम्भुजी का मन्दिर, मन्दिर शंकर भगवान आदि उल्लेखनीय हैं।

दयाबाई को, जैसा कि पहले भी उल्लेख किया गया है कि अपने गुरु पर अत्यधिक श्रद्धा थी। यह इतनी गहरी थी कि वह गुरु को ही भगवान मानती थीं। उनका यहाँ तक कथन है कि जो व्यक्ति गुरु को मानव मानता है, वह पशु है :

सद्गुरु ब्रह्मरूप है, मानुष भाव मत जान।
देह भाव माने दया, ते हैं पसू समान।।

दयाबाई, सहजोबाई से भी, गुरु के प्रति निष्ठा के कथन में, कुछ आगे बढ़ गयी हैं। गुरु के प्रति एकनिष्ठ और परमात्म भाव से साधनारत रहने के साथ ही दयाबाई साधक को, संसारी लोगों के व्यंग्य कथन और कलंक सहने को भी तैयार रहने को कहती हैं। उसे युद्धक्षेत्र में जूझ रहे शूरवीर की भाँति निःशंक और घायल होकर भी साधना क्षेत्र में अविचलित रहना चाहिए :

सूरा सनमुख समर में, घायल होत निसंक।
जो यों साधू संसार में, जग के सहे कलंक।।

दयाबाई ने साधक के लिए कठिन कसौटियों का बड़ा मार्मिक चित्रण किया है। इससे दयाबाई की भक्ति भावना की गहराई, सत्य अनुभव और प्रभु प्रेम की पीड़ा का पता भी चलता है :

काग उड़ावत थक्यो कर, नैन निहारत बाट।
प्रेम सिन्धु में पर्‍यो मन, ना निकसन को घाट।।
बौरी ह्वै चितवत् फिरूँ, हरि आवै केहि ओर।
छिन उट्ठूँ छिन छिन गिरूँ, राम दुखी मन मोर।।

कहूँ धरत पग परत कहुँ डगमगात सब देह।
दया मगन हरि रूप में, दिन दिन अधिक सनेह।।

अपने प्रियतम के विरह-सिन्धु में पड़ी हुई दया को बचने को कोई घाट नहीं दीखता, पागल हुई हरि की बाट जोहती है। धरती पर पाँव कहीं रखती है और वह पड़ता कहीं और है। किन्तु इस पर भी हरि की भक्ति में उसका स्नेह दिनोंदिन और गहरा, और दृढ़ होता जाता है।

जैसा कि पहले कहा गया है कि सन्त दयाबाई भी सहजोबाई की भाँति गुरु को बहुत महत्त्व देती हैं। जहाँ सहजोबाई गुरु के सामने हरि की आवश्यकता ही नहीं समझती, वहाँ दयाबाई गुरु के बिना ज्ञान, ध्यान ही नहीं अशुभ कर्मों के न कटने की बात कहती हैं। गुरु ही अशुभ कर्मों की काट करता है और चौरासी लाख योनियों से मुक्ति भी दिला सकता है। गुरु के बिना राम की भक्ति भी मन में जाग्रत नहीं होती। गुरु की शरण में जो कोई भी जाता है, गुरु दीन-दयाल हैं, वह मन के सारे संशयों को दूर कर देते हैं। वह तो कौए को हंस बना देते हैं। ऐसे दयालु और सामर्थ्यवान हैं गुरु, क्योंकि वह तो देवों के देव हैं। उसका भेद कोई नहीं जानता। वह तो करुणा के सागर हैं, कृपा के आगार हैं तथा साक्षात् ब्रह्म का ही रूप हैं :

गुरु बिन ज्ञान ध्यान नहिं होवै।
गुरु बिन चौरासी मन जोवै।।
गुरु बिन राम भक्ति नहिं जागे।
गुरु बिन असुभ कर्म नहिं त्यागै।।
गुरु ही दीन-दयाल गोसाईं।
गुरु सरनै जो कोई जाई।।
पलटैं करैं काग सूं हंसा।
मन को मेटत हैं सब संसा।।
गुरु हैं सब देवन के देवा।
गुरु को कोउ न जानत भेवा।।
करुना-सागर कृपा-निधाना।
गुरु हैं ब्रह्म रूप भगवाना।।

दयाबाई की गुरुबहन सहजोबाई कहती हैं :

राम तजूँ पै गुरु न बिसारूँ, गुरु के सम हरि को न निहारूँ।
हरि ने जन्म दियो जग माहीं, गुरु ने आवागवन छुटाहीं।।

अर्थात् मैं गुरु को कमी भी, किसी भी कीमत पर न छोड़ूँगी। यदि छोड़ना ही पड़ा, गुरु के स्थान पर तो हरि को छोड़ दूँगी, क्योंकि हरि ने तो जीव को आवागमन के चक्र में फँसा दिया है, जबकि गुरु इस चक्र से मुक्ति दिलाता है।

दयाबाई एक और पते की बात कहती हैं कि हरि का नाम ही इस जग में सत्य है। सार है। शेष सब तो निस्सार है। इसी नाम का जप करना श्रेयस्कर है। वैसे अन्य सब सन्तों ने भी नाम-स्मरण का, जप का माहात्म्य बताया है। गुरुनानक देव ने तो 'जपुजी साहब' का पृथक् से सृजन किया है, जिसका जप करने से सब प्रकार के कष्ट-क्लेश दूर होते हैं। सुख-शान्ति मिलती है। किन्तु दयाबाई का कथन कुछ विलक्षण है। वह कहती हैं कि हरि का नाम जपने से, नाम भजने से मनुष्य स्वयं ही हरि बन जाता है। हरि का रूप हो जाता है और इस सृष्टि का अपार-अनंत भेद भी पा लेता है :

'दयादाम्स' हरि नाम लै या जग में ये सार।
हरि भजते हरि ही भये पायौ भेद अपार।।

यों सन्त दादू दयाल भी अपनी एक साखी में निर्गुण भक्ति का सार बताते हैं :

आपा मेटे हरि भजे तन मन तजे विकार।
निरवैरी सब जीव सूं दादू चहु मत सार।।

अपने अहंकार भाव को मिटाकर, हरि के नाम को भजने से तन-मन के सभी विकारों को दूर करके, छोड़कर, तथा सभी जीवों से मैत्रीभाव रखना—बस यही दादू पन्थ का सारांश है। इसी से मुक्ति सम्भव है।

किन्तु हरि के नाम का जप करना इतना आसान नहीं है। क्योंकि माया बीच में आकर अपने सभी रूपों-गुणों से जीव को भ्रमित करने भटकाने में सफल होती है। उसके गुणों को—लोभ, मोह, काम, क्रोध, अहंकार से पार पाना कोई सरल काम नहीं, ये मनुष्य के वास्तविक शत्रु हैं। इनसे भिड़ना, सामना करना, इन्हें परास्त करना होता है। अपनी स्वयं की मृत्यु का भय भुलाकर इन सबल शत्रुओं से समर लड़ना—युद्ध करना होता है। घायल होकर भी, जग में सभी प्रकार के सामाजिक कलंकों को सहते हुए साधू को निःशंक होकर युद्ध करना पड़ता है। ऐसे भयंकर संग्राम को देखकर कायर लोग तो मैदान छोड़कर भाग जाते हैं या काँपने लगते हैं, किन्तु सच्चे सूरमा, अपने मैं-पने को, अहंकार को मारकर अपने उद्देश्य को—प्रभु-प्रेम को प्राप्त कर लेते हैं :

जो पग धरत तो दृढ़ धरत पग पाछे नहिं देत।
अहंकार कूं मार करि राम रूप जस लेत।।

आप मरन भय दूर करि मरत रिपु को जाय।
महा मोह दल दलन करि रहै सरूप समाय।।
सूरा सन्मुख समर में घायल होत निसंक।
यों साधू संसार में जग के सहै कलंक।।
कायर कंपै देख करि साधू को संग्राम।
सीस उतारै भुंईं धरै जब पावै निज ठाम।।

एक ओर यह शूर-वीर का योद्धा भाव होना अनिवार्य बता रही हैं दयाबाई, तो दूसरी ओर भक्ति के मूल-आधार प्रेम भाव को अपरिहार्य मानती हैं। उनका कहना है कि प्रभु-प्रेम में डूबा भक्त अपने तन-मन की सुध-बुध खो कर उन्मत्त दशा में—पागलपन जैसी दशा में, नशे में मस्त हुआ रहता है। वह भक्ति के नियम-विधान आदि को भी भूला रहता है। ऐसी उन्मत्त दशा में भक्त की दशा का वर्णन नहीं किया जा सकता, क्योंकि वह कभी बावला होकर रोने लगता है, फिर रोते-रोते गाने लगता है, तो कभी गाते हुए हँसने लगता है। इस प्रकार की सारी अटपटी—उलटी-सुलटी बातें करता है। और अन्ततः कवयित्री कहती हैं, जहाँ प्रेम का यह भण्डार प्रकट होता है, वहीं परमात्मा प्रकट होता है और अपने भक्त पर कृपा करके वह अपने दर्शन देता है :

'दया' प्रेम उन्मत्त जे तन की तनिक सुधि नाहिं।
झुके रहैं हरि रस छके थके नेम ब्रत नाहिं।।
प्रेम मगन जे साध जन तिन गति कही न जात।
रोय रोय गावत हँसत 'दया' अटपटी बात।।
प्रेम-पुंज प्रगटै जहाँ तहाँ प्रगट हरि होय।
'दया' दया करि देत हैं श्री हरि दर्सन सोय।।

अतः दयाबाई की वाणी भक्तिभाव के गुण और मर्म को बड़ी सरल, सहज भाषा में, कोमलता, मधुरता तथा सरसता में व्यक्त करती हैं। उसकी भक्ति में समर्पण-भाव की अगाधता बड़ी मुग्धकारी है।

दयाबाई के दो ग्रन्थ, मिलते हैं। एक 'दयाबोध' और दूसरा 'बिनय मालिका'। 'दयाबोध' में गुरुमहिमा का अंग, सुमिरन का अंग, सूर का अंग, बैराग का अंग, साध और अजपा का अंग संकलित हैं, तो बिनय-मालिका में परमात्मा से बिनती के विविध भाव तथा रूप व्यक्त हुए हैं तथा प्रभु-कृपा के पात्रों के विविध उल्लेख हैं तथा भगवान के विविध अवतारों-प्रकरणों के उल्लेख हैं, जैसे कच्छप अवतार, रावण को मारने वाले अवधेश, कंश का बध करने वाले कृष्ण,

हिरण्यकश्यप को मारने वाले नरसिंह आदि। इनके साथ ही द्रौपदी, सुदामा की सहायता करने वाले कृष्ण की दयालुता के सन्दर्भ हैं। भक्त नामदेव, कबीर, पीपा सदना, सेना इत्यादि के दृष्टान्तों का वर्णन है, जिन पर परमात्मा ने अपनी करुणा और दया की वर्षा की है। इनसे दयाबाई के व्यापक ज्ञान का पता चलता है। दया की एक साखी भी इस सन्दर्भ में उल्लेखनीय है :

चार बेद छः सास्त्र हैं, अरु दस आठ पुरान।
सब ग्रंथन को सोधि कैं, कीन्हो बिनय बखान।।
बिनमाल जो कह सुनै, तन मन धन अनुराग।
चार पदारथ पावहीं, दयादास बड़ भाग।।

बिनय मालिका में दयाबाई ने चार वेद, छः उपनिषद्, और अट्ठारह पुराणों के अपने अध्ययन-ज्ञान का वर्णन किया है। तथा अब उसका कहना है कि जो व्यक्ति इस बिनयमाल को दूसरों को पढ़कर कह सुनाएगा तथा स्वयं भी तन-मन एवं धन से बड़े प्रेम-श्रद्धा सहित अपने जीवन में अपनाएगा, वह धर्म, अर्थ, काम और मोक्ष—इन चार काम्य पदार्थों को सहज ही प्राप्त कर लेगा। ऐसा व्यक्ति सचमुच बड़ा भाग्यवान होगा।

सन्त कोकिलाबाई

सन्त कोकिलाबाई जी, जिन्हें सम्प्रदाय में आदर सहित विवि या बीबीजी कहा जाता था, दिल्ली में स्वामी सिद्धरामजी की शिष्या थीं। वह दिल्ली के अतिरिक्त वृंदावन में भी विराजती थीं। इनके अन्य नाम हैं—बीबादास, बीबादासी और विविदासी जी। विवि का अर्थ है युगल जी। श्यामा-श्याम जी। प्रिया-प्रीतम की दासी। जैसे इन पंक्तियों से स्पष्ट है, जो श्री सरसमाधुरीशरणजी ने वंदना हेतु कहे हैं :

नमो नमो श्री बीबा दासी।
विवको शब्द जुगल सूचक है, राधा कृष्ण सोई सुखरासी।।

कोकिलाबाईजी दिल्ली में बल्लीमारान नामक स्थान पर अपना स्वतन्त्र स्थान बनाकर विराजती थीं। इनकी साधना मुख्यतः सखीभाव की थी। उच्चकोटि की साधिका होने के कारण इनके कई शिष्य, शिष्याएँ थीं। वह सरस, भक्तिरसपूर्ण वाणी कहतीं। इनकी भाषा में कहीं पूर्वी हिन्दी की झलक मिलती है तो कहीं पंजाबीपन की छटा दिखती है। पूरबीपन की झलक देखें :

कोई मिलावै कन्हइया।
अस मन व्याकुल हरि बिना, वह मूरति सूरति मन अंटकी लटक रही भटकइया।।
दिन प्रति बीतत पल-पल गिन-गिन, कब दरसन देगो वो जिवइया।
विरह की हूक उठै तन सुध ना, प्रेम लहर को बुझइया।।
चित्त की पीड़ा चित ही जानै, कासों कहूँ को सुनइया।
बीबीदास सिद्धराम कहत हैं, अपनी ओर निबहिया।।

इनके पद अलग-अलग ग्रन्थों में संग्रहित हैं। लगभग 150 पद हैं।

राग-रागनियों में निबद्ध हैं। लीलागान के रूप में भी पदों की रचना हुई है। छन्द सौष्ठव में निष्णात न होते हुए भी सरसता श्रोताओं को बाँधती है :

मनावो कोई जाय मानिनी गयी रूठ।
तुनक सुभाव गुमान भरी है मेरी कही माने सब झूठ।।
उन बिन रंग फीको लागै तन मन बंसी लै जा लूट।
राधा जू की पाँव पैजनी मेरे कुंडल रही जूट।।
हा हा खावौं विनती करौं प्रेम की मारी मेरे मूठ।
सिद्धराम बीबादास विकल मन प्रीति रस घरी गयी घूट।।

सगुण के साथ-साथ निर्गुण पद्धति की वाणी भी इन्होंने कही है :

हरी कृपा जब होई, नर माला फैरै कोई।
बीबादास कहै सन्त बसौ हिये दासी करौ हरि मोई।।

सन्त बारमुखी

दक्षिण भारत के एक नगर की रहने वाली एक बारमुखी (वेश्या) के घर के बाहर खुला-साफ़ स्थान देखकर साधुओं की मण्डली ने डेरा डाल दिया। उन्हें कुछ पता न था कि यह किसका घर है। वेश्या बाहर आयी तो सन्तों को डेरा डाले देखकर बहुत आनन्दित हुई। वह समाज में अपनी आलोचना और बदनामी से दुखी रहती थी। आज उसे अचानक एक अच्छा अवसर हाथ आया कि वह अपना सारा कलंक धो डाले। वह भागी-भागी भीतर गयी और मुहरों का थाल भरकर लायी और मण्डली के मुखिया को दण्डवत् प्रणाम करके उसके आगे धर दिया। साथ ही बड़े दीन स्वर में अपनी जाति, कर्म की बात कह दी और अपनी व्यथा भी कही। उसने प्रार्थना की कि यह धन स्वीकार करके उस पर कृपा करें। मण्डलेश्वर ने उससे कहा कि तुम श्रीरंगजी के लिए इस धन से एक सुन्दर स्वर्ण का मुकुट बनवाओ और हरि जी को भेंट करो। वह अवश्य प्रसन्न होकर तुम्हारा उद्धार करेंगे। वेश्या ने अपने मन की शंका उनके समक्ष रखी कि जिस धन को आप महात्मा लोग भी स्वीकार करने में संकोच कर रहे हैं, उसे भगवान तो बिल्कुल स्वीकार न करेंगे। सन्तों ने वेश्या को विश्वास दिलाया कि ऐसा नहीं होगा। भगवान बड़े दयालु हैं। वह सब पर दया करते हैं। तुम्हें भी निराश न करेंगे। हम लोग तब तक यहीं ठहरते हैं। तुम तब तक मुकुट बनवाकर लाओ।

वेश्या ने अपना बहुत-सा धन खर्च करके एक बहुमूल्य मुकुट बनवाया और उसे सजाकर ढोल-बाजे बजाती हुई लेकर मन्दिर की ओर चली। साथ में भक्त, सेवक सब गाते हुए चले जा रहे थे। मन्दिर के निकट पहुँची तभी उसे मासिक धर्म हो गया। वह अति लज्जित हो ग्लानि से गड़ी जा रही थी।

स्वयं के भाग्य को धिक्कारती हुई पीछे हटकर खड़ी हो गयी। कहते हैं, तभी मन्दिर के पुजारियों को श्रीरंगजी का आदेश हुआ कि बारमुखी को आदर सहित भीतर ले आओ। पुजारियों ने बारमुखी को प्रभु के आदेशानुसार भगवान के पास पहुँचा दिया। अभी भी एक और व्यवधान शेष था। बारमुखी के हाथ भगवान के मस्तक तक पहुँच नहीं रहे थे। तब चमत्कार हुआ। श्रीरंगजी ने स्वयं अपना मस्तक नीचा करके बारमुखी के हाथों से मुकुट धारण किया। बारमुखी अत्यन्त प्रसन्न हुई। उसका जीवन धन्य हुआ। सबने उसके प्रेम और भगवान की उस पर कृपा को देखकर हर्ष-ध्वनि की। तब से बारमुखी भगवान की परम भक्त और सन्त बन गयी।

सन्त बहबलबाई

सन्त प्रवृत्ति के लिए दण्ड भोग कर भी अपनी सन्तई को निभाना कैसी गहरी निष्ठा का प्रमाण देता है। बहबलबाई ने अपने जीवन से इसे सिद्ध किया। इनके यहाँ एक नियम था कि प्रतिदिन किसी एक साधु को भोजन करवाने के पश्चात् ही भोजन ग्रहण करना है। इस नियम का पालन बहबलबाई कर रही थी, निर्बाध, तभी एक दिन क्या हुआ कि वहाँ के राजा के दरबार में एक साधु आया और उसने अपने उपदेश से राजा को अत्यधिक प्रभावित करके उसका दिल जीत लिया। राजा ने उसे सत्संग के लिए अपने महल में ही रख लिया। फिर कुछ दिनों बाद राजा के पुत्र के आभूषणों को देखकर साधु का मन कलुषित हो गया और उसने बालक राजकुमार की हत्या कर आभूषण लिए और वहाँ से भाग निकला। इस पर राजा ने उसे पकड़ने के लिए अपने सैनिकों को तो आदेश दिया ही, साथ ही यह आज्ञा भी दी कि उसके राज्य में जो कोई व्यक्ति साधुओं को भोजन खिलायेगा, उसे दण्ड दिया जायेगा।

बहबलबाई तो नित नियम से प्रतिदिन एक साधु को भोजन कराती थी, तब स्वयं भोजन पाती थी। अतः उसने नियमानुसार एक साधु को भोजन कराया। इसकी खबर राजा को मिली। उसने बहबलबाई के दोनों हाथ कटवा दिये। उसका घर भी लूट लिया गया तथा उसे राज्य से भी निकाल दिया। वह जंगल में नदी के किनारे रहने लगी। उसका एक गोद का बच्चा था। उसे पानी पिलाने को वह नदी-जल पर झुकी तो बच्चा उसके बिन-बाँहों की पकड़ से छूटकर पानी में जा गिरा। वह बेचारी विह्वल हो बिलखने रोने लगी। वहाँ कोई नहीं था जो उसकी चीख-पुकार और रोने को सुनता। अतः उसने भगवान से प्रार्थना की कि मेरे

हाथ कटवा दिये गये, घर लुटवा दिया गया तथा नगर भी छुड़वा लिया। अब तो राम केवल तुम्हारी ही आस है बहबल को। आप ही रक्षा करो :

कर कटया घर लुटया, छुटया नगर वास।
बहबल बाई यूँ कहे, राम तुम्हारी आस।।

कहते हैं उसी समय उसके हाथ आ गये। उसने बच्चे को पकड़ा, राम का धन्यवाद किया कि बच्चा बच गया। फिर कुछ समय बाद राजा उस जंगल में शिकार खेलने आया। उसने उस महिला को देखा और पहचान लिया कि यह तो वही है जिसके उसने हाथ कटवाए थे। वह उसके निकट गया और उससे बच्चे के बचने की, हाथ आने की घटना को सुना। तब राजा उसे घर वापिस पहुँचाने को उसे साथ ले आया। उसने कहा कि आप तो प्रभु की सच्ची भक्त हैं। आप अपने घर पर रहकर जैसी चाहें सन्तों की सेवा करें। यहीं यह भी माना जा सकता है कि बहबल ने परमात्मा से बच्चे को बचाने की प्रार्थना की तथा स्वयं एक माँ होने के कारण साहस बटोर, जोखिम उठा स्वयं भगवान की प्रेरणा से नदी में उतर गयी होगी और बच्चे को बचाने में सफल हो गयी होगी। इस घटना को लोक-मानस अतिशयोक्ति के रूप में 'हाथ आ गये' के रूप में मानता, प्रचारित करता है। और राजा लोग बाद में अपनी निर्दयता-क्रूरता पर लज्जित हो गलतियों को सुधारा भी करते हैं। खैर!

इस सन्त नारी ने राजस्थानी भाषा में अनेक पदों की रचना की। लोक ने उसे प्रेम से ग्रहण किया—गाया। कुछ ग्रन्थों में भी बहबल के पद संग्रहित हुए मिलते हैं। इनका एक पद दादू धाम नारायणा के पुस्तकालय के वसना नं.1 (एक) की पुस्तक से जखड़ी राग गौड़ी में उपलब्ध हुआ, जो इस प्रकार है :

जिन तेरा पाणी तैं पिंड किया, चिंता कौन करंता वे।। टेक।।
जद तेरे चरण कर नैण नहीं थे। तब तेर कौण कमंता वे।।1।।
कौण कमंता रिजक लहंता। सुन मेरे जीव पियारे।।2।।
अंधेर घोर नरक में रहता। तदि कौण थे सगे तुम्हारे।।3।।
अंधेर घरि नरक में दीया। बूझे बाप न माता।।4।।
'बहबल' कहै तिहिं क्यों नहिं सुमिरे। जो तेरी चिंत करंता।।5।।

स्पष्ट ही सन्त कवयित्री जीव का प्रबोधन कर रही है कि ऐ मनुष्य जिस प्रभु ने तुझे प्राण दिये, तुझे पाँव तथा आँखें दीं, जो तुम्हारे खाने के लिए अन्न कमाता है, तथा जो अन्धकार में प्रकाश करता है। उसे ही तू भुला रहा है। उसका स्मरण क्यों नहीं करता। वह तो हर क्षण तेरी चिन्ता में लगा रहता है। प्रभु के स्मरण का उपदेश दे रही है बहबलबाई।

सन्त नूपीबाई

नूपीबाई का सखीनाम 'नूपीसखी' था। वह भी अपने गुरु चरणदास को परमात्मा का अवतार मानती थी। बचपन में ही अपने माता-पिता के साथ चरणदास का शिष्यत्व ग्रहण कर नूपीबाई भी साधना में लीन हो गयीं। इनका परिवार भी ढूसर (भार्गव) वंशीय था। गुरु की कृपा से वह राजयोग में दीक्षित होकर दिल्ली, जयपुर, वृंदावन आदि क्षेत्रों में प्रचार कार्य में रत हो गयी। स्वयं कुँवारी रहकर अपनी सारी ऊर्जा को धर्म और समाज के हित में लगाकर गुरु का आदेश पालन करने में जुटी रहीं। उसके दादा बामनौली में आश्रम बनाकर रहते थे, तथा पिता जयपुर में आत्मकुंज में। नूपीबाई इन स्थानों पर अधिक ठहरती नारी वर्ग में भक्ति का प्रसार करने में निमग्न रहती। अपने लिए कोई निजी स्थान या आश्रम न बनाकर वह प्रायः भ्रमण में रहतीं।

नूपीबाई का काव्य निर्गुण भक्ति को समर्पित था, किन्तु रसिक साधना का भी उसमें मणि-कांचन योग था। इनकी वाणी इस तथ्य का प्रमाण है। श्यामा और श्याम के हिंडोला झूलने का बड़ा ही मनोहारी चित्रण है, इस पद में :

झूलत जुगल बिहारी आज।
नख सिख सजि सिंगार सुहागन पधराये सिरताज।।
नान्हीं बूँदन मेहा बरसे मधुर घन गाज।
गावत गीत मल्हार मनोहर सज्यो रंगीलो साज।।
झोंटा लेत देत बलिहारी झुलवत श्री महाराज।
नूपीबाई निरखि यह सोभा छाक्यो सकल समाज।।

श्याम के अष्टयाम शृंगार की शोभा का वर्णन हो या श्याम-श्यामा की

विभिन्न लीलाओं की झाँकी उकेरना हो, या फिर इनके स्वरूप का वर्णन करना हो, इनमें नूपी का मन खूब रमा है। गौर और श्याम—दोनों के सौन्दर्य की द्युति देखकर काम और रति भी लज्जित हो रहे हैं और इस पर चित्त चोर रसीले श्याम जब हँसकर हेरते हैं, तब तो त्रिलोकी के सौन्दर्य को लजाते हैं।

नूपीबाई की भाषा सरल, सरस और बड़ी सहज है, जो इनकी साखियों को भक्तों के लिए हृदय-ग्राह्य बना देती है। भाषा पर नूपी जी को बड़ा अधिकार है। अपनी गुरु बहनों—सहजोबाई और दयाबाई की भाँति नूपीबाई भी गहन-निष्ठ गुरुभक्त थीं, जो गुरु को परमात्मा का अवतार मानती हैं। परमात्मा ही गुरु के रूप में धरती पर जीवों का उद्धार करने को आया है। उसने सन्त का चोला पहना है। गुरु चरणदास पर सर्वस्व न्यौछावर करने को नूपी तत्पर है, क्योंकि गुरु ने जनम-जनम की आपदा-मरना-जन्मना से मुक्ति दिला दी है। नूपी ने जीवन की बाजी जीत ली है। उसका सारा जीवन-क्लेश कट गया है। सन्ताप मिट गया है :

जीव उधारन आइया, रूप सन्त का धार।
नूपी निश्चय जानिया, चरणदास अवतार।।
बलिहारी गुरुदेव की, सरबस डारूँ वार।
जनम जनम की आपदा, सब ही दीनी टार।।
जीती बाजी जनम की, सतगुरु के परताप।
नूपी निरभय हो रही, गया सकल सन्ताप।।

नूपी की कार्य-पद्धति भ्रमण कर भक्ति प्रचार की रही है, इस कारण लोक सम्पर्क और सीधे जन-जीवन सम्बद्धता के कारण नूपी के कुछ पद तो लोक-जीवन में विशेष पर्वों-त्यौहारों पर खूब गाये जाते हैं। इनमें श्याम-श्यामा का झूलना और चरणदास का बधाई का पद ऐसे ही लोकप्रिय गायन है :

सखी री गावो आज बधाई।
प्रगट भये चरणदास दया निधि सन्तन के सुखदाई।।
जै जैकार होत डहरे में भई सबकी मन-भाई।
नूपीबाई अपने गुरु पर सरबस दे बलि जाई।।

चरणदासी सम्प्रदाय के श्री सरस माधुरीशरणजी का मानना है कि नूपीबाई अब भी अपने सूक्ष्म रूप से सदा-सदा के लिए चरणदास के निकुंज में झाँझ बजा रही है।

सन्त पार्वती

सन्त परम्परा में ऐसी सन्त भी हुई हैं, जिन्होंने अपने गुरु को भगवान से भी पहले तथा एक मात्र गुरु को ही अपनी मुक्ति के लिए प्रेम माना-कहा है, किन्तु सन्त पार्वती अपने गुरु की पहचान से ही अपनी पहचान सिद्ध करने वाली नारी सन्त हैं। पहले अपने गुरु के गुण बताती हैं फिर उससे अपनी पहचान जोड़ती हैं :

निसप्रेही निहस्वादी कामदग्धी दिने दिने,
तासु शिष्यां देवी पार्वती।

अर्थात् ऐसा गुरु जो निस्पृह है, जिसने कामवासना को तप की अग्नि में जलाकर राख कर दिया है, मैं—पार्वती ऐसे गुरु की शिष्या हूँ।

हस्तलिखित ग्रन्थ की प्रति के रूप में सन्त पार्वती के पदों का परिचय 'सेवादास की वाणी' नामक अनेक सन्तों की वाणियों के संग्रह में मिलता है। इससे रचना काल ही नहीं अन्य विवरणों का जन्म-स्थान-काल आदि का भी अभाव है। अन्तःसाक्ष्य से मात्र इतना ही पता चलता है कि वह किस साधु की शिष्या थीं, जो पहाड़ की कन्दरा में वास करता था। वह निर्धन था तथा कंथा पहने रहता हुआ संसार से विरक्त था। उसने कभी शिष्या के यहाँ भोजन किया था और सन्त पार्वती को उसकी सेवा का अवसर प्राप्त हुआ था :

रूक्ख बंस गिरि कन्दर बास।
निरधन कंथा रहै उदास।।
शिष्या भोजन सहज में किये।
ताकी सेवा पारवती करे।।

'मध्यकालीन हिन्दी कवयित्रियाँ' (डॉ. सावित्री सिन्हा) के अनुसार, इनके पदों में गुरु की सेवा द्वारा मुक्ति की प्राप्ति का माहात्म्य वर्णित है। गुरु के महत्त्व को ही प्रधान एवं मुक्तिकारी चित्रित कर इस सन्त ने अपनी आध्यात्मिक गहन-निष्ठा को विशिष्टता प्रदान की है। माया, ममता एवं सांसारिकता (भौतिक जीवन) में केन्द्रित चेतना के कारण ही जीव को आवागमन की पीड़ाओं से गुज़रना पड़ता है। यह एक उलटा-क्रम है। जीव इसी भँवर में फँसा हुआ जन्म-चक्र में घिरा रहता है :

उल्टे पवन गगन समाई।
ता कारणि सब मरि मरि जाई।।

योगमार्ग-साधना की कठोर सैद्धान्तिक पद्धति का मार्ग—नाद-बिन्दु से होकर गुज़रने वाला, जिसमें प्रेम, राग आदि से विरक्त कठोर तप ही श्रेय होता है—पार्वती के पदों में इन्हीं का वर्णन है। लगता है गुरुदीक्षा में उन्हें इसी की सन्देशना हुई थी :

धन यौवन की करे न आस।
चित्त न राखे कामिनी पास।।
नाद बिन्दु जा के घट जरै।
ता की सेवा पारवती करै।।

धन और कामिनी की ओर से विरक्ति अध्यात्म साधना को निर्बाध सिद्धि के लिए अवश्य होता है। योग मार्ग की पथिक सन्त पार्वती भी इसी मार्ग की उपदेशिका हैं।

सन्तद्वै–हसीना, हमीदा

ये दोनों मुसलिम सन्त नारियाँ कृष्ण भक्ति को लेकर अपनी विशिष्ट पहचान बना पायीं। वस्तुतः ये दोनों अरब देश की हैं। इनमें हसीना अरब के एक धनिक व्यापारी की पुत्री थी और हमीदा उसके साथ रहने वाली उसकी अभिन्न सखी थी। खस जाति के सरदार धर्मपरायण वृत्ति के थे और प्रतिदिन अपनी पुत्री को 'अमिरल कैस' (धर्मग्रन्थ) पढ़कर सुनाया करते थे। इससे हसीना और हमीदा बचपन से ही ईश्वर प्रेम और भक्ति के रंग में रंग गयी थीं।

एक बार कृष्ण भक्त भारतीय सन्त यात्रा करते हुए अरब में पहुँचे। हसीना के पिता उन्हें अपने घर ले गये और उन्हें आदरपूर्वक ठहराया। भारतीय सन्तों ने वहाँ अपना सत्संग किया, जिसका प्रभाव हसीना और हमीदा के हृदयों पर बहुत गहरे में उतर गया। सन्त तो वहाँ से प्रस्थान कर गये, किन्तु हसीना कृष्ण को अपना प्रिय मानकर हृदय में उनकी मूरत बसा चुकी थी। अब हसीना कृष्ण-विरह में धीरे-धीरे कृषकाय होती जा रही थी। पिता दुखी हुए। उन्होंने रोग का कारण पूछा तो उन्हें ज्ञात हुआ कि जब से हसीना ने कृष्ण की कथा सुनी है, तब से ही वह कृष्ण की स्मृतियों में विरहाग्नि के कारण सूखती जा रही है। हसीना ने पिता से कहा कि वह उसे भारत में वृन्दावन भेज दें अन्यथा वह जीवित न रहेगी। पिता ने भारत जाने वाले यात्रीदल के साथ हसीना को भाई अब्दुल्ला और उसकी सखी हमीदा के साथ वृन्दावन भेज दिया। किन्तु मार्ग में पूरे काफिले को डाकुओं ने घेर लिया, लूटा और कुछ यात्रियों को मार दिया। जब यह घटना घट रही थी, उस समय दैवयोग से ये दोनों सखियाँ घटना-स्थल से थोड़ा दूरी पर एकांत में कृष्ण-प्रिय की चर्चाओं में खोयी थीं। जब घटना घट चुकी, तब ये दोनों वहाँ पहुँचीं।

सारा दृश्य देखकर दुःखी और चकित हुईं। हसीना का भाई और कुछ स्त्रियाँ सुरक्षित बचे थे। डाकुओं ने हसीना और हमीदा को पकड़ लिया। इन्हें बगदाद में बेचने के विचार से वे लोग हाजियों के वेश में बगदाद पहुँचे। हसीना ने चतुराई से एक मालिन के हाथ पत्र लिखकर वहाँ के प्रशासक खलीफा के पास पहुँचा दिया। खलीफा ने डाकुओं को बन्दी बना लिया और इन दोनों सखियों को अपनी बेगम के पास सुरक्षित ठहरा दिया। बेगम ने इनकी बात सुनी और इनके अति आग्रह पर इन्हें वापिस इनके देश न भेजकर वृन्दावन पहुँचा दिया।

किन्तु वृन्दावन पहुँचने पर उन्हें यवन कन्या होने के कारण मन्दिर में प्रवेश करने और कृष्ण-दर्शन से वंचित कर दिया गया। तब वे निराश होकर यमुना नदी के तट पर श्रीकृष्ण का चिन्तन करने लगीं। कहते हैं, जब रात हो गयी तब उन्हें एक नौका आती हुई दिखायी पड़ी। निकट आने पर उस नौका से उतरकर एक सखी इन दोनों के निकट आयी। वृत्तान्त जानकर बोली कि इस नौका पर श्रीकृष्ण-राधा जी तथा उनकी सखियाँ बैठी हैं। श्रीकृष्ण भक्तों की पहले परीक्षा लेते हैं। फिर उन्हें दर्शन देकर कृतार्थ करते हैं। वह सखी हसीना, हमीदा को कृष्ण के पास ले गयी। वे दोनों कृष्ण के चरणों में समर्पित होकर धन्य हुईं। उनकी इच्छा पूर्ण हुई। लोक भावना में प्रसिद्ध है कि वे दोनों श्रीकृष्ण के नित्य-विहार में सदा के लिए सम्मिलित हो गयीं।

सन्त फूलीबाई

फूलीबाई मारवाड़ के झाँवर ग्राम के सारण जाति के जाट की पुत्री थी। यह अपने नाना के पास ही रहती थी। इसके गुरु का नाम ज्ञानीजी था। वे सांजू के थे। ये नागौर के पास फूलीबाई को मिले थे। एक दिन यह अपने परिवार वालों के लिए खेत पर रोटी लेकर जा रही थी, रास्ते में ज्ञानीजी ने इससे रोटी माँगी। इन्होंने ज्ञानीजी को प्रेमपूर्वक रोटी खिलायी। ज्ञानीजी ने श्रद्धा एवं भक्ति देखकर इन्हें उपदेश दिया। इसके बाद ये ईश्वर भक्ति में लग गयीं। इनके नाना ने विवाह की बात चलाई। जब फूलीबाई को पता चला तो इन्होंने अपने नाना को मना कर दिया और कहा—मैंने इस संसार के मोह, माया, जीव-जगत को त्याग दिया है। अब मैं पूर्ण रूप से उस ईश्वर की हो गयी हूँ जो सभी सन्तों के आराध्य हैं। वही अब मेरे पति हैं। इन्होंने सारा जीवन विवाह नहीं किया। एक बार फूलीबाई से सत्संग किये हुए कुछ सन्त भ्रमण करते हुए काबुल चले गये थे, वहाँ जोधपुर के नरेश जशवंत सिंह भी किसी कार्य विशेष के लिए गये थे। उनका आना सुनकर सभी सन्त आपस में बात करने लगे कि फूली के देश का राजा आया है। राजा ने भी सभी सन्तों की बातें सुनीं तब राजा ने अनुमान लगाया कि फूलीबाई में कोई विशेषता है तभी तो इतनी दूर ऐसा कहा है। राजा ने इन साधुओं से पहले फूली का पता पूछा। देश में आने के बाद राजा सबसे पहले फूली के दर्शन करने के लिए माजवास ही गये। वहाँ के लोगों से फूली का पता लगाकर उसके पास गये। वह गोबर थाप रही थी। उससे पूछा आपका नाम क्या है? फूली ने कहा—

जब लग श्वास शरीर में, तब लग नाम अनेक।
घट फूटा दरिया मिला, फूली पूरण एक।।

राजा ने फूलीबाई का सतसंग सुना और फूलीबाई से अनुरोध किया कि आप राजमहिलाओं को दर्शन व उपदेश देने के लिए मेरे साथ जोधपुर पधारें। फूलीबाई ने कहा—पहले आप लोग मेरे यहाँ भोजन करो, उसके बाद मैं तुम्हारे साथ चलूँगी। राजा ने स्वीकार किया। राजा और उनके साथियों ने फूलीबाई के यहाँ भोजन किया। जब राजा फूलीबाई के साथ जोधपुर महल में गये तो, महल में एकत्र महिलाएँ उनकी वेश-भूषा को देखकर मुख पर कपड़ा लगाकर हँसने लगीं। उन्होंने ऐसी नारी देखी ही नहीं थी। फूलीबाई का जाटनी का वेश था। उनकी वह चेष्टा समझ गयी और सर्वप्रथम बोली—'इस शरीर को गहनों से कितना भी सजा लो, यह वैसा का वैसा रहेगा। सजाना है तो मन को, आत्मा को सजाओ। जो भी इस अनमोल जीवन को पाकर राम-नाम का स्मरण नहीं करता, वह हर जन्म में कुत्ते-कुतियाँ के समान होता है।' फूलीबाई स्पष्ट वक्ता, परमात्मा की ज्ञानी भक्त सन्त हुई हैं। उनकी वाणी और सतसंग के सान्निध्य में रहकर अनेक लोगों ने अपना जीवन सफल बनाया।

सन्त खुशालांबाई

सन्त चरनदासी सम्प्रदाय के सन्त अखैरामजी की शिष्या थी खुशालांबाई। वह अपनी अग्रज सन्त चरनदासी पन्थ की सन्त सहजोबाई तथा दयाबाई की भाँति निष्ठावान भक्त थीं। इनकी दो रचनाएँ मानी जाती हैं—1. 'नरसी जी का भात' और, 2. 'बुध विलास'। इन्होंने 'बुध विलास' में सन्त चरणदास का तथा अलवर का उल्लेख किया है। इससे इन्हें अलवर की रहने वाली माना जाता है। दूसरी रचना 'भात' सम्बन्धी रचना नये विषय को बहुत कुशलता से निभाती है। इसमें नरसी मेहता की पुत्री को दिये गये भात को भावनापूर्ण ढंग से निभाया गया है :

अखैराम सतगुरु ने अति कृपा करी, बाई खुशालां सुन सुन के आनन्द भरी।
अखैराम गुरु कथा कही मन भावतो, बाई खुशालां के लगी अधिक सुहावतो।
संवत अठारह सै चौतीसा जानिये, माह सुदि दसमी कूं विहवै आंनिये।
शुक्रवार शुभवार कथा पूरी भई, अखैराम ने बाई खुशालां सूं कही।
ग्यानी पंडित साधक हूँ सिरनाव कै, जो कछु या में चूक सो देहू बताय कै।
जो कोई याकूं पढ़ सै कर नैह के बाई खुशालां तिन चरनन को खेह है।

उक्त उद्धरण से गुरु-सम्प्रदाय, गुरु, रचना काल, रचना विषय, और रचना के भक्तिमय महत्त्व आदि का अन्तःसाक्ष्य से प्रमाण भी मिलता है तथा सन्त खुशालां बाई की अपने गुरु और भक्ति में निष्ठा का भी पता चलता है।

सन्त करमाबाई

करमाबाई वात्सल्य रस से पूर्ण हृदय वाली भक्त थीं। वह जगन्नाथपुरी में प्रतिदिन बिना किसी नियम के भगवान को खिचड़ी का भोग लगाया करती थीं। भगवान भी करमाबाई की भक्ति से इतने प्रसन्न थे कि बालक का रूप धारण करके प्रातःकाल ही उसके घर जाकर खिचड़ी का भोजन कर आते थे। जगन्नाथजी को एक से बढ़कर भोग लगाये जाते, लेकिन भगवान को उन सबसे अधिक करमाबाई की खिचड़ी ही अच्छी लगती थी। करमाबाई प्रतिदिन बिना नहाये और बिना चौका लगाये भगवान के लिए खिचड़ी बनाती थी। एक दिन एक सन्त करमाबाई के घर आये हुए थे। उन्होंने करमाबाई को देखा कि वह बिना नहाये और चौका लगाये बिना ही खिचड़ी बनाकर भगवान को भोग लगा रही है। उन्होंने करमाबाई को कहा—बिना विधि भोजन बनाना और भोग लगाना अपराध है। सन्त ने साम्प्रदायिक आचार का उपदेश दिया। यह सुनकर करमा डर गयी और सन्त के कथानुसार करने से बहुत समय लग गया। बाई ने भोग लगाया और इधर मन्दिर के पट खोले तो भगवान के हाथों में और मुख पर खिचड़ी लगी हुई देखी। देर हो जाने से भगवान बिना हाथ-मुख धोये ही जल्दी से चले आये।

पंडों ने प्रार्थना की कि आप कहाँ जाकर खिचड़ी जीमते हैं। भगवान ने कहा, एक करमाबाई है, वह प्रतिदिन ही मुझे खिचड़ी जिमाती है। उसकी प्रीति से मैं उसके यहाँ प्रतिदिन खिचड़ी खाने जाता हूँ, और खिचड़ी जीमकर आ जाता हूँ। किन्तु उसके यहाँ कल एक साधु गये थे उसने उसे आचार एवं नियमों के जाल में फँसा दिया। इससे आज खिचड़ी बनाने में देर हो गयी।

वे साधु प्रेम की रीति को नहीं जानते। मुझे आचार प्रिय न होकर प्रेम ही प्रिय है। तुम उस साधु को जाकर कहो कि वह करमाबाई को बोल आये कि जिस तरह से करमाबाई खिचड़ी बनाती है वैसे ही बनाये। इसके लिए किसी नियम, आचार की ज़रूरत नहीं है। वह साधु-पंडों को देखकर डर गया और शीघ्र ही करमाबाई को कह आया। तब वह पुनः उसी प्रकार प्रभु को जिमाने लगी। अब तक भी जगन्नाथपुरी में जगन्नाथ के सर्वप्रथम खिचड़ी का भोग लगता है। करमाबाई वात्सल्य भक्ति करने वाली सन्त हुई हैं।

सन्त जन बेगम

जन बेगम चरनदासी सम्प्रदाय से सम्बन्धित मानी जाती हैं। इनके गुरु छौना महाराज थे। उनके द्वारा बतायी गयी कथा अनुसार, जन बेगम ने 'सुदामा चरित्र' नामक काव्य का सृजन किया। रचनाकाल संवत् 1835 अन्तःसाक्ष्य से प्रमाणित होता है :

गुरु छौना गुरुदेव की कथा नीकी कही,
मेरे मन का मूल सकल तुमने कही।
गुरु छौना महाराज तुम्हें परनाम है,
मौकूं कथा सुनाई अति अभिराम है।
श्री सुदामा चरित्र की कथा पूरी भई,
जन बेगम की प्रीत रही नित ही नई।
संवत् अट्ठारह सै पैतीसा सारही।
पोस बदि चतुरदासी ब्रिहस्पतिवार ही।
बीदौली शुभ थांन, कथा यह गाइया।
गुरु छौना सनगुरु ने सकल सुनाइया।

चरनदासी सम्प्रदाय में कृष्ण भक्ति के निर्गुण-सगुण दोनों रूपों को माना जाता है। जन बेगम ने गुरु छौनाजी द्वारा सुनाई कृष्ण-सुदामा के आधार पर 'सुदामा चरित्र' की रचना कर चनरदासी सम्प्रदाय द्वारा स्वीकृत भक्ति-पद्धति के विस्तार में अपना योगदान दिया है।

सन्त सखूबाई

सखूबाई महाराष्ट्र में कृष्णा नदी के तट पर करहाड़ नामक गाँव के एक ब्राह्मण के पुत्र की पत्नी थीं। सखूबाई भगवान की भक्त, विनम्र, सुशील और सरल हृदय की थीं। लेकिन उसके सास-ससुर और पति तीनों ही दुष्ट प्रवृत्ति के थे। ये तीनों सखूबाई को तरह-तरह से सताया करते थे। किन्तु सखू सब कुछ सहन किया करती थी। पण्ढरपुर में आषाढ़ शुक्ला एकादशी का मेला था। कुछ लोग करहाड़ के पास के मार्ग से पण्ढरपुर जा रहे थे तो सखु को भी पण्ढरीनाथ के दर्शन करने की इच्छा हो गयी। उसने सोचा मेरे घरवाले तो मुझे जाने नहीं देंगे। अतः यहाँ के यात्रियों के साथ जाना अच्छा है। वह सभी यात्रियों के साथ चल पड़ी। उसकी एक पड़ोसन, जो सखूबाई से जलती थी, उसने तुरन्त घर पहुँचकर उसकी सास को बता दिया। सास ने क्रोधित होकर अपने पुत्र को कहा कि वह जहाँ कहीं भी हो उसे मारते-पीटते घर पर ले आये। उसने वैसा ही किया। फिर उन्होंने सखूबाई के हाथ-पैर बाँधकर एक कमरे में बन्द कर दिया और बाहर से ताला लगा दिया।

सखूबाई बन्द कमरे में भगवान से लगातार प्रार्थना करने लगी–'हे नाथ! मेरी तो यह इच्छा थी कि मैं एक बार अपनी आँखों आपके चरणों का दर्शन कर लेती तो मेरे सुखपूर्वक प्राण निकलते। मेरे तो सब कुछ आप ही हैं। मैं जैसी भी हूँ, आपकी भक्त हूँ। उसकी प्रार्थना भगवान ने सुन ली। वे एक सुन्दर स्त्री का वेश धारण करके कमरे के अन्दर आये और बोले–मैं पण्ढरपुर जा रही हूँ बहन तुम भी चलो। सखूबाई ने कहा–मैं जाना तो चाहती हूँ बाई, लेकिन मेरे भाग्य में पण्ढरपुर की यात्रा कहाँ है। स्त्री वेषधारी भगवान ने कहा–मैं तेरे बदले यहाँ

बँध जाती हूँ। यह कहकर उसने तुरन्त सखूबाई के बन्धन खोले और भगवान स्वयं बँध गये। उन्होंने सखूबाई को उसी पल पण्ढरपुर पहुँचा दिया। सखूबाई 15 दिन से कमरे के भीतर हाथ-पैर बँधे हुए पड़ी थी, इसकी चिन्ता किसी को भी नहीं थी। सखू के पति ने सोचा अगर ये मर गयी तो लोग हम पर हँसेंगे। लोक-लाज के भय से उसने भगवान के रूप में बँधी हुई सखूबाई को बाहर निकाला और उसे रूखा-सूखा खाना दिया। भगवान वहाँ से चले जाते तो बेचारी सखू पर फिर से विपत्ति आती, इसलिए भगवान वहीं पर ठहर गये। भगवान ने स्नान किया, भोजन बनाया और तीनों को खिलाया। अपने व्यवहार से सबको अनुकूल बना लिया।

सखूबाई पण्ढरपुर में भगवान के दर्शन करके आनन्द से निमग्न हो गयी। वह यह भूल गयी कि घर पर मेरी जगह दूसरी स्त्री बँधी हुई है। उसने प्रतिज्ञा की कि जीवन भर पण्ढरपुर की सीमा से बाहर नहीं जाऊँगी। कुछ समय बाद उसने पण्ढरपुर में अपना शरीर छोड़ दिया। वहाँ पर एक ब्राह्मण ने उसे पहचान लिया और अपने साथियों के साथ मिलकर उसकी अन्तयेष्टि क्रिया की। लक्ष्मीजी ने यह सोचकर कि इसके गये बिना भगवान इसका घर नहीं छोड़ेंगे, सखू को जीवित करके कहा—तेरी प्रतिज्ञा थी कि इस शरीर से घर नहीं जाऊँगी। अब तेरा शरीर दूसरा है। अतः इन यात्रियों के साथ घर जा। सखूबाई यात्रियों के साथ दो दिन में अपने गाँव पहुँच गयी। भगवान ने देखा कि सखू घर आ रही है तो भगवान जल का घड़ा लेकर सखू से नदी पर जा मिले। उससे दो-चार बातें करके, घड़ा उसे देकर भगवान अदृश्य हो गये। सखू घर आकर अपने काम में लग गयी। घर वालों का स्वभाव देखकर सखू को आश्चर्य हुआ। ब्राह्मण सखू की मृत्यु का समाचार सुनाने आया, सखू को वहाँ देखकर ब्राह्मण आश्चर्य में पड़ गया। उसने सखू के सास-ससुर को सब बातें कहीं। उन्होंने कहा यह पण्ढरपुर गयी ही नहीं थी। यह तो हमारे ही पास थी। उन्होंने सखू से पूछा तो उसने सभी बातें बता दीं। तब सभी ने पश्चात्ताप करते हुए कहा—यहाँ पर बँधने वाली स्त्री भगवान ही थे। हमने इतने दिन तक भगवान को बाँधकर रखा। उन्हें तरह-तरह के कष्ट दिये। उसके बाद सभी भगवान के भजन में लग गये और सखू का उपकार मानने लगे। सखूबाई परम सहनशील सन्त हुई हैं।

सन्त बयाबाई

महाराष्ट्र की सन्त कवयित्रियों में बयाबाई का नाम बड़े आदर और प्रमुखता से लिया जाता है। वह समर्थ रामदास की शिष्या थीं। वह स्वयं स्वीकार करती हैं :

रामदास गुरु उन की दासी।
दास वचन फिरे देस विदेसी।

रामदास गुरु की शिष्या होने के कारण वह (बयाबाई) उनके वचनों-उपदेशों को देश-विदेश में घूम-घूम कर प्रचारित करती रहती थी।

बयाबाई चौबीस बरस तक सामान्य सामाजिक जीवन में रहीं। फिर गुरु रामदास की शरण में आकर उनकी अनन्य शिष्या बन गयीं। इससे पूर्व भी उसने अनेक लोगों को भिन्न-भिन्न प्रकार से, उनकी परेशानियों में सहायता की। किन्तु जब गुरु की शरण में आयी और अनन्य भक्ति को मनसा, वाचा, कर्मणा व्यक्त किया तो उसे देखकर सांसारिक भावों में बँधी दृष्टि के लोगों ने व्यंगात्मक कथन किये। किन्तु बयाबाई तनिक भी विचलित नहीं हुई और रामदास जी के लिए 'भैया' (भाई) का सम्बोधन भी अपनी वाणी में किया :

दास बया कहे गुरु भैया ने।
मुझ कूं सुलाया सोहि झूलने।

वह कहती है कि गुरु का मैं कितना उपकार मानूँ उसने तो भाई की तरह मुझे इतना स्नेह दिया कि वह हृदय के हिंडोले पर भाव-विभोर होकर झूला झूल सकी। बया कहती है अन्तर्मुखी भक्ति से ही परम सुख मिल सकता है। इससे जन्म मरण के दुख से छुटकारा भी प्राप्त हो सकता है :

जायो (जाओ) सखी री जहाँ गुरु बैठा
जिस के दिल में ये ही जग बैठा।
बाग रंगेला मेहेल बना है।
इस झूलने पर झूलो रे भाई।
जनम मरन की भूल न आई।

बयाबाई का प्रसिद्ध कथन है कि बौद्धिक चतुराई, विद्वत्ता का गर्व साथ नहीं देता। बच्चे, परिवार, पत्नी, महल आदि भी काम नहीं आते। भव-सागर में, विपत्तियों में केवल गुरु ही काम आता है :

लिखा पढ़ा कछु संग नहि आवे,
अन्त काल में सबही जाये।
जोरू लाड़के महल मजालस,
यहाँ रहती फेरे आपत्ति जाना।
दिल का मेहर मिल गया दिल को,
तारनहारा गुरु है सब को
दास बया कहे कछु नहिं देखा,
जब देखा तब उलटा नयन।

सहजोबाई और दयाबाई आदि की भाँति बयाबाई भी गुरु को अत्यधिक महत्त्व देती हैं। गुरु-कृपा को ही सर्वस्व मानती हुई कहती हैं :

ध्याइये गुरु पग अघमोचन। सुखदायक भवाब्धितम।।
चिद्र गगन में आसन खूला। जापर सद्गुरु राज रमीला।।
सूर्य चंद्र वो दिवटि जलत है,
जब देखा तब डूब गयी तन।
जा की सत्ता जगमों भरि है जां देखो तहाँ ढाड रही है,
सो सद्गुरु किरिपा सो मिलती, सब छाँड के पग जा सरन।

बयाबाई ने मराठी और हिन्दी में वाणी कही है। अल्प मात्रा में वाणी तो उपलब्ध हुइ है, जीवन सम्बन्धी अधिक जानकारी प्राप्त नहीं होती। हाँ, यह भी पता चलता है, उनकी वाणी और भाषा-प्रभावों से कि बयाबाई ने उत्तर भारत की यात्रा भी अवश्य की होगी।

सन्त सागरबाई

सागर बाई का जन्म विक्रमी संवत् की उन्नीसवीं शताब्दी के अन्त में माना जाता है। वह राजस्थान में चित्तौड़ प्रतापगढ़ के निकट संचोई ग्राम के निवासी सरदार सिंह की पुत्री थीं। जयपुर राज्य में रीगंस के निकट कुम्हारिया गाँव में इनकी ससुराल थी। इनके हाथ में दो अँगूठे थे। ज्योतिषियों ने इसे अशुभ माना और सुझाव दिया कि एक अँगूठा कटवा दो तभी यह दोष दूर होगा, अन्यथा यह कन्या संसार से विरक्त हो जायेगी और भजन आदि में इसका मन लगेगा। सागर बाई तब तक कुछ होश सँभाल चुकी थी। उसने अँगूठा कटवाने से मना कर दिया और कहा कि भजन करना कोई बुरा काम नहीं। मैं तो भजन ही करूँगी। बचपन की छोटी आयु में ही उसका विवाह कर दिया गया। दुर्भाग्यवश एक वर्ष में ही उसके पति की मृत्यु हो गयी और वह बाल विधवा बन गयी। इस पर वह शोक में डूबकर रोयी भी नहीं। वह 'श्रीकृष्ण शरणंम्' का जाप करती रहती।

उसकी इस मनोदशा को देखकर ससुराल वालों ने औरा (एक प्रकार का कोठरा) में बन्द कर बाहर से ताला लगा दिया। इसी प्रकार बन्दी अवस्था में दस-पन्द्रह दिन व्यतीत हो गये। वह अकेली पड़ी भगवान के नाम का निरन्तर जाप करती रही। कहते हैं तभी भगवान श्रीकृष्ण ने बाल रूप में दर्शन दिये और कहा कि मैं तेरा लाल हूँ। तू किसी भी प्रकार की चिन्ता नहीं करना। इधर घर वालों को भी कुछ सूझा कि देखें वह किस दशा में है। उन्होंने द्वार खोलकर देखा तो उसे ज्यों का त्यों होश में पाया। तब ससुराल वालों ने उसे मुक्त कर दिया।

सागर बाई ने तब ससुराल का घर छोड़ दिया और नाथद्वारा चली गयी। वहाँ रहकर वह भगवान का भजन करती और भगवान की भक्ति में ही डूबी रहती।

फिर वहाँ से वह वृन्दावन चली गयी। वहाँ भी भजन-कीर्तन की वही भक्तिमय दिनचर्या रहती। वह स्वयं भी नये-नये पद रचती और गाती। लोगों को ये पद गाने में बड़ा रस मिलता। सागर बाई के एक सौ पचास पदों के बारे में लोग बताते हैं। एक पद यहाँ उद्धृत किया जाता है। इसमें वह अपनी वेदना और स्थिति का ही चित्र उकेरती है :

कोई भीनहीं रेमेरो कोई भी नहीं,
सांवरा बिन तो मेरो कोई भी नहीं ॥टेक॥
बाप जी साहा डोंना काढ तो दई,
बावनी ऊजाड़ माँही एकली रही ॥ 1 ॥
मानसिंह लालो म्हासे दूर तो रह्यो,
अंधारी ओबरी में म्हाने रोक तो दई॥ 2 ॥
'सागर' कहै वे लाल आये तो सही,
अंधारी ओबरी में म्हारी सुध तो लई ॥ 3 ॥

बाल विधवा अकेली युवती इस मानवी उजाड़ में या अँधियारी ओबरी में कैसे जीवन के अँधियारों को काटती भटकती रही! उसे केवल बालरूप में भगवान कृष्ण के दर्शन और भरोसे का ही सहारा था। वह इतने में ही ख़ुश है कि चलो अँधियारी ओबरी में मेरी सुध तो ली भगवान ने!

सन्त सोंसुबाई

गोवा की प्रख्यात एवं लोक सिद्ध सन्त कवयित्री का मूल नाम रुक्मिणीबाई था। इनकी रचना 'अभंग कुसुमावली' का प्रकाशन बहुत बाद में सन् 1929 में संगमोदय प्रिंटिंग प्रेस, सांगे, गोवा में हुआ। ये उल्लेख कै. केंकरे के ग्रन्थ में उपलब्ध हैं, जो अब अप्राप्तनीय है। सोंसुबाई का मूलनाम 'रुक्मिणीबाई केंकरे' कहा गया है जिसने 'अभंग कुसुमावली' का सृजन किया। इस ग्रन्थ में कवयित्री ने अपने घराने के बारे में अधिक नहीं लिखा है। जानकारों के अनुसार, उनका जन्म कुलकर्णी गौड़ सारस्वत कौशिक गोत्र के ब्राह्मण परिवार में हुआ जो सावर्डे नामक गाँव में रहता था। परिवार बड़ा था। सोंसुबाई का विवाह तत्कालीन परिपाटी के अनुसार छोटी आयु में ही कर दिया गया। उसके पति का नाम यशवंत केंकरे था, जो विवाह के थोड़े समय बाद ही मृत्यु को प्राप्त हुआ। ससुराल का परिवार 'कुंककली' नामक स्थान पर रहता था। विधवा हो जाने पर रीति के अनुसार परिवार वालों ने उसका 'केशवपण' कर दिया। अतः उसके बाद का जीवन सोंसुबाई को देव स्थान पर पूजा-भजन आदि में व्यतीत करना पड़ा। इसी अवधि में उसने अपना सारा समय सन्त-साहित्य के अध्ययन और अभंग लेखन में लगाया। उसे इस दिशा में श्रीधर सावर्डेकर से भरपूर सहयोग एवं प्रेरणा मिली। अपने दुख और कष्टों का उल्लेख करते हुए अपने अभंगों में कवयित्री लिखती है कि उसके पिता विटठ्ल अति सरल स्वभाव के थे। जो कभी भी किसी की बुराई में नहीं लगते थे। वह बड़े शान्त पुरुष थे। जगते, सोते प्रभु नाम के स्मरण में लगे रहते। इन्हीं अभंगों से ज्ञात होता है कि सोंसुबाई का मैका परिवार सम्पन्न एवं सुखी था। इस परिवार ने ही उसे अपने आध्यात्मिक संस्कार प्रदान किये थे।

सोंसुबाई ने अपने दुख को तो अभंगों में व्यक्त किया ही है, साथ ही वह अपने इन दुखपूर्ण जीवन को व्यतीत करने के लिए सन्तों के विचारों और उनकी वाणी का बड़ा आभार भी मानती है।

सोंसुबाई अपने एक अभंग में लिखती हैं कि सन्तों ने मुझे अपनी पुत्री–बालिका समझा, पालन किया। मुझे वैचारिक रूप में पोषित किया, सँभाला। इन सन्तों ने ही मुझे सांसारिक प्रपंचों से सदा बचाये रखा। मेरे मन को विरक्ति की राह पर डाला। मेरा उपकार किया : मराठी भाषा में वह लिखती हैं :

मी सन्ताचे, सन्ताचे। होवा माझे बोल साचे॥
सन्त दर्शनासी गेर्ल। तेथें मन हे निवाले॥
धन्यपण सोंसू झाले। पाय सन्ताचे देखिले॥

सन्तों की प्रेरणा एवं कृपा के कारण ही सोंसूबाई निन्दा-स्तुति से परे रही तथा उसका मन पाँच विषय-विकारों से बचा रहा :

नको येऊ माझे मुखी परनिंदा,
नको रंगोचित्र पंचविसयात,
नको तैसी देऊ मज दुष्ट बुद्धी

अन्य सन्तों–सन्त कवयित्रियों की भाँति अपने गुरु–टाकी महाराज के प्रति वह बड़े गहन भाव से समर्पित रहीं। सोंसुबाई ने भी अपने गुरु को गोबिन्द से अधिक महत्त्व दिया है। और उनका गुणगान किया है। माना जाता है कि रामचन्द्र महाराज टाकी कुसमण के बड़े सिद्ध पुरुष थे। सोंसूबाई उन्हें भगवान की भाँति पूजती थी। उन्होंने एक बार स्वप्न में दर्शन भी दिये थे, तभी से सोंसूबाई ने काव्य रचना आरम्भ कर दिया। ऐसी गहरी निष्ठा और श्रद्धाभाव वाली सन्त नारी, जिसने अपने दुःखों में से परमात्मा की राह प्राप्त की, समूचे नारी-समाज के लिए बड़ी प्रेरणा का आधार बन सकती है।

सन्त माँ पीरो

माँ पीरो का जन्म मुस्लिम मीरासी परिवार में हुआ। सन् 1800 ई. के आसपास गुजरांवाला (बाद में पाकिस्तान) में एक निःसन्तान माता-पिता के यहाँ पीरों-फकीरों के आशीर्वाद से जन्म हुआ, किन्तु दुर्योग ऐसा कि जन्म देते ही माँ का देहान्त हो गया। अब उसके पालन-पोषण का भार पिता पर आ गया। पिता अपने पैतृक व्यवसाय गाने-बजाने के साथ घर की तथा पीरो की देखभाल भी करते। किन्तु शिशु पीरो का दुर्भाग्य यहीं नहीं रुका। वह चार वर्ष की थी, तब पिता की भी मृत्यु हो गयी। पिता जिस मुस्लिम फकीर के डेरे से जुड़े हुए थे। गायन-वादन के सिलसिले से, अब उन्होंने बच्ची पर दया कर उसे अपने यहाँ ले जाना ही उपयुक्त समझा। यहाँ रहकर बालिका पीरो को मजहबी तथा सूफियाना तालीम दी जाने लगी। पुश्तैनी संस्कारों के कारण पीरो भी अति मधुर स्वर में गाती। उसकी बुद्धि भी तीक्ष्ण थी। नौ-दस वर्ष की ही हुई थी कि आश्रयदाता फकीर भी दुनिया को अलविदा कह गये। अब विवश और निर्धन चाचा उसे अपने यहाँ ले आये और उसे अपने पैतृक व्यवसाय गाने, मुजरा करने के अपने काम में लगा लिया। यही उनकी रोज़ी-रोटी का ज़रिया था।

एक दिन पीरो अपने चाचा के साथ लाहौर शहर के बाज़ार में मुजरा कर रही थी। उसकी मधुर और आकर्षक स्वर लहरी उसी बाज़ार के एक कोठे की मालकिन के कानों में पड़ी तो वह अपनी स्वाभाविक व्यवसायी ज्ञान के अनुसार पीरो के चाचा को बहला-फुसलाकर पीरो का मोल चुका उससे खरीद लिया। पीरो अब उस कोठे वाली की सम्पत्ति हो चुकी थी। उसे इस बात का कुछ ज्ञान नहीं था। जब पता चला तो वह पिंजरे में क़ैद पक्षी-सी विवश तड़फड़ाकर रह गयी।

वह अनाथ और बे-सहारा, लाचार थी। सिवाय अल्ला के उसका न कोई सुनने वाला था, न रक्षक। वह मायूस होकर कोठरी का द्वार उढ़काकर अल्ला को अपनी फरियाद सुना रही थी, तभी किसी ने द्वार पर खटका किया और भीतर आ गया। वह पीरो की देह का सौदागर था। दाम चुका कर आया था, किन्तु पीरो को अल्ला की इबादत में बैठा पाकर थोड़ा चकित हुआ और पीरो से उसके मन की मायूसी और इबादत की बाबत पूछ बैठा। पीरो ने सारी आपबीती कह सुनाई तथा कहा कि मैं अल्ला से अपनी सजा की वजह पूछ रही थी, कि जिसकी उसे यह सूरत देखने-भोगने को मिल रही है। उस व्यक्ति का मन पिघल गया। उसने पीरो से कहा कि अगर तू सचमुच मुक्ति चाहती है तो गुलाबगंज दरबार में सन्त गुलाबदासजी के डेरे पर जाकर अपनी फरियाद कर। तुझे ज़रूर ही राहत मिलेगी। पीरो ने उस व्यक्ति की बात मान ली। वह पीरो को रात के अँधेरे में चोरी से कोठे से ले जाकर सन्त गुलाबदासजी के डेरे के बाहर, मुख्य द्वार पर प्रातः समय पहुँचा देता है। सन्त गुलाबदासजी का यह प्रातः भ्रमण का समय था। वह नित ही की तरह अपनी घोड़ी पर सवार होकर वहाँ से निकल रहे थे। उनकी नज़र इन दोनों पर पड़ी तो वह रुक गये। इनसे आने का कारण पूछा। दोनों ने सिर झुकाकर नमस्कार किया। बालिका पीरो की दुःखद कहानी सुनकर सन्तजी ने उसे अभयदान दिया और अपने डेरे पर आश्रय प्रदान किया।

डेरे पर पीरो को गुरुजी ने मन्त्र और नाम की दीक्षा दी। अब डेरे के सभी लोग पीरो को माता कहकर सम्मान देते। तभी किसी ने इसकी सूचना हिलाई बख्स जरनैल तक पहुँचा दी कि एक मुसलमान लड़की ग़ैर मुस्लिमों के डेरे पर बन्दी बनाकर रखी गयी है। फिर क्या था, जरनैल के संकेत पर लाहौर जामा-मस्जिद के मुल्लाओं ने पंचायत कर कुछ लोगों को सन्त गुलाबदासजी के पास भेजकर पीरो को आजाद करने को कहा। न भेजने पर मजहबी झगड़े हो सकते हैं। पीरो ने यह सब सुना तो स्वयं गुरुजी से प्रार्थना की :

पीरो कहसी सतगुरु तुम बेपरवाहे कदर न इनको आपकी यह बेमुख आहे,
भेजो इनके संग जी तुम किरपा किजे आऊँ इनको झाड़ के बल अपना दीजे।
हूँ चली जाँह ज़रूर मो छड़ सुन्दर बागां, जो होसी पूर्ण भाग में मुड चरणी लागां।

गुरुजी ने पीरो की प्रार्थना को सुनकर उसे मुल्लाओं के साथ जाने की अनुमति दे दी। माता पीरो को लेकर मुल्ला रुखसत हुए तो लाहौर जाते हुए मार्ग में उसने मुल्लाओं से पूछा कि जब मुझे कोठे वाली के हाथों बेचा गया तब मेरी इज्जत बचाने कौन आया? मैं तो तब भी मुस्लिम धर्म की बेटी थी।

मुल्ला लोग उसके ऐसे प्रश्नों से खफा हो जाते हैं और उसे मजहबी शिक्षा लेने के लिए ज़बरदस्ती करते हैं। तब माता पीरो अपनी वाणी में कहती हैं :

बे–बन बैठाइया काजीया ने, सरा आपदी पाये भूलाए मेनू,
कहें कलमा पढ़ो मुसलमान होसी, हेंसा पाक पलित बनाये मेनू,
करे मसले खोल कुरान अगे, कहे मज़हब असाड्डे आये मेनू,
पीरो कढ लिजे इन्हा गंदीया ते, कदमी आपदी गुरु लगाए मेनू।

माता पीरो को जितने भी तर्क प्रलोभन दिये जाते, वह सबको नकारती जाती। अन्त में उसे कहा गया कि वे उसका निकाह हिलाई बख्श जरनैल के साथ करा देते हैं। इस पर भी माता पीरो ने दो टूक कहा कि 'मेरा विवाह तो मेरे इष्ट गुरु गुलाबदास से हो चुका है। मुल्ला लोग और भी अधिक क्रुद्ध होकर माता पीरो को वजीराबाद भेज देते हैं, जहाँ उसे हथकड़ियाँ और बेड़ियों में जकड़कर यातनाएँ दी जातीं। माता पीरो हथकड़ियों-बेड़ियों की झंकार में अपने गुरु का स्मरण कर गीत गाती, प्रार्थना करती है :

ते तार तपाया काजियां ने, चाहे सरा दे पाये मेनू,
कहे काफ़र होई मिल काफरां नू, चोरी घोल ताबीज़, पिलाए मेनू,
मै तां दासी हाँ दास गुलाब जी दी, कहे साड़े ईमान में आये मेनू,
पीरों कढ लिजे इन्हा अंधियाँ ते, बल आपदा गुरु जनाई मेनू,

(माँ पीरो दी सिहरफियाँ)

इधर पीरो की अरदास सुनकर गुरुजी अपने दो भरोसे के शिष्यों–सन्त गुलाब सिंह और सन्त चतर सिंह को भेजते हैं कि वे पीरो को किसी भी तरह मुक्त कराकर ले आवें।

गुरुजी का आदेश पाकर दोनों सन्त वजीराबाद पहुँचे। बन्दीगृह के निकट ही एक बाग में आराम करने को रुके। वहाँ के माली से कुछ ज़रूरी जानकारियाँ प्राप्त कीं। जिस दिन वे माँ पीरो को आजाद कराने को योजनानुसार आगे बढ़े तभी अचानक काली स्याह आँधी चल पड़ी। बन्दीगृह में जब प्रवेश किया तो कहते हैं पहरेदार सो गये थे। बन्दीगृह के दरवाज़े अपने आप खुल गये। माँ पीरो की जंजीरें भी खुल गयीं। अपने इस अनुभव को वह इन शब्दों में व्यक्त करती हैं :

हमको गुरु यकीन है, तुम हजरत मीरा,
नाम तुम्हारा लेतियाँ झड़ पैन जंजीरां,
वाहेगुरु गुलाबदास जो कहे जुबानों,
बन्द खलासी हो वसी कर बन्दी मानो।

माता पीरो को मुक्त करवाकर दोनों सन्तों ने उसे अपनी घोड़ी पर बिठाकर गुरुजी के पास पहुँचा दिया। उसके बाद वह गुरुजी की छत्रछाया में रहती हुई मानवंता के प्रति अपने विचार-वाणी व्यक्त करती रही और क्षुद्रता, अमानवीयता, साम्प्रदायिकता के विरुद्ध बोलती-लिखती रही। धार्मिक कट्टरता के विरुद्ध खुला विद्रोह करने वाली, मनुष्यता, प्रेम अध्यात्म के पक्ष में सदैव जूझने, मूल्य चुकाने वाली माँ पीरो की मृत्यु के बाद गुरुजी ने उसकी समाधि के साथ ही एक और समाधि का स्थान खाली छोड़वाया, जहाँ उसके गुरु गुलाबदेव की समाधि दी गयी। यह वही गुरुदेव थे, जिन्होंने जीवित रहते पीरो को अपने तुल्य आसन पर बिठाया था और विजातीय, विधर्मी जाति की महिला को उस युग में समानता का सम्मान दिया था।

अब भी श्रद्धालु लोग राजोंकी बार्डर पंजाब में जाकर बार्डर पर खड़े होकर एक ही छत के नीचे समाधि प्राप्त इस अनोखे गुरु और उनकी अनोखी शिष्या को माथा नवाते हैं।

सन्त श्रीमाँ

श्रीमाँ (अरविन्द आश्रम पांडिचेरी) के नाम से जगत प्रसिद्ध बालिका का जन्म फ्रांस में 21 फरवरी, सन् 1878 को हुआ था। इनके पिता प्रसिद्ध बैंकर श्री मरिस अलफासो ने पुत्री का नाम मीरा रखा था। यह अजब संयोग ही है कि भारत में मीरा नाम की सुविख्यात भक्तिकाल की मीरा के नाम पर बालिका का नाम रखा गया जो बाद में अध्यात्म क्षेत्र की श्रीमाँ बनीं। श्रीमाँ को यों अन्य नामों से—माताजी, मदर, डुसमैर भी पुकारा जाता रहा। मीरा बचपन से ही अन्तर्मुखी बालिका थी। उसे मौन चिन्तन की मुद्रा में देखकर उनकी माता प्रायः पूछ बैठती कि बेटी तुम हर समय इतनी गम्भीर क्यों बनी रहती हो? तुम्हें क्या चिन्ता है? क्या दुनिया जहान की चिन्ताएँ तुम्हें ही घेरे हुए हैं? उत्तर में बालिका कहती—हाँ माँ, मुझे अपनी नहीं संसार की ही फ़िक्र है। मैं कई-कई बातें सोचती हुई गम्भीर हो जाती हूँ। मेरी चिन्ताएँ एवं सोच के विषय उस चार वर्ष की छोटी-सी उम्र में वृक्ष, पशु, पक्षी, आदि थे, जिन्हें वह बहुत चाहती थी। बागों में जा कर पेड़ों के नीचे बैठ जाना, उसका स्वभाव था। वह वृक्षों के नीचे बैठकर अनुभव करती कि इन वृक्षों से उसका आन्तरिक लगाव है, कोई सम्बन्ध है। वृक्षों पर बैठे पक्षी या गिलहरी उसके निकट आ जाते, पास आकर उछलते-कूदते-नाचते। सात वर्ष की वय में स्कूल में एक तेरह वर्ष का लड़का मीरा को चिढ़ाता, परिहास करता। वह सहती रही चुपचाप, फिर एक दिन अचानक आवेश में भर कर उस लड़के को अधर में उठाकर नीचे पटक दिया। माँ ने लिखा है कि ऐसी शक्ति मुझे ईश्वर की कृपा से प्राप्त हो गयी थी।

युवा होने पर मीरा का विवाह फ्रांस के प्रसिद्ध विद्वान पल रिशा से कर दिया गया। तब मीरा का नाम मैडम क्यासा हो गया, परन्तु वह मीरा कहलाना पसन्द करती थीं। विवाह के कुछ समय उपरान्त गुप्त विद्या प्राप्त करने के उद्देश्य से अलजीरिया के अतीन्द्रिय साधक मसियो तेंओ के पास आयीं। मसियो तेंओ ने मीरा की अलौकिक शक्ति तथा रुचि देखकर उन्हें अपनी शिष्या बना लिया।

एक दिन माँ पियानो बजाती संगीत लहरी में खोई थीं, कि अचानक संगीत थमाँ तभी मुख्य द्वार पर बैठा एक बड़ा-सा मेढक ऊँची आवाज में बोला–''कोआक''। आवाज सुनकर माँ ने मेंढक की ओर दृष्टि घुमाई और समझ गयी कि मेढ़क कह रहा है–''फिर बजाओ''। माँ फिर से पियानो बजाने लगी। मेंढक संगीत सुनता रहा, और संगीत समाप्त होने पर सन्तुष्ट होकर चला गया। यही क्रम कई दिनों तक निरन्तर चलता रहा। अलजीरिया में ही एक घटना और घटित हुई। गर्मी की ऋतु थी। मीरा गुरु तेंओ से अतीन्द्रि-विद्या सीख रही थीं। दोपहर के समय एक वृक्ष के नीचे ध्यान लगाती थीं। एक दिन ध्यान-मग्न थीं, तभी अचानक बेचैनी महसूस हुई। मीरा ने आँखें खोलीं, सामने देखा तो एक नाग फन फैलाये खड़ा था। वह घबराई नहीं, बल्कि नज़रें गड़ाए नाग की आँखों में देखतीं, अपनी शक्ति का बल आजमाती रहीं। थोड़ी देर बाद नाग ने फन झुका लिया और चला गया। वस्तुतः मीरा उस नाग के बिल पर ही बैठी हुई थीं। गुरुजी ने यह तथ्य मीरा को बताया कि वह नाग नहाने गया था। अब लौटकर अपने बिल में जाना चाहता था। रास्ता रुका देखकर वह गुस्से में आ गया था। माँ अलजीरिया में गुरु तेंओ तथा उनकी पत्नी से स्थूल शरीर से सूक्ष्म शरीर में समाधिस्थ होकर, प्रवेश करने की, तथा सूक्ष्म शरीर को निद्रित करके गहरे में जाने की क्रिया सीखती थीं। इस क्रिया को माँ सीख गयी थीं। इस अतीन्द्रिय शक्ति के माध्यम से मानव-कल्याण करने की आकांक्षा से माँ इस दिशा में सक्रिय थीं। अतः कुछ चामत्कारिक घटनाएँ भी घटित हुईं। एक बार गुरु तेंओ मीरा के साथ जब यूरोप घूमने को जा रहे थे, तब समुद्र में तूफान उठने पर गुरु ने आदेश दिया कि जाओ तूफान को रोको। तब की घटना का वर्णन वह इस प्रकार करती हैं :

''इस आदेश को पाकर मैं अपने केबिन में जाकर सो गयी। इसके बाद अपना स्थूल शरीर छोड़कर समुद्र में सूक्ष्म शरीर में घूमने लगी। मैंने विस्मय से देखा कि समुद्र की तरंगों पर अगणित प्रेतात्माएँ पागलपन कर रही हैं। सब के सब जहाज के साथ खिलवाड़ कर रही हैं। मैंने उन्हें नम्र भाव से समझाया। अन्त में मेरी बातों का प्रभाव उन पर पड़ा। तुरन्त समुद्र शान्त हो गया।

वहाँ से मैं अपने स्थूल शरीर में वापस आ गयी। बाद में डेक पर आकर मैंने देखा—तूफान गायब हो गया था। सभी यात्री प्रसन्नता प्रकट कर रहे थे।''

मीरा के पति पल रिशा फ्रांस सरकार के पांडिचेरी में गवर्नर नियुक्त होकर सन् 1910 में भारत आये। तब मीरा ने उन्हें एक योगचक्र देकर कहा कि भारत में जो कोई योगी इसकी व्याख्या कर पायेगा, वही मेरा गुरु होगा। पल रिशा स्वयं भी अध्यात्म में गहरी रुचि रखते थे। जब वह पांडिचेरी पहुँचे, तब श्री अरविंद बंगाल से निष्कासित होकर पांडिचेरी में ही आये हुए थे। जब दोनों की भेंट हुई तब पल रिशा की योगचक्र सम्बन्धी जिज्ञासा जानकर श्री अरविन्द ने उत्तर दिया कि यह सत्य, चित्त, आनन्द का प्रतीक चक्र है जो प्राण, प्रकाश और प्रेम का सूचक है—चैतन्य प्रवाह का प्रतीक है।' इस बाबत जब मेरी को सूचना मिली तो वह फ्रांस से भारत में 29 मार्च, 1914 में श्री अरविंद से आकर मिली। वह कहती हैं—"फ्रांस में वह जिस ज्योति को ख़यालों और सपनों में देखती रही हैं, उसे उन्होंने प्रत्यक्ष रूप में देख लिया है। श्री अरविन्द के भीतर एक पूर्ण समर्पित प्राण, आत्मा प्रचण्ड-शक्ति का आधार बनकर मौजूद है। उस समय तक मैं भारतीय धर्म, दर्शन से पूर्णतः अपरिचित थी। पता नहीं, किसने कृष्ण-रूप में चिन्तन करना सिखाया। जब मैंने पहले पहल श्री अरविंद को देखा तब उन्हें पहचान लिया। इसी व्यक्ति को जो मेरे निकट कृष्ण हैं, इन्हें इसी नाम से पुकारती हूँ।'' श्री अरविंद ने भी पाया कि 'उनके सामने एक विराट-शक्ति उपस्थित है। मानवी-तन में ऐसा भगवत-समर्पित प्राणी आज तक उनकी दृष्टि में कोई नहीं आया।' श्री अरविंद भी अपने अतिमानस काल के बारे में निश्चिन्त होकर आगे बढ़े। अब उनके योग का एक नया अध्याय पृथ्वी पर आरम्भ होगा।

माँ ने अपनी डायरी में 3 अप्रैल, 1914 को दर्ज किया—''लगता है, मैं नये जीवन के लिए पुनर्जन्म लेने जा रही हूँ। अतीत का कोई भी नियम, कोई भी अभ्यास मेरे काम नहीं आयेगा। मैं जिसे परिणाम समझती थी, वह तो आयोजन मात्र है। अब मैं अनुभव कर रही हूँ कि अब तक मैंने कुछ भी नहीं किया है। आध्यात्मिक जीवन-यापन तो किया ही नहीं, केवल उस मार्ग की ओर बढ़ रही हूँ। शायद मैं कुछ भी नहीं जानती। लगता है, पुनः नये सिरे से सब कुछ अर्जित करना पड़ेगा।''

श्री अरविन्द के जन्म दिवस 15 अगस्त, 1914 को 'आर्य' नाम से एक पत्रिका का प्रकाशन आरम्भ हुआ। यह पत्रिका अंग्रेजी और फ्रांसीसी दो भाषाओं का निर्णय हुआ। श्रीमाँ तथा उनके पति श्री पल रिशा को फ्रांसीसी भाषा में

अनुवाद का कार्य सौंपा गया। इस समय विश्वयुद्ध आरम्भ होने से पति के साथ मजबूरन श्रीमाँ को भी फ्रांस जाना पड़ा, किन्तु, युद्ध समाप्त होने के बाद 24 अप्रैल, 1920 को वह आश्रम में वापिस लौट आयीं। अब श्रीमाँ को आश्रम का बहुत-सा कार्यभार सौंपा गया। श्रीमाँ ने श्रीअरविन्द को महायोगेश्वर की वेदी पर स्थापित किया। श्रीमाँ ने इस बार फ्रांस में रहते गीता, उपनिषद, योगसूत्र तथा नारद के भक्ति सूत्र का भी अध्ययन किया था। श्रीमाँ का जीवन अत्यन्त सादगीभरा था। मात्र तीन साड़ियों में वह निर्वाह करतीं। उन्हें स्वयं अपने हाथों से साफ़ करतीं। वह पूर्णतः आत्मनिर्भर हो गयीं थी। 24 नवम्बर, 1926 को आश्रम में सिद्धि-दिवस' के रूप में मनाया गया तथा उसके बाद श्री अरविन्द गहन-गम्भीरतम साधना हेतु अन्तराल में चले गये। तब तो आश्रम का सारा प्रबन्ध श्रीमाँ के ऊपर ही आ गया, जिसे उन्होंने पूर्ण विश्वास, श्रद्धा और सफलतापूर्वक निभाना आरम्भ कर दिया। साथ ही श्रीमाँ की अध्यात्म-साधना भी, अधिमानस से अतिमानस की, जारी रही। योग शिविर में शिक्षार्थियों को वह उपदेश में कहतीं कि 'भगवान ही तुम्हारे जीवन की चरम वस्तु होनी चाहिए।' तथा 'स्मरण रखना होगा कि हृदय में तुम्हारी सत्ता का केन्द्र है। इस केन्द्र से निकलते हैं—सभी मूल वृत्तियाँ, सभी गतियाँ, सभी प्रेरणाओं की उपलब्धियाँ।" ..."भारत ही एक मात्र देश है, जो संसार को सत्य का मार्ग दिखा सकता है। पश्चिम का अनुसरण किये बिना भारत भगवत शक्ति और एष का प्रकाश उत्पन्न कर संसार को अपना उपदेश दे सकता है।" श्रीमाँ ने यह भी कहा था—"सन् 1938 में मैं श्रीअरविन्द के भीतर अतिमानस-शक्ति का अवतरण होते देख चुकी हूँ। उस समय तक उस शक्ति को पृथ्वी में स्थायी नहीं किया जा सका था।"

5 दिसम्बर के दिन अरविन्द आश्रम के सभी द्वार खोल दिये गये ताकि श्री अरविन्द के सभी भक्त-अनुयायी उनके अन्तिम दर्शन प्राप्त कर लें। उन्हें अपना प्रणाम कर सकें। इस समय माँ ने कहा था, "संसार को यह नहीं मालूम कि इस जगत के लिए उन्होंने कितना बड़ा त्याग किया। आज से एक वर्ष पूर्व बातचीत के सिलसिले में मैंने उनसे कहा था कि मुझे ऐसा लग रहा है जैसे मुझे शरीर-त्याग करना पड़ेगा। तब उन्होंने कहा था—"नहीं, ऐसा कभी नहीं हो सकता। आवश्यक होने पर मैं जा सकता हूँ। तुम्हें अभी अतिमानस योग के आरोहण और रूपांतरण के कार्य करना पड़ेगा।" वह अपने गुरु के आदेश को शिरोधार्य कर अभिनव साधना करती रही। और अन्ततः 15 फरवरी, 1956 के दिन श्रीअरविन्द की इच्छित ज्योति को माँ पृथ्वी पर साकार कर पायीं।"

तदोपरान्त दो वर्ष पश्चात् 3 फरवरी, 1958 के दिन माँ ने इस सम्बन्ध में कहा, "अतिमानस, जगत में स्थायी रूप से है और मैं स्वयं भी अतिमानस शरीर में स्थायी रूप से वर्तमान हूँ। इसका प्रमाण आज ही अपराह्न काल में प्राप्त हुआ है।

श्रीमाँ ने 'आरोविल' का स्वप्न बहुत पहले ही सन् 1912 ई. में देखा था कि क्या ही अच्छा हो धरती पर एक प्रकाश की नगरी हो, जहाँ कभी रात या अँधेरा न घिरे। 'अरोविल' का यही वास्तविक अर्थ हैं। श्री अरविन्द के नाम पर इसे साकार किया गया। यह प्रातः की नगरी, भोर की नगरी अब भी आप पांडिचेरी जाकर देख सकते हैं। श्रीमाँ की यह अति महत्त्वपूर्ण देन है! इसके स्थापना के लिए सन् 1966, 1968 तथा 1970 की अपनी बैठकों में युनेस्को ने सर्व सम्मति से प्रस्ताव पारित करके सहायता दी थी। इस नगरी को बसाने का उद्देश्य था कि यहाँ सभी प्रकार के सामाजिक, राजनीतिक तथा धार्मिक विश्वासों से ऊपर उठकर सेवा करना, जिससे मानव अतिमानस को उपलब्ध करने में अनुकूलताएँ प्राप्त कर सके। सत्य एवं शान्ति की प्रतीक नगरी।

सन् 1973, 21 मई के दिन श्रीमाँ अन्तराल में चली गयीं। बाहरी कामकाज से स्वयं को बिल्कुल पृथक कर लिया, 15 अगस्त, 1973 को सबको दर्शन दिये। 9 नवम्बर को फिर से समाधि में नहीं गयीं। 10 नवम्बर को अचानक अस्वस्थ हो गयीं। 17 नवम्बर के दिन 7 बजकर 25 मिनट पर उन्होंने अन्तिम श्वास लिया और परमब्रह्म में लीन हो गयीं।

सन्त लल्लेश्वरी

कश्मीर की सुविख्यात सन्त लल्लेश्वरी (लल, ललद्यद, जन्म नाम पद्मावती) का नाम बड़े पूज्य भाव से हर कश्मीरी की जुबान पर अंकित है। उसका जन्म विवादों के बावजूद अधिकांश लोगों द्वारा मान्य है कि सन् 1335 ई. पांपोर (पामापुर) के निकट सिमपुरा गाँव में एक ब्राह्मण कुल में इसने जन्म लिया। 12 वर्ष की आयु में उसका विवाह सोन पण्डित से कर दिया गया। किन्तु लल्लेश्वरी का मन बचपन से ही सांसारिकता में न होकर ईश्वर की ओर लगा था। विवाह के उपरान्त ससुराल का जीवन अत्यन्त कष्टों-क्लेशों से भरा रहा। सौतेली सास ने बड़े जुल्म ढाये। एक बार सिद्धमोल के साथ लल्लेश्वरी के घर पर एक विषय पर चर्चा हुई। जिसमें सोन पण्डित भी सम्मिलित हुए कि सभी प्रकाशों में सर्वश्रेष्ठ प्रकाश कौन-सा है? इसी भाँति सभी तीर्थों तथा सभी परिजनों एवं सभी वस्तुओं में सर्वश्रेष्ठ किन्हें माना जाय। सर्वप्रथम सोन पण्डित ने सूर्य प्रकाश को तथा गुरु सिद्धमोल ने नेत्र-प्रकाश को सर्वश्रेष्ठ बताया, किन्तु लल्लेश्वरी ने आत्म प्रकाश को सर्वश्रेष्ठ बताया, जिज्ञासा को सर्वश्रेष्ठ तीर्थ, ईश्वर को सर्वश्रेष्ठ परिजन तथा ईश-भय को सबसे सुखद वस्तु बताया। इसे सुनकर पति एवं गुरु दोनों हतप्रभ रह गये। शेष प्रश्नों के उत्तर भी दोनों से अति श्रेष्ठ व अलग थे। इससे लल्लेश्वरी के चिन्तन-दर्शन की ऊँचाइयों का पता चलता है।

एक बार की घटना है कि सास द्वारा भड़काये गये सोन पण्डित लाठी लेकर पानी भरने के घाट पर ही जा पहुँचा कि लल्लेश्वरी जल भरने जाती है तो अनावश्यक बातों में समय अधिक लगाती है। सोन पण्डित उधर गया, देखा तो लल्लेश्वरी पानी का भरा घड़ा सिर पर रखे सामने से आ रही थी।

ग़ुस्से में भरे सोन पण्डित ने घड़े पर ज़ोर से लाठी मारी। घड़ा तो फूट गया। मिट्टी का था। किन्तु कहते हैं, पानी ज्यों का त्यों लल्लेश्वरी के सिर पर टिका रहा। घर आकर उसने इस पानी से बर्तन आदि धोये और शेष बचा जल खिड़की से बाहर फेंक दिया। थोड़े ही दिनों बाद उस स्थान पर एक तालाब बन गया। वह तालाब बाद में 'ललत्राग' (लल का तालाब) नाम से जाना जाने लगा। सास द्वारा अन्य यातनाओं के अतरिक्त भोजन भी भरपेट न दिये जाने, थाली में भात डालने से पहले एक पत्थर रखकर ऊपर भात डालकर बढ़ाकर दिखाने जैसे कार्य से तंग आकर लल्लेश्वरी बन-बन घूमने लगी। वह अन्तर्मुखी और अध्यात्मिक वृत्ति की तो पहले से ही थी, अब बाहर से यातनाएँ पाकर अन्तर्ज्ञान के रहस्यों में ऐसी डूबी कि देह ढँकने की सुध-बुध भी गँवा बैठी। वह भावोन्मत्त हो नाचती-गाती। उसकी इस दशा को देखकर लोग उसे पगली कहने लगे। कुछ स्त्रियाँ जब कहतीं तुम नग्न होकर घूमती हो, तुम्हें पुरुषों से लाज नहीं आती। इस पर वह कहती 'यहाँ कौन पुरुष है? मुझे तो कोई पुरुष यहाँ दिखाई नहीं देता। आशय यह भी है कि यहाँ, इस समाज में पुरुषों जैसा लज्जावान और समझदार ईशभक्त मुझे कोई दिखाई नहीं देता। और फिर एक दिन लल्लेश्वरी को एक सूफी फकीर मीर सैयद हमदानी सामने से आते हुए दिखाई दिये। वह चिल्लाती हुई दौड़ी कि पुरुष आ रहा है। पहले उसने पास ही एक बनिये से कपड़ा माँगा। बनिये द्वारा मना करने पर वह निकट ही नानबाई के जलते हुए तंदूर में कूद पड़ी। निकट आकर सन्त ने लोगों से बात सुनी और लल्लेश्वरी को पुकारा 'लल्ला बाहर आ जाओ।' तो कहते हैं उसी क्षण लल्लेश्वरी बाहर आ गयी। उसने दिव्य वस्त्र धारण किये हुए थे।

लल्लेश्वरी निःसन्तान थी। यह पीड़ी भी उसे सताती रही, जिसे उसने अपने एक वाख (वाक्, वाक्य) में लिखा है—'न मैंने गर्भ धारण किया, न प्रसूता बनी और न प्रसूता का विशिष्ट आहार ही खाया।' लल्लेश्वरी शिव भक्त थीं और निर्गुण रूप शिव की आराधना करती थीं। यह निर्गुण उपासना, निर्गुण निराकार सन्त कवियों की दार्शनिक भक्ति के जैसी है। अतः लल्लेश्वरी के वाख वेदान्त और सूफी चिन्तन की छाप लिए हुए हैं।

लल्लेश्वरी भक्ति के ऊँचे सोपान पर पहुँच चुकी थी जिसे सिद्धावस्था कहा जाता है। सब प्रकार के भेद-भाव, सांसारिकता, मान-अपमान, राग-विराग से परे वह आनन्द-स्फुरणों में स्थित हो बिल्कुल निरपेक्ष को जीती थी। इस अनुभूति को उसने अपने एक वाख में इस प्रकार प्रकट किया है—'इस असार संसार में

व्याप्त विविध विभिन्नताओं विसंगतियों को देखती हुई, मेरा मन व्यथित हो उठा है।' एक अन्य वाख में वह कहती है—'चाहे कोई मेरी कितनी ही उपेक्षा करे, अपमानित करे, मैं कभी उसका बुरा न मानूँगी। जब मेरे इष्ट मेरे शिव का मुझ पर स्नेह है तो लोगों के भला-बुरा कहने से क्या होता है।'

एक मत है कि सन्त लल्लेश्वरी ने श्रीनगर से 28 मील दूर राजमार्ग पर स्थित बिज बिहाड़ा (वेजिब्रोर) गाँव में जुम्मा-मस्जिद की दीवार के पीछे अपने प्राण त्याग दिये। उसके शरीर से एक दिव्य ज्योति प्रकट हुई और आकाश में विलीन हो गयी। लगभग साठ वर्ष इस धरा धाम पर व्यतीत करने वह ईश-इच्छा से आयी और कार्य-सम्पन्न कर वापिस लौट गयी। बाद में हुए शेख नूरुद्दीन वली ने कवयित्री के सम्बन्ध में अपने भावों को व्यक्त करते हुए कहा है कि उस पदमानपोर की लला ने दिव्यामृत छक कर पिया, वह हमारी अवतार थी—प्रभु! वही वरदान मुझे भी देना।

सन्त कान्होपात्रा

नारी सन्तों में कान्होपात्रा का प्रमुख स्थान है। कान्होपात्रा ने अपना जीवन कृष्ण भक्ति में लगा दिया। परपुरुष की बजाय उसने अपना सर्वस्व परमेश्वर को अर्पण कर दिया था। कान्होपात्रा एक वेश्या की बेटी थी। उसके सुन्दर यौवन पर न्यौछावर होने के लिए अनगिनत लोग तैयार थे। माँ समाज के जिस घृणित वासनाओं का शिकार थी, उसे कान्हा भली-भाँति समझ रही थी। इस संसार में अपनी आत्मा को मारकर शरीर बेचने वाली स्त्री की क्या स्थिति होती है, उसे वह देख रही थी। लोगों के मुख में रामनाम है किन्तु उनकी दृष्टि में वासना कूट-कूट कर भरी हुई है। दया, क्षमा आदि बातें कहने मात्र हैं, सच तो ठीक इसके विपरीत है। इस भोग-लोलुप समाज के भय से कान्हा ने स्वयं को कृष्ण भक्ति में झोक दिया।

कान्हा अपनी माँ से प्रतिदिन मन्दिर में जाने के लिए कहती थी। माँ, कान्हा की बातें सुनकर मना कर देती। उसे कहती कि हम नीच जाति के हैं, समाज में हमारा स्थान सभी से नीचा है। ऐसा क्यों कहती हो, माँ? रात को तुम सजधज कर मन्दिर में नाचने, गाने के लिए जाती हो, उस समय भी तुम मुझे कहाँ ले जाती हो। कान्हा के जवाब सुनकर माँ कहती—अभी तुम छोटी हो कान्हा। जब बड़ी होगी तो ख़ुद ही समझ जाओगी। कान्हा धीरे-धीरे बड़ी हो रही थी। पर अभी छोटी ही थी, लेकिन लोगों की वासना नज़रें उस पर टिकी हुई थीं। वे कल्पना करते कि अभी से ये इतनी सुन्दर है तो आगे जाकर यह कैसी हो जायेगी? धीरे-धीरे कान्होपात्रा अपनी माँ से नृत्य और संगीत की शिक्षा लेने लगी। जब वह भक्ति के गीत गाती थी, उस समय उसके मुख से अमृत वर्षा होती।

वह ज्ञानेश्वर, नामदेव आदि के अभंग गाती, मन ही मन स्वयं को कृष्ण के रूप में देखती। बचपन से ही कृष्णजी की साँवली-सलोनी मूरत कान्होपात्रा के हृदय में बस गयी थी। कान्होपात्रा कब यौवन की दहलीज पर आयी, कान्हा को पता भी न चला। कान्होपात्रा अब भली-भाँति अपनी माँ की स्थिति समझ गयी थी। वह अपनी माँ के प्रति सहृदय हो गयी थी। कान्हा को लगता कि शरीर की पवित्रता के सिवाय इस संसार में मूल्यवान वस्तु कुछ भी नहीं है।

चौदहवीं शताब्दी में महाराष्ट्र की सामाजिक स्थिति ठीक नहीं थी। राजनीतिक स्थिति और भी खराब थी। विदेशियों द्वारा किये जा रहे आक्रमण चरम सीमा को छू रहे थे। विदेशी आक्रमण महाराष्ट्र की धन-दौलत के साथ-साथ वहाँ की बहू-बेटियों पर भी अपना अधिकार समझते थे। इसका डटकर सामना करने का साहस किसी में भी नहीं था। इससे निराश होकर कान्होपात्रा ने अपनी सारी चिन्ता भगवान कृष्ण को सौंप दी। वह मन्दिर में तो नहीं जा सकती थी, इसलिए वह मन्दिर के बाहर बैठकर ही पुराण सुनती थी। कान्होपात्रा अपने वास्तविक जीवन से परिचित थी और उसी में जी रही थी। वह सोचती मुझ जैसी पतिता के जीवन में कोई राजकुमार तो नहीं आने वाला। अपनाने वाले तो बहुत हैं, लेकिन शरीर की सीमा तक। यह सब सोचते-सोचते उसका मन खराब हो गया। उसका मन धीरे-धीरे कृष्ण की लीलाओं में रम गया। उसने मन-ही-मन निश्चय कर लिया कि जीवन भर वह किसी भी पुरुष की प्रतीक्षा नहीं करेगी। उसने भगवान श्रीकृष्ण को ही अपना सर्वस्व अर्पण कर दिया। इससे कान्होपात्रा स्वार्थी दुनिया की विषयासक्ति तथा ढोंग से काफ़ी दूर चली गयी थी। माँ ने घर में कृष्णजी की मूर्ति लाकर रख दी थी। उसी के सामने बैठकर वह नामदेव की विरहिणी गाने लगती—

कृष्ण अनुसंगे रंगिली कामिनी।
कामधामे गेली गुणा विरोनी।।

कान्हा पूर्ण रूप से कृष्ण रंग में रंग गयी थी। वह भगवान की दासी बन गयी थी। एक दिन पंढरपुर जाने वाली वारकरी सन्त मंगलवेठे गाँव से गुज़रने वाले थे। तोरण और बन्दनवार से गाँव को सजाया गया था। वारकरी भक्तों को अबीर और गुलाल लगाया गया। कान्होपात्रा बड़े ही मनोयोग से इस दृश्य को देख रही थी। कान्होपात्रा मन-ही-मन ज्ञानदेव और नामदेव के प्रति आभार प्रकट कर रही थी, जिन्होंने जाति-पाँति का बन्धन तोड़कर एक भक्ति पन्थ बनाया। उस रात वारकरी पन्थ मंगलवेठे में ही डेरा डालने वाले थे। रात को भजन मण्डली एकत्र

होने वाली थी। गाँव के लोग भजन के लिए एकत्र होने लगे थे। कान्हा दरवाज़े के बाहर खड़ी हो गयी ताकि वहाँ से भजन सुन सके। कुछ वारकरी मन्दिर में प्रवेश कर रहे थे। एकाएक न जाने क्या हुआ, कान्होपात्रा ने एक भक्त के पैर पकड़ लिए। उसके पैरों पर माथा टेक दिया। उन्होंने कान्होपात्रा को उठाते हुए कहा—आप इतनी दुखी क्यों हैं। तुम तो अभी युवा हो। शायद तुम्हारा विवाह भी नहीं हुआ है। अभी तो तुम्हें जीवन के अनेक अनुभव लेने हैं और तुम अभी से दुःखी हो? कान्होपात्रा बोली—हम लोगों की शादी कहाँ होती है बाबा?

क्यों? तुम तो अच्छे घर की लड़की मालूम होती हो? मैं एक वेश्या की बेटी हूँ, मेरा नाम कान्होपात्रा है। इस संसार से मैं ऊब गयी हूँ, घर-गृहस्थी नहीं कर सकती। तन बेचना ही हमारे भाग्य में लिखा है। बाबा, मुझे भगवान कृष्ण से प्रेम हो गया है, मैं उनकी भक्त हूँ। नामदेव महाराज के अभंग गा कर मन को सान्त्वना देती हूँ। क्या कृष्णजी मेरी भक्ति स्वीकार कर लेंगे?

क्यों नहीं करेंगे। भगवान तो भाव के भूखे हैं, बेटी। उनकी दृष्टि में सभी समान हैं। यदि तुम्हारी भक्ति अपार होगी तो वे तुम्हारा भी उद्धार करेंगे।

कान्होपात्रा मन-ही-मन ख़ुश हो रही थी। आज तक उसके मन में जीवन के प्रति ऐसी आशा नहीं जगायी थी। उसने बाबा के चरण छुए और पूछा—बाबा, क्या मैं आप लोगों के साथ पंढरी की यात्रा पर चल सकती हूँ?

अवश्य चलो बेटी, वहाँ जाने के लिए केवल भक्त ही होना आवश्यक होता है। हम सभी उसी परमेश्वर का अंश हैं!

कान्होपात्रा ने अपनी माँ से कहा—मैं वारकरी भक्तों के साथ पंढरपुर जा रही हूँ। माँ के मना करने पर भी कान्हा ने माँ को मना लिया। माँ ने कहा—कान्हा तुम इतनी सुन्दर हो कि मुझे डर लगता है, कहीं कोई तुम्हें अपनी वासना का शिकार न बना दे। कान्हा ने कहा माँ, अब तुम कुछ भी न सोचो। मैंने सभी वारकरियों को अपना भाई मान लिया है। मेरी तरफ़ कोई भी खराब दृष्टि से नहीं देखेगा। माँ और भगवान की मूर्ति को प्रणाम करके कान्होपात्रा, वारकरी भक्तों के मेले में शामिल हो गयी। लोगों ने कान्हा के भजन सुने। पहली बार लोग उसकी प्रशंसा कर रहे थे। उसके साथ हँस-बोल रहे थे। वारकरी भी एक विचित्र उत्साह में थे। भजन, कीर्तन से वातावरण सराबोर हो गया था। वारकरी परिवार में वह ऐसे घुलमिल गयी थी, मानो वह उन्हीं में से एक हो। इस सुख का अनुभव वह इस प्रकार करती है—

हर ली भूक तहान निमाली।
सन्तांची देखिलो चरणांबुजे।।

पंढरपुर से भक्ति का सुख लेकर कान्होपात्रा पुनः अपने गाँव लौट आयी। अपने घर में रहते हुए भी उसका मन पंढरपुर की गलियों में भटक रहा था।

एक कीर्तनकार ज्ञानदेव-नामदेव आदि के अभंगों से उदाहरण देकर समझा रहे थे कि जो भक्त अपना अहंकार अर्पण कर देता है और संसार को समान दृष्टि से देखता है वही सच्चा भक्त है। जो व्यक्ति पाप-योनि में जन्म लेकर मेरे प्रति समर्पित हैं ऐसे लोगों का उद्धार मैं भक्ति के कारण करता हूँ। अपनी भक्ति के प्रताप से वे इतने महान हो जाते हैं कि मेरे साथ उनकी तुलना करने पर भी वे श्रेष्ठ साबित होंगे। उन्होंने प्रह्लाद अजामिल आदि की कथा सुनाई। ईश्वर के एक बार नाम लेने से अजामिल की प्राण रक्षा और उद्धार हो गया। कान्होपात्रा ने माना कि न तो मैं ज्ञानी हूँ और न मेरे पास योग की शक्ति है, अगर कुछ है तो वह है भक्ति जिसे मैं अपने पिठोबा को समर्पित करती हूँ। कान्हा विठोबा को माउली कहकर पुकारती है। कृष्णजी को कान्हा माँ, कहकर पुकारती है। ईश्वर से कान्होपात्रा का भले ही साक्षात्कार न हुआ हो, लेकिन कान्हा ने कृष्णजी की छवि को अपने भीतर बसा रखा है। कान्हा के मन में जितनी भी हीन भावनाएँ थीं, वे सभी नष्ट हो चुकी थीं। पंढरी के वारकरी कभी भी मुक्ति की कामना नहीं करते, क्योंकि मुक्ति के बाद पुनः ईश्वर के दर्शन का मौक़ा नहीं मिल पाता। कान्होपात्रा इस तथ्य से परिचित थी, इसलिए कान्होपात्रा अपने को भाग्यशाली मानती थी। और ईश्वर से बार-बार जन्म देने की प्रार्थना करती है। कान्होपात्रा कहती है कि संसार माया है, केवल निर्गुण निराकार परब्रह्म ही सत्य है। अपने एक अभंग में वह स्वयं को दीन पतित कहती है। स्वयं को जाति हीन कहती है—

दीन पतित अन्यायी।
शरण आल्ये पिठाबाई।।
मी तो आहे यातीहीन।
न कले कांही आचरण।।

कान्होपात्रा की माँ की उम्र ढलने लगी थी। उसे भविष्य की चिन्ता सताने लगी। भला ढलती उम्र में उसे कौन पूछता? लोगों की आँखें अब कान्होपात्रा पर लगी हुई थीं। एक दिन माँ ने पूछ ही लिया—कब तक हरि का नाम लेकर भटकती रहोगी? कान्हा ने कहा मेरे हरि भजन से तुम्हें क्या परेशानी है माँ? कान्हा की माँ चाहती थी कि अब मेरे बाद कान्हा वेश्या का काम करे—बेटी हरि

नाम से पेट तो नहीं भरता। अब मैं बूढ़ी हो गयी हूँ। सूखे पत्ते को कौन पूछता है? माँ, क्या मैं भी तुम्हारी तरह तन बेचकर रोटी कमाऊँ। मैं प्राण दे दूँगी, लेकिन किसी की वासना का शिकार नहीं बनूँगी! कान्होपात्रा के दृढ़ निश्चय के आगे कान्होपात्रा की माँ अधिक जिद नहीं कर पायी।

कान्होपात्रा के सौन्दर्य की पाती केवल मंगलवेठे तक ही सीमित नहीं रही बल्कि मुगल शासक के दरबार तक पहुँच गयी। चाटुकार दरबारी राजा को बढ़ा-चढ़ा कर प्रलोभन दे रहे थे—आपकी तकदीर बुलन्द है, सरकार इत्यादि। राजा ने उसे लाने के लिए मंगलवेठे में अपने जासूस भेजे। जासूस पता पूछते-पूछते श्यामा वेश्या के घर पहुँचे। पैगाम सुनकर कान्होपात्रा का हृदय छलनी हो गया। उसने पांडुरंग से प्रार्थना की, मुझे अपने पास बुला लो। तुम्हारे सिवाय मेरा इस संसार में कोई नहीं है। कान्होपात्रा रोती रही और उसकी माँ आँसू पोछती रही। विलम्ब होते देख राजा के जासूस ने कहा, यदि तुम सीधे तरीक़े से न चलोगी तो राजा ने तुम्हें ज़बर्दस्ती उठा लाने के लिए हुक्म दिया है। ठीक है, मैं राजा साहब की आज्ञा का उल्लंघन नहीं करूँगी। मैं पंढरपुर के पांडुरंग का अन्तिम दर्शन करना चाहती हूँ। उसे जी भरकर देख लूँ, फिर चलती हूँ, आपके साथ। अगर तुम वापस नहीं आयी तो। तो आप पंढरपुर आकर मुझे ले जाइए।

कान्होपात्रा हाथ में वीणा लेकर पंढरी की राह पर चल पड़ी। कान्होपात्रा अखण्ड चल रही थी। वह पंढरपुर पहुँची। चन्द्रभागा नदी के तट पर उसने हाथ-मुँह धोया और मन्दिर की सीढ़ियाँ चढ़ने लगी। उसने नामदेव और चोखोबा कीं समाधि को प्रणाम किया। पांडुरंग के सामने खड़े होकर वह विनती कर रही थी—मुझ पर जो संकट आया है उसके लिए मैं तुम्हें दोष नहीं देती, लेकिन इस संकट से मुक्ति दिलाना तुम्हारे जिम्मे है। इसलिए मैं दौड़कर तुम्हारे पास आयी हूँ। मुझे अपने चरणों में जगह दे दो, नहीं तो तुम्हारा भक्तवत्सल यह नाम सार्थक नहीं होगा। वह व्याकुल होकर भगवान को बुला रही थी। आते-जाते भक्तजन कान्हा की स्थिति को देखकर आश्चर्यचकित हो रहे थे। चौबीस घण्टों से भी आगे कान्हा लगातार खड़ी रही। उसके मुख से नाम स्मरण लगातार चलता रहा।

कान्होपात्रा की भक्ति से प्रभावित होकर पुजारी ने कान्हा को अबीर लगाया। उसने देह विसर्जित करने का पूरा निश्चय कर लिया था। लेकिन पंढरी कुछ बोल नहीं रहे थे। वह कह रही थी—राजा के सैनिक आकर मुझे ले जायेंगे। एक बार शरीर की दुर्दशा हो गयी, उसके बाद प्राण देने से क्या लाभ। कान्होपात्रा ने हार नहीं मानी। उसकी भक्ति अटल थी। अपने एक अभंग में कहती है—

मैंने तुम्हारे लिए अपने शरीर को पवित्र बनाया है। यदि इसकी अप्रतिष्ठा हुई तो इसके लिए जिम्मेदार तुम होओगे। अन्ततः कान्होपात्रा की प्रार्थना रंग लायी। पांडुरंग ने उसकी सुन ली। उसके शरीर में कम्पन शुरू हो गयी और वह धरती पर गिर पड़ी। उसकी आवाज़ बन्द हो गयी, अंग शिथिल हो गये। लेकिन वीणा से स्वर निकल रहे थे–पांडुरंग, पांडुरंग...

उसके प्राणपखेरू कब के अन्ताकाश में उड़ गये थे। वेश्या कुल में जन्म लेकर कान्होपात्रा ने भक्ति मार्ग के सिद्धान्तों का पालन किया और अपने शरीर को लोगों की वासना का शिकार नहीं बनने दिया। अन्ततः कान्हा ने अपने प्राणों की आहुति दे दी। इस प्रकार का यह एकमात्र उदाहरण है। नाम स्मरण को आधार बनाकर कान्होपात्रा भक्ति सम्प्रदाय का शिखर बन गयी।

□□